ZHONGGUO XIAOSHUO
100 QIANG

中国小说100强（1978—2022）

豹子最后的舞蹈

陈应松 著

北京联合出版公司
Beijing United Publishing Co.,Ltd.

图书在版编目（CIP）数据

豹子最后的舞蹈 / 陈应松著. -- 北京 : 北京联合出版公司, 2023.9
（中国小说100强）
ISBN 978-7-5596-7083-0

Ⅰ.①豹… Ⅱ.①陈… Ⅲ.①长篇小说－中国－当代 Ⅳ.①I247.5

中国国家版本馆CIP数据核字(2023)第117929号

豹子最后的舞蹈

作　　者：陈应松
出 品 人：赵红仕
出版监制：张晓冬　范晓潮
责任编辑：邓　晨
特约编辑：和庚方　刘沐雨
封面设计：武　一

北京联合出版公司出版
（北京市西城区德外大街83号楼9层　100088）
北京兴星伟业印刷有限公司印刷　新华书店经销
字数167千字　650毫米×920毫米　1/16　17.5印张
2023年9月第1版　2023年9月第1次印刷
ISBN 978-7-5596-7083-0
定价：58.00元

版权所有，侵权必究
未经书面许可，不得以任何方式转载、复制、翻印本书部分或全部内容。
本书若有质量问题，请与本公司图书销售中心联系调换。
电话：010-65868687

中国小说100强（1978—2022）丛书

编委会

丛书总策划

张　明　　著名出版人
张　英　　资深媒体人

编委主任

吴义勤　　中国作协副主席
　　　　　中国小说学会会长

编　委

吴义勤　　中国作协副主席、中国小说学会会长
宗仁发　　《作家》杂志主编
谢有顺　　中山大学教授、中国小说学会副会长
顾建平　　《小说选刊》副主编
张　英　　资深媒体人
文　欢　　作家、出版人

总　序

"中国小说100强"（1978—2022）是资深出版人张明先生和腾讯读书知名记者张英先生共同策划发起的一套大型文学丛书。他们邀请我和宗仁发、谢有顺、顾建平、文欢一起组成编委会，并特邀徐晨亮参与，经过认真研讨和多轮投票最终评定了100人的入选小说家目录。由于编委们大多都是长期在中国文学现场与中国文学一路同行的一线编辑、出版家、评论家和文学记者，可以说都是最专业的文学读者，因此，本套书对专业性的追求是理所当然的，编委们的个人趣味、审美爱好虽有不同，但对作家和文学本身的尊重、对小说艺术的尊重、对文学史和阅读史的尊重，决定了丛书编选的原则、方向和基本逻辑。

从文学史的角度来说，1978年以后开启的新时期文学是中国当代文学的黄金时代，不仅涌现了一批至今享誉世界的优秀作家，而且创造了许多脍炙人口的文学经典，并某种程度上改写了20世纪中国文学史的版图。而在中国新时期文学的经典家族中，小说和小说家无疑是艺术成就最高、影响力最大的部分。"中国小说 100 强"（1978—2022）就是试图将这个时期的具有经典性的小说家和中国小说的经典之作完整、系统地筛选和呈现出来，并以此构成对新时期文学史的某种回顾与重读、观察与评判。呈现在读者面前的这套丛书是对 1978—2022 年间中国当代小说发展历程的一次全面、系统的整体性回顾与检阅，是中国当代文学经典化的重要成果，从特定的角度集中展示了中国新时期文学在小说创作方面的巨大成就。需要说明的是，与 1978—2022 年新时期文学繁荣兴盛的局面相比，100 位作家和 100 本书还远远不能涵盖中国当代小说的全貌，很多堪称经典的小说也许因为各种原因并未能进入。莫言、苏童、余华等作家本来都在编委投票评定的名单里，但因为他们已与某些出版社签下了专有出版合同，不允许其他出版社另出小说集，因而只能因不可抗原因而割爱，遗珠之憾实难避免，而且文学的审美本身也是多元的，我们的判断、评价、选择也许与有些读者的认知和判断是冲突的，但我们绝无把自己的标准强加于别人的意思。我们呈现的只是我们观察中国这个时期当代小说的一个角度、一种标准，我们坚持文学性、学术性、专业性、民间性，注重作家个体的生活体验、叙事能力和艺术功力，我们突破代际局限，老、中、青小说家都平等对待，王蒙、冯骥才、梁晓声、铁凝、阿来等名家名作蔚为大观，徐则臣、阿乙、弋舟、鲁敏、林森等新人新作也是目不暇接，我们特别关注文学的新生力量，尤其是近 10 年作品多次获国家大奖、市场人气爆棚的新生代小说家，我们禀持包容、开放、多元的审美立场，无论是专注用现实题材传达个人迥异驳杂人生经验、用心用情书写和表现时代精神的现实主义作家，还是执着于艺术探索和个体风格的实验性作家，在丛书里都是一视同仁。我们坚信我们是忠实于自己的艺术理想、艺术原则和艺术良心的，但我们并不认为自己的角度和标准是唯一的，我们期待并尊重各种各样的观察角度和文学判断。

当然，编选和出版"中国小说 100 强"（1978—2022）这套大型丛书，除了上述对文学史、小说史成就的整体呈现这一追求之外，我们还有更深远、更宏大的学术目标，那就是全力推进中国当代文学"经典化"的历程和"全民阅读·书香中国"建设。

从1949年发端的中国当代文学已经有了70多年的发展历程，但对这70多年文学的评价一直存在巨大的分歧，"极端的否定"与"极端的肯定"常常让我们看不到当代文学的真相。有人认为中国当代文学达到了前所未有的高度和水平。王蒙先生在法兰克福书展上就说：中国当代文学现在是有史以来最繁荣的时期。余秋雨、刘再复甚至认为中国当代文学的成就远远超过了现代文学。也有人极端否定中国当代文学，认为中国当代文学都是垃圾。他们认为现代文学要远远超过当代文学，中国当代文学连与现代文学比较的资格都没有。比如说，相对于鲁（迅）、郭（沫若）、茅（盾）、巴（金）、老（舍）、曹（禺）这样大师级的人物，中国当代作家都是渺小的侏儒，根本不能相提并论，两者比较就是对大师的亵渎。应该说，与对中国当代文学的肯定之声相比，对当代文学的否定和轻视显然更成气候、更为普遍也更有市场。尽管否定者各自的角度和出发点不同，但中国当代作家、作品与中外文学大师、文学经典之间不可比拟的巨大距离却是唱衰中国当代文学者的主要论据。这种判断通常沿着两个逻辑展开：一是对中外文学大师精神价值、道德价值和人格价值的夸大与拔高，对文学大师的不证自明的宗教化、神性化的崇拜。二是对文学经典的神秘化、神圣化、绝对化、空洞化的理解与阐释。在此，我们看到了一个非常有趣的悖论：当谈论经典作家和文学大师时我们总是仰视而崇拜，他们的局限我们要么视而不见要么宽容原谅，但当我们谈论身边作家和身边作品时，我们总是专注于其弱点和局限，反而对其优点视而不见。问题还不在于这种姿态本身的厚此薄彼与伦理偏见，而是这种姿态背后所蕴含的"当代虚无主义"。这种"虚无主义"的最大后果就是对当代作家作品"经典化"的阻滞，对当代文学经典化历程的阻隔与拖延。一方面，我们视当下作家作品为"无物"，拒绝对其进行"经典化"的工作，另一方面又以早就完全"经典化"了的大师和经典来作为贬低当下泥沙俱下的文学现实的依据。这种不在同一个层面上的比较，不仅毫无意义，而且只能使得文学评价上的不公正以及各种偏激的怪论愈演愈烈。

其实，说中国当代文学如何不堪或如何优秀都没有说服力。关键是要进行"经典化"的工作，只有"经典化"的工作完成了才有可能比较客观地对当代的作家作品形成文学史的判断。对当代的"经典化"不是对过往经典、大师的否定，也不是对当代文学唱赞歌，而是要建立一个既立足文学史又与时俱进并与当代文学发展同步的认识评价体系和筛选体系。当然，我们也要承认，"经典化"问题是一个非常复杂的问题，并不是凭热情和冲动一下子就能完成的，但我们至少应该完成认识论上的"转变"并真正启动这样一个"过程"。

现在媒体上流行一些对于中国当代文学经典化冷嘲热讽的稀奇古怪的言论，其核心一是否定中国当代文学有经典、有大师，其二是否定批评界、学术界有关"经典化"的主张，认为在一个无经典的时代，"经典"是怎么"化"也"化"不出来的，"经典化"是一个实实在在的"伪命题"。其实，对于文学，每个人有不同的判断、不同的理解这很正常，每一种观点也都值得尊重。但是，在"经典"和"经典化"这个问题上，我却不能不说，上述观点存在对"经典"和"经典化"的双重误解，因而具有严重的误导性和危害性。

首先，就"经典"而言，否定中国当代文学早就不是什么新鲜事，对当代文学的虚无主义态度在很多人那里早已根深蒂固。我不想争论这背后的是与非，也不想分析这种观点背后的社会基础与人性基础。我只想指出，这种观点单从学理层面上看就已陷入了三个巨大误区：

第一个误区，是对经典的神圣化和神秘化的误区。很多人把经典想象为一个绝对的、神圣的、遥远的文学存在，觉得文学经典就是一个绝对的、乌托邦化的、十全十美的、所有人都喜欢的东西。这其实是为了阻隔当代文学和"经典"这个词发生关系。因为经典既然是绝对的、神圣的、乌托邦的、十全十美的,那我们今天哪一部作品会有这样的特性呢?如果回顾一下人类文学史,有这样特性的作品好像也没有。事实上,没有一部作品可以十全十美,也没有一部作品能让所有人喜欢。在这个问题上,我们应该明确的是,"经典"不是十全十美、无可挑剔的代名词,在人类文学史上似乎并不存在毫无缺点并能被任何人所认同的"经典"。因此,对每一个时代来说,"经典"并不是指那些高不可攀的神圣的、神秘的存在,只不过是那些比较优秀、能被比较多的人喜爱的作品而已。从这个意义上说,当今中国文坛谈论"经典"时那种神圣化、莫测高深的乌托邦姿态,不过是遮蔽和否定当代文学的一种不自觉的方式,他们假定了一种遥远、神秘、绝对、完美的"经典形象",并以对此一本正经的信仰、崇拜和无限拔高,建立了一整套关于中国当代文学的伦理话语体系与道德话语体系,从而充满正义感地宣判着中国当代文学的死刑。

第二个误区,是经典会自动呈现的误区。很多人会说,是金子总是会发光的。但对文学来说,文学经典的产生有着特殊性,即,它不是一个"标签",它一定是在阅读的意义上才会产生意义和价值的,也只有在阅读的意义上才能够实现价值,没有被阅读的作品没有被发现的作品就没有价值,就不会发光。而且经典的价值本身也不是固定不变的。如果一个作品的价值一开始就是固定不变的,那这个作品的价值就一定是有限的。经典一定会在不同的时代面对不同的读者呈现出完全不同的价值。这也是所谓文学永恒性的来源。也就是说,文学的永恒性不是指它的某一个意义、某一个价值的永恒,而是指它具有意义、价值的永恒再生性,它可以不断地延伸价值,可以不断地被创造、不断地被发现,这才是经典价值的根本。所以说,经典不但不会自动呈现,而且一定要在读者的阅读或者阐释、评价中才会呈现其价值。

第三个误区，是经典命名权的误区。很多人把经典的命名视为一种特殊权力。这有两个层面的问题：一，是现代人还是后代人具有命名权；二，是权威还是普通人具有命名权。说一个时代的作品是经典，是当代人说了算还是后代人说了算？从理论上来说当然是后代人说了算。我们宁愿把一切交给时间。但是，时间本身是不可信的，它不是客观的，是意识形态化的。某种意义上，时间确会消除文学的很多污染包括意识形态的污染，时间会让我们更清楚地看清模糊的、被掩盖的真相，但是时间同时也会使文学的现场感和鲜活性受到磨损与侵蚀，甚至时间本身也难逃意识形态的污染。此外，如果把一切交给时间，还有一个前提，那就是对后代的读者要有足够的信任，要相信他们能够完成对我们这个时代文学的经典化使命。但我们对后代的读者，其实是没有信心的。我们今天已经陷入了严重的阅读危机，我们怎么能寄希望后代人有更大的阅读热情呢？幻想后代的人用考古的方式对我们这个时代的文学进行经典命名，这现实吗？我不相信后人对我们身处时代"考古"式的阐释会比我们亲历的"经验"更可靠，也不相信，后人对我们身处时代文学的理解会比我们亲历者更准确。我觉得，一部被后代命名为"经典"的作品，在它所处的时代也一定会是被认可为"经典"的作品，我不相信，在当代默默无闻的作品在后代会被"考古"挖掘为"经典"。也许有人会举张爱玲、钱钟书、沈从文的例子，但我要说的是，他们的文学价值早在他们生活的时代就已被认可了，只不过很长时间由于意识形态的原因我们的文学史不谈及他们罢了。此外，在经典命名的问题上，我们还要回答的是当代作家究竟为谁写作的问题。当代作家是为同代人写作还是为后代人写作？幻想同代人不阅读、不接受的作品后代人会接受，这本身就是非常乌托邦的。更何况，当代作家所表现的经验以及对世界的认识，是当代人更能理解还是后代人更能理解？当然是当代人更能理解当代作家所表达的生活和经验，更能够产生共鸣。因此，从这个角度来说，当代人对一个时代经典的命名显然比后代人更重要。第二个层面，就是普通人、普通读者和权威的关系。理论上，我们都相信文学权威对一个时代文学经典命名的重要性，权威当然更有价值。但我们又不能够迷信文学权威。如果把一个时代文学经典的命名权仅仅交给几个权威，那也是非常危险的。这个危险表现在什么地方呢？就是几个人的错误会放大为整个时代的错误，几个人的偏见会放大为整个时代的偏见。我们有很多这样的文学史教训。在这个问题上，我们既要相信权威又不能迷信权威，我们要追求文学经典评价的民主化、民主性。对一个时代文学的判断应该是全体阅读者共同参与的民主化的过程，各种文学声音都应该能够有效地发出。这个时代的文学阅读，最理想的状态应该是一种互补性的阅读。为什么叫"互补性的阅读"？因为一个批评家再敬业，再劳动模范，一个人也读不过来所有的作品。举个例子：现在我们一年有5000部以上的长篇小说，一个批评家如果很敬业，每天在家读二十四小时，他能读多少部？一天读一部，一年也只能读三百部。但他一个人读不完，不等于我们整个时代的读者都读不完。这就需要互补性阅读。所有的读者互补性地读完所有作品。在所有作品都被阅读过的情况下，所有的声音都能发出来的情况下，各种声音的碰撞、妥协、对话，就会形成对这个时代文学比较客观、科学的判断。因此，文学的经典不是由某一个"权威"命名的，而是由一个时代所有的阅读者共同命名的，可以说，每一个阅读者都是一个命名者，他都有对经典进行命名的使命、责任和"权力"。而作为一个文学研究者或一个文学出版者，参与当代文学的进程，参与当代文学经典的筛选、淘洗和确立过程，更是一种义不容辞的责任和使命。说到底，"经典"是主观的，"经典"的确立是一个持续不断的"过程"，"经典"的价值是逐步呈现的，对于一部经典作品来说，它的当代认可、当代评价是不可或缺的。尽管这种认可和评价也许有偏颇，但是没有这种认可和评价，它就无法从浩如烟海的文本世界中突围而出，它就会永久地被埋没。从这个意义上说，在当代任何一部能够被阅读、谈论的文本都是幸运的,这是它变成"经典"的必要洗礼和必然路径。

总之,我们所提倡的"经典化"不是要简单地呈现一种结果,不是要简单地对一个时代的文学作品排座次,不是要武断地指出某部作品是"经典",某部作品不是"经典",不是要颁发一个"谁是经典"的荣誉证书,而是要进入一个发现文学价值、感受文学价值、呈现文学价值的过程。所谓"经典化"的"化"实际上就是文学价值影响人的精神生活的过程,就是通过文学阅读发现和呈现文学价值的过程。可以说,文学的经典化过程,既是一个历史化的过程,更是一个当代化的过程。文学的经典化时时刻刻都在进行着,它需要当代人的积极参与和实践。因此,哪怕你是一个对当代文学的虚无主义者,你可以不承认当代文学有经典,但只要你还承认有文学,你还需要和相信文学,还承认当代文学对人的精神生活具有影响力,你就不应该否定当代文学经典化的重要性。没有这个"经典化",当代文学就不会进入和影响当代人的生活,就失去了存在的意义。每一个人,哪怕你是权威,你也不能以自己的好恶剥夺他人阅读文学和享受文学的权利。

从这个意义上说,当代文学的经典化当然是一个真命题而不是一个伪命题。在一个资讯泛滥的时代,给读者以经典的指引是文学界、出版界共同的责任,而这也是我们编辑出版这套书的意义所在。

最后,感谢张明和张英先生为本套书付出的辛劳,感谢北京立丰天文化传播有限公司、北京金圣典文化有限公司的资金支持,感谢全体编委和北京联合出版公司各位编辑,感谢所有对本套丛书的出版给予大力支持的作家和他们的家人。

是为序。

吴义勤

2022年冬于北京

目　录
Contents

豹子最后的舞蹈＿＿1

松鸦为什么鸣叫＿＿46

母　亲＿＿106

太平狗＿＿159

滚　钩＿＿214

豹子最后的舞蹈

> 我漫游在星星之间,我深知
> 即使它们都暗淡了
> 你的双眼仍能亲切地闪烁
> ——蒙塔莱

(某年某月,神农架一年轻姑娘徒手打死一只豹子,成为全国闻名的打豹英雄。当人们肢解这头豹子时,发现皮枯毛落,胃囊内无丁点食物。从此,豹子在神农架销声匿迹了。)

在我生命的最后几年里,我整日徜徉在神农架的山山岭岭。我老啦,这种衰老是无法用言词来表达的。衰老就是衰老,包括我生命中的各种欲望。我现在唯一的欲望是进食,除了水,我需要肉,带血的肉，嚼它，品尝它，伏在某一棵天师栗树下，或是一处灌木丛中，头上悬垂着紫色的"猫儿屎"和通红的老鸹枕头果。然后，我舔食那些动物的血肉，带着满腹的胀意美美地睡上一觉，不惧寒露和星星，在沉沉的山冈上，在山谷里，重温往日的旧梦。

我是一只孤独的豹子，我的同类，我的兄弟姐妹，我的父母都死了，我是看着他们死去的；有的是无声无息地消失了，像一阵又一阵的岚烟，像一片掉落进山溪的树叶——它们是不会回头的。

孤独，我们的天性。我们天生是孤独沉默的精灵，我们偶尔吼叫，那也是在没有同类的时候，用以抒发我们内心的心事，还有豪气。我们只想听听我们的回音，在山壁上的回音，在茫茫夜空中的回音。那是我们期待的回答。也就是说，我们只喜欢听我们自己；有好几次，在我得意时，我看我喷发出去的吼声是否震落了天上的星星，我以为，我总能震落那些高傲的星星。后来应验了，在我的一声吼叫后，我看见西南角的星星像雨点一样滑落下来，半个时辰后还稀稀落落地往下掉。可是，我们的孤独是幸福的孤独，是知道在某一处山谷里还有着我们的族群，有着我们的所爱，有着我们的血亲……而如今，我的孤独才是真正的痛苦的孤独，没有啦，没有与我相同的身影，在茫茫的大山中，我成为豹子生命的唯一，再也没有了熟悉的同类。我有一天意识到这个问题时，好像掉入一个无底的深渊，永远地下坠下去，没有抓挠，没有救助，没有参照物——那一定是时间的空洞，是绝望，是巨大的神秘和恐慌。在那种失重感的恐惧中，有一天我定下心来，我决定活下去。决不决定无所谓，我总得活下去，吃、喝、拉、撒、睡。

我渴望食物，以及在饱食终日中的温暖，这已经是我垂死挣扎的日期了，我的游荡步履蹒跚。我渴望着温暖，然而现在是三月，是严峻的三月，山上的积雪还没有融化，到半夜的时候，偶尔会飘上一场雪花，它们轻盈地落在我皮毛上的样子过去是抒情，现在是寒冷，对于季节的转换我已经心如古井。我听见了麂子们清长的嗥叫，那是对春泉的呼唤。在低山地区，农人开始了选种，他们要上山种洋芋和苞谷了。更多的南麦在早春的寒意中抖索着，生长着，稀稀拉拉。在陡峭的山地上，这些麦子还不及大蓟长得茂盛而体面。我看见大蓟了吗，噢，它们长着坚硬的刺，面色发亮，就是在这儿，我与一头豪猪遽然相遇。只有豪猪才敢在这儿穿行，它们的刺抵御着大蓟的刺。豪猪找到了这样的乐园，也是一个讽刺，它们应该有更温暖的家，可是，哪儿比这更安全呢？在树木被砍伐过的地方，大蓟从海拔零米的地方开始了疯狂的翻山越岭，占领着那些只留下树桩和哭泣的空地，俨然成为了山岭的主人。

我看着那只豪猪，在这样多刺的山头它变得更加怒气冲冲。我能征服它吗？我看着它毛刺倒竖的样子，我压根儿就没征服过它。可是，我想着它刺下一身潜伏的美味皮肉。我舔着嘴唇，可这头豪猪是如此鄙夷地看着我，慢吞吞的，知道我没有了力量，过去没有让我战胜，现在更加休想战胜了。

豪猪钻进了大蓟深处，接着惊起了一只红腹锦鸡，是一只母鸡。这曾是我的美味佳肴，我仰头望着它飞走了，我只能望着，并且不想等候它的飞回。我还知道，在大蓟中，也许有一窝蛋，一群嗷嗷待哺的雏锦鸡，但是我不能纵身进去。面对着大片的大蓟，你是无能为力的。

这是一个叫芒垭的岭子，我要到一个沁水的水窝去，我只好喝水。我小心地绕开猎人们下的套子，钢丝套和绳套，还有阴险的垫枪。我一共绕过了十几个套子。有一天，我经过一个叫凉风垭的地方，见到过一百多个套子。在这样套子的丛林里穿行，对我来说已不算一回事了，不然，我不可能活到如今，我的奇异之处使我成为了最后的见证，成为所有痛苦的集大成者，焦点，成为痛苦中的痛苦、孤单中的孤单、死亡中的死亡。

我喝饱了水，看着自己的影子。在小水窝的周围，布满着更多的套子和黑洞洞的枪口，猎人们知道这种地方会引来喝水的猎物，所以野兽们总是匆匆地喝完水就快速地走了，而我想在此待上一会儿。我累了，我得歇歇，再说，我不再害怕死亡，面对着那些喷火的枪口、滚珠、钢筋头以及更迅猛的铜弹，我没有了惧怕，死亡是迟早的事，而我已经躲过了一千零一次。我看着自己的面容，它丑陋，荒凉，魂不守舍，因饥饿而多少有几分哀伤。我听见了一个农人的唱歌，那是农人，不是鬼鬼祟祟的猎人，猎人总是一声不吭，且心事重重，农人总是欢乐的，他在暮色中唱着一首姐儿情郎的歌。我不知道这个季节他们在山上能收割到什么，只能是猪草吧。

"我要吃猪！"对猪的渴念使我不自觉地来到了一处我过去掩埋猎物的地方，我闻着那个地方依稀可辨的腥气，岩羊、青羊和麂子的腥气，甚至还有一只鬣羚的腥气。这只是臆想吧，这已经是多年前的故事了，雨水和时间早把它们美妙的气味冲得一干二净。我又爬到一棵古松上，这儿曾经挂过我的食物，挂过一只小野猪，一只小熊的后胯。

现在，我躺在古松上，刚才上树攀爬使我气喘吁吁。我望着四周，渐渐沉落下去的白昼，悄悄围上来的黑夜，我直发困，肚里饥肠辘辘。这时我想念起我的兄弟来，他叫锤子。他总是喊着我的名字："斧头，斧头！……"我希望他是喊我的名字，而不是叫我"复仇！复仇"。可是，我听到的却是"复仇啊，复仇！"

老林里此刻又响起了这样的声音，我兄弟的声音，这是耳鸣吗？

近来我老是梦见我的兄弟,老是听他在梦中向我授意,要我复仇,这已经有几年了。

我与我的锤子兄弟很难说有什么感情,只是在母亲带领我们的那两年里,我们曾经亲密无间过,自从我们长大,被母亲驱赶着分离后,我们就各自占有了一个山岭,我们并不打招呼,熟视无睹,在发情的季节,我们甚至成为情敌,常常咬得鲜血直流。但是我的兄弟老是出现在我的梦里要我复仇,喊着我的名字。他是如此的固执,他的阴魂是如此固执。可是他不知道,我是如此的势单力薄,就是有三十头豹子又怎样呢?复仇的愿望永远是不可能实现的。

我的兄弟惨死在我们共同的敌人老关的枪口。我说的"我们",是指我们所有的野兽,不只我们豹子家族。我的兄弟的一只爪子被老关砍下来,将其掏空,做成了一个烟袋。这只"烟袋"的五只指甲完好如初,那就是我兄弟的手,它们张扬着,抓得死任何猎物,铁一样的,不然我们的母亲为何将他取名为锤子呢?我看见老关在我兄弟的爪子里掏出一撮烟丝来,放进他的烟斗中,那是一支很长的铜箍竹节的烟斗。在某一天黑夜的窗口,我在山头远看他吧嗒着,坐在火塘边,我的兄弟的爪子晃荡在火光里。

现在要说到老关的两条猎狗"雪虎""草虎"了。它们是人类的帮凶,助纣为虐。我兄弟的最后一口气就是雪虎咬断的,草虎也曾剜下我母亲的一只眼睛。这些凶恶的猎犬,它们简直像青鼬和豺,要剜掉所有猎物的眼睛,它们伸出爪子挖眼掏肛,手段极其残忍。难道雪虎、草虎也是青鼬和豺的杂种吗?

我的兄弟是一只凶猛的豹子,但他缺少脑筋。他对家畜的攻击是十分稀少的,主要在自己的领地与那些温驯的偶蹄动物过不去。不过他就是不伤害一头家畜,老关和像老关一样面孔的人都将把我们斩尽杀绝。可以说，在这块地方，遍地都是我们的仇人。我们和人类的对峙已经有若干万年了，现在这种对峙愈来愈强烈，最后的结果是，我们失败了，我们的亲人，都带着仇恨闭上了他们的眼睛，他们至死也不明白，人类为什么会有这么强大，会对我们恨之入骨。我们总是躲着人类行走，这是母亲教给我们的。母亲说，不要惹他们，他们有枪。别看他们会微笑，他们的眼睛深处闪烁着嗜血的渴望。母亲说，有一年大旱，她看见人类相食，而我们这些豹子，就是饿死，也不会去啃噬另一只豹子的肉体。

说到我的兄弟惹祸，是因为他太自信太忘乎所以的缘故。那时候，他决定征服一只大羚羊，当地人叫它大羊，这只大羊是从棺材山下来的。棺材山是青羊、岩羊和大羊们的乐土，甭说是我们，猎人也上不去。可是这只大羊出现在我兄弟的眼里时，我的兄弟产生了一股虚妄的激情。征服这近千斤重的大羊，我的祖先可能有过，我没有见过。

我无法阻止他愚蠢的举动，我在我的山头隔着一条峡谷望着他。我甚至不给他提醒，我不敢贸然闯入他的领地，在这一点上，我像我的祖先——对自己的同类冷漠无情，我知道大羊是不好惹的。

我的兄弟在第二次见到大羊后，就决定对它动手了。他潜伏在一片老林和草甸的边沿，在那儿，他企图切断大羊逃跑的路线，因为大羊是在老林藏身，而又要在草甸上吃草的动物。它跟一般偶蹄动物不同，它喜欢纵深到草甸的更远处，不害怕没有逃跑和藏匿之路。在我兄弟动手之前的几天，我看到了大羊是怎样将一头觊觎它的老熊打得落落大败的。这是难以置信的，猎人不是有一猪二熊三虎豹之说吗？我的兄弟对此一无所知。

我的兄弟第一次接触大羊是在一个燠热的中午，在夏天，我的兄弟战胜猎物的欲望尤其强烈。他靠近大羊的时候，大羊十分警惕。我的兄弟是没有见过多少世面的豹子,他在打盹的时候看见了一只庞大的羊子,他打量它,因为他并不害怕这山岭上所有的生灵,除了人类。他一定在想,今日的晚餐解决了。但是他迟疑着,他一定在想怎么下口,这么粗壮的动物,我怎么才能咬断它的喉管,怎么从它粗壮的肋骨下拉出五脏六腑来吃掉。他可惜没有捕获这种庞然大物的经验,然而经验落后于行动,对于豹子来说,不顾一切的行动是它们生存的魅力,是它们作为一道绚烂的光芒辉映于山岭的独特风景。就在这时,一声寒鸦清脆的叫声打破了这儿的寂静,使大羊警惕起来,支棱起脖子四下望着,它看见了我的兄弟,那一团火,在蜷伏时也是危险的,它于是跑了,没命地向一面悬崖跑去。如此笨重的身体在它跃上悬崖的时候却又如此轻盈,简直像飞翔的石头。

但是,这片草甸是青翠欲滴的诱饵,大羊总会回来的。它吃了第一口,就会回来吃第二口。可以说,我的兄弟拥有了这山峦的一块草甸,他就拥有了丰衣足食,草食动物们都是一些要草不要命的笨蛋。

笨蛋又来了。这是第三天的下午,刚下过一场阵雨,树叶和草尖上闪亮着晶莹的水珠,空气湿润,暑热消退。我的兄弟扑向了再次光临的大羊。我的兄弟在几近枯黄的箭竹和开满蓝花的羊角七藤蔓间穿行时竟然没弄出一点声响,我的兄弟简直是一抹灿烂宁静的晚霞,他在接近他的敌人。因为饥饿和显示,他要咬掉素不相识者的喉咙,看它汩汩地冒血。

我以为这将是一场生死追逐,疯狂地追赶与没命地逃窜,然而没有。我看到这只大羊只是在两个转弯后,在一块尖锐的巨石后面突然掉头对准了我的兄弟,出其不意地将它的犄角挑中了我兄弟的腹部。我看见大羊猛冲了!我看见大羊的肌肉在阳光下聚积着!我看见了愤怒!看见了灰褐色的皮毛几乎要覆盖我兄弟那金色的钱纹皮毛!我看见大羊向我的兄弟压过去!……如此凶猛的大羊,在这些羊类家族中,莫非还有抵抗的热血?我以为它们除了奔跑逃命就没有其他。其实我清楚,这些大羊就是如此,我的兄弟却不明白。

我的兄弟的腹部显然是受了伤,可是他的英气和傲气不会使他退缩,这是不可能的,哪怕面临着一千只大羊,我的兄弟也会奋勇前进,以死相拼!

我看见我兄弟的血迸溅在那个山岭,这只是搏斗的开始。果然,我的兄弟迎了上去,他跃过尖锐的巨石,像一道闪电,在巨石后面,我看不见打斗,只听得见我兄弟的怒吼和大羊的嚎叫,大羊的嚎叫简直像一个分娩的女人,这与它们的身躯极不相符。后来终于打出来了,我看见大羊的犄角高挑着我的兄弟,我兄弟咬着大羊的脖子。不知为什么,我看见大羊挣脱我兄弟的嘴,松开它的犄角,没命地朝老林里跑去,一下子就没有踪影了。刚才的景象像一场梦,独留下我受伤的兄弟,留下他口里正在嚼着的一块大羊的皮。

我的兄弟好像力气用尽了,他躺在草丛里,浑身打战,他舔舐着自己的伤口,懒懒怅怅的眼神偶尔向远方望一下。他一定很疼痛,但他决不表现出来。

那一夜,我无望地望着我的兄弟锤子。我朝那个山峦望着,黑魆魆的山峦上高耸着巴山冷杉和粗榧的影子,夜雾一阵一阵地漫上来,在早晨的时候变成了云海。我和我的山岭,都在云海之上,而我的兄弟却在云海之下,在稍微低矮的地方。就是那个早晨,我听见了枪声。

是老关的枪声。接着吹起了牤筒。云海突然消散了,在牤筒气壮山河的号声中,整个群山开始一阵一阵地发怵、打战。这是围猎赶仗的号声,老关,和他的三个儿子已经跟踪了大羊整整七天。可是,循着血迹,雪虎和草虎最先发现的却是我受伤的兄弟。

雪虎是一条雪白的母狗，草虎是一条草狗，也是母的。雪虎的叫声使老关的第三个儿子一跃而起，手拿着猎钩和开山刀向我的兄弟扑去。那是一把三爪猎钩，像锚一样，他们钩住了猎物，就用开山刀的刀背猛击它们的头颅。老关的三儿子是一个极其年轻残忍的杀手，他才十五岁，我曾看见他敲击过一头猪獾的脑壳，两下就将那脑壳敲碎了，敲碎的脑壳还在发出凄惨的叫声。

这个十五岁的杀手用长长的绳子甩向我的兄弟，是那么准确地钩中了我兄弟的臀部，雪虎和草虎更是箭一样冲向我的兄弟。

后来云海湮没了它们，湮没了猎杀与被猎杀、追捕与逃亡。我的兄弟是怎么跑的我不得而知，在太阳当顶的时候，一群猎人抬下来的不是我的兄弟，而是大羊。

我的兄弟逃向了更高的山巅，可是老关知道，我的兄弟是会下来的，他要下山来喝水，他流了太多的血。山巅上扎不住他，那儿没有水，在这炎热的夏季。

第五天，我的兄弟重又出现在老关的视野里。

最先出现的是大片大片的苍蝇，它们围着我的兄弟。我兄弟的伤口完全腐烂了，腹部、臀部。可他的举止依然有着豹子的威仪和尊严，多肉的掌子踏着地下时富有弹性和自信，但是那么多的苍蝇正在凌辱他，那些肮脏的臭蝇，它们知道了我兄弟的死期。

老关正在一个水坑边呼呼大睡，他的三个儿子至少有两个已经喝醉了，是一种"地封子酒"。而他的三儿子，正在全神贯注地将一撮头发捅进土铳的铳管中去——火药和子弹已被他填满了，这是最后的程序。

就在这时，垫枪响了，是老关早就安好的，我的兄弟绊上了垫枪的索子，索子上的引信拉响了，几乎在一秒中之内，我的兄弟转过头去，那些钢筋头、滚珠就像碎痰一样向他飞来。老关的三儿子张大着嘴巴将铳举起来，老关和另外两个儿子睁开眼睛望着天空。可恨的雪虎记住了我兄弟的气味，在我兄弟趔趄着倒下又准备奔逃时，它早就蹿到了他面前飞竖着尾巴，咬住了我兄弟的喉管。枪弹有几颗斜穿进腹部，我的兄弟的身子在倒地时是扭曲的，他看见苍蝇像烟雾一样散去，他的头触地，又扬起来；伸直，又转过去。他是想再看看那支阴险的垫枪吗？雪虎的扑来遮住了他的视线。他是想先看一看，所以对扑上来的那条雪白的影子还没有认出来，他的喉咙已经堵住了，接着穿出一个大洞，从那儿流泄出血，也流泄出豹子的元气。扑哧一声，像轮胎漏气一样，我的兄弟的筋就被人抽走了。肯定是那样的！

我的兄弟倒在水洼边，倒在碧森森的水洼边。这时，雪虎还在拼命撕扯我兄弟的脖子，草虎也在一旁咬着他的后腿。我最后看到我的兄弟就是这样一副样子，无数的狗嘴和苍蝇正在啃噬他。我的兄弟是渴死的，枪弹的痛感似乎都不算什么，我看见他的眼睛里映着水波的倒影，是那么碧绿，那么清澈。从此以后，我就拼命地喝水，那干渴的知觉传导给了我，我的兄弟告诉我的就是这些。我对水保持了特殊的爱好，在我以后的生活中，我找到了十几处水源，明的、暗的、高山的、低谷的，我想我一定是在替我的兄弟喝水。

除了那个烟袋爪子，我的兄弟的另三只爪子，一只老关送给了大队书记，两只送给了公社的武装部长，那个部长给了他一大把子弹。

我这么回忆我的兄弟的时候，"复仇"的嚣声小了，我的耳畔隐隐传来了麂子的叫声。现在，无论怎么听，这麂子的叫声都像在哭，虽然我明知道它们是在召唤同伴下山喝水。

我想去见一见这些我昔日的佳肴，逮住它们现在是很难了，我的步履不再轻灵、矫健，走路会发出响声，有时候会喘气，还会咳嗽。

它们知道我是一只老豹，除了怜悯我，绝不会害怕我。有几次，我与它们坐在连香树下，周围是浓郁的、散发着怪味的牛蒡子气息。它们望着我，我望着它们，相安无事。今天我下去了，我除了想喝水外，还隐隐约约地闻到了一点腐肉的香味，我的嗅觉还在。于是我下了山，在一个流淌着巨大山泉的峡谷里，我终于看到了半只正在腐烂的麂子。这可能是失足摔下悬崖，也可能是中了垫枪，也可能是被野物咬死的。我无法拒绝这一堆难吃的肉，它至少可以填饱肚子。在我吃它的时候，我终于看清它是摔下悬崖的，它的后腿都断了。山顶上的积雪还很厚，它一定是受到了惊吓，才从积雪的悬崖上滑落深谷。

味道的确不好。通过这只麂子，我想起多年以前我曾追逐一只鬣羚，也是在冰天雪地里。它黑色的尖角和棕红的嘴唇对我充满了诱惑。我并不饿，我记得那一天我吃了太多的食物，是岩羊？是角雉还是一只兔子？我记不清了，我只想戏弄它一下，我不想花那么大的气力去逮它，因为鬣羚的步伐也是尽人皆知的。可是，勇猛的鬣羚，知耻负气的鬣羚，大义凛然的鬣羚，它竟跳崖了，舍身成仁了。我追到悬崖边，看到崖底雪地上正在痉挛的鬣羚，鲜血染红了白雪。我对它久久地致意，这样刚烈的鬣羚并非少见。在所有的野兽中，连最弱小的兽类也从来没有束手就擒过，面对死亡，它们一个比一个刚烈。

我实在难以咽下那样的腐肉，在它的后胯那儿我扯下了两块，囫囫囵囵地吞了进去，这只能使我更加饥饿，更加唤醒了胃囊的渴望。可是我不能吃下这样的东西，我是一只豹子，不是獾，不是兀鹫或者一只苍蝇。

我跃上一个山脊的时候见到了一只竹鼠。在洞口，我守着它，我想如果我不能迅速抓住它的咽喉，我的皮肉就会被它的两颗门齿深深地扎进去。我放弃了这种危险的打算，我还是饿吧，饿吧，我已经习惯了饥饿。我头昏眼花地盲目乱窜,眼前甚至出现了幻觉。我不知道我何时走进了一个洞口,在两棵粗大的铁桦背后,我睁开眼睛时仿佛看见了我的母亲向我走来,嘴里叼着一只黄鼠狼。我看见了我的母亲,从淡蓝色的光线那儿走了进来,她的轮廓透着山林和草莽的气息,是那么新鲜,而那只黄鼠狼柔软耷拉的样子突然使我的眼睛湿润起来。

我站起来,像儿时那样迎向她,我心里欢叫着:"母亲——"我会像可爱的童年那样上去咬她的尾巴、耳朵,或者接过她的猎物,兄弟姊妹一起撕扯咀嚼起来,然后听着我们母亲的呵斥。我的母亲总是面目狰狞地呵斥我们,可她的心肠是最好的。有一次,她为我们抓捕一只岩羊,花了三天的时间,越过了几道大垭,还摔断了一只后腿,她瘸着腿将岩羊叼回来。五天以后,因为不能远行捕食,她用尚好的两只前爪,为抓一只竹鼠,竟刨出一米多深的洞,终天抓住了那个肥胖的家伙。

我本想去咬她的尾巴让她呵斥的,我还想吃那只黄鼠狼,可是我定眼看时,我的母亲消失了,洞外冰凉的风雾朝里灌着,发出怪器。

"母亲,你在哪儿?母亲!……"

啊,我的母亲已经死了。在洞口,连她的魂影也不见了。

我重又软下腿来,蜷在石头上,枕着自己的前爪。一只老鹰飞进洞来,搅起一阵凉雾,洞顶有它的暖巢。

我想念母亲。这是自然的。

我的母亲是一只美丽的母豹。那时候,我们住在白岩对面的山上,白岩离我们有几十里远,可是白岩就在我们对面,它壁立万仞,像一组巨大的远古城堡,在傍晚,西天的太阳直射在它的山壁上,蔚为壮观。我的母亲说,白岩给我们以激励,它的灿烂,是我们明天更振奋有力活着的理由。白岩就在我们面前,四野是漫山的红叶,我们的童年在那样的环境中锻造着灿烂张扬的气质。有时候，母亲呆呆地看着白岩，她支起前腿，尾巴铺成一个圆形，围着腰脊，这样的姿势让我们惊艳。我母亲对我们说："你只有咬住猎物的时候你才是祖先。"那是在我们问起我们祖先的样子时。另外，我们的母亲还说："你只有咬住猎物的时候你才是豹子，其他什么时候都不是，是行尸走肉。"然而，我认为我们的母亲在遥望白岩的夕阳时她也是豹子，而且是最优秀最伟大的豹子。因为那时候，她充满了我们家族神秘的尊严。

在白岩的下面，峡谷的里汉河蜿蜒地流着，当它与黑河交汇，生出了一个奇怪的野种，它就叫野猫河，发出惊心动魄的吼叫声。在这样的吼声中入梦，不可能不让我们生出一股豪气，连一片树叶掉落下去的声音也像虎啸龙吟。这儿，人们惧怕老虎，总是叫它们猫，如大猫，就是大虎，猫儿岭，就是虎岭，野猫河其实就是野虎川。虎，早就是一个传说了，我曾见过虎，但是某一天早晨醒来，虎就无影无踪了。我的母亲和她的家族成了这一带的霸主。不过，我们的成员也十分厉害，那些呼啸生风的影子总是不明不白地消失了，等我们再期盼着他们重现时，才知道是梦境。伐木的队伍，正在飞快地卷上山来，各种套子和枪口都在搜寻着我们，还有与我们共同逃难的熊、野猪、豪猪、九节狸、麂子、大羊和鬣羚（就是当地说的灵鬣羊）。豺和狼那些阴险的野兽也基本绝迹了，有一天，我看见一群修简易运木公路的人打死了一只豹子，它当然是我的远亲。我闻见了从野猫河的峡谷里升腾起的我的远亲肉汤的气味，那是痛苦的香味。我还闻见了酒，闻见了一些脏歌的臭气，一伙男人的梦呓和他们伐木、炸石的声音。

我的母亲的死真是一场悲剧。就在我兄弟死后不久，我有一次踅到野猫河的峡谷里去看我的母亲。我的母亲对我兄弟的死总是保持着沉默和镇定，对我的到来，她并不欢迎，并像过去无数次驱赶我那样；

自从我们长大，她就不允许我们再亲近她，视她的孩子为仇敌，冷漠、躲避和怒吼。是谁让我们变得这样呢？孤独，像一种吞噬我们的病菌，我们的祖先就是这样吗？谁不希望帮助与交流呢？可是我们不需要，除了我们自己。是孤独使我们灭绝的？

我的母亲拒绝了我。我原本只想去站在那一个山口，像过去一样，在白岩的金碧辉煌中重温我们的欢悦、激情和童年，可是，这已经不可能了。我们被远远地逐出了我们的故地——不是别人，是我们的母亲。当然还有其他的，比如炸山的炮声、树木倒下的哀鸣、石头崩坍的惊叫。不过，我怨恨的是我的母亲，对她的恨已经远远超过了那些山河的破坏者。我知道，我们一代又一代在这些怨恨中生活，隔绝亲情，成为基因，使我们更加孤独和寂寞，孤立无援，像一个又一个分散的游魂，而这正好让那些捕杀者将我们分而击之。

大火是在我沮丧地离开我的母亲之后的若干天里烧起来的，那时候，干旱袭击着整个神农山区。两个伐木的工人爬上工棚的顶层——也就是楼上，去猥亵一个因病未上山的女工，那个女工打翻了煤油灯。

大火就这样燃起来了。大火燃烧了整整两天两夜，那两个夜晚，整个天空都是通红的，好像涂满了鲜血，烈焰腾空而起，烧得星星砰砰下坠，野猫河的河水咕噜咕噜地冒着沸腾的气泡，到处是动物们烧焦的气味。在白岩，有几百只野兽跳了崖，那不是因为壮烈，而是因为疼痛。

我疯狂地奔逃是因为我年轻还加上我大约有一点预感未来的灵性，我跑上一座山头背向大火的时候，发现我的嘴里还叼着一只半熟的青麂。我嘴里的青麂是从哪儿来的呢？我浑身毂觫，已经丢失了记忆，在这种旷世的惊恐中我用咀嚼青麂的肋骨来平息自己。当然，我无法啃动肋骨，我不是狗，不是老关的雪虎和草虎，我却必须不停地啃，啃。那时候，我只有一个信念，或者说只有一个意识：啃肋骨，啃它！我什么都不会做了，傻了，我想起母亲告诉我们的：只有咬住猎物的时候你才是一只豹子，否则，什么都不是，是一堆行尸走肉。我现在咬着猎物（捡的？），却感觉不出我是一只豹子，而是一堆可怜的肉、喘息的肉、死里逃生的肉。

这时候我看见了我的母亲！我的母亲也在拼命地逃命！她在大火中腾跃，她就是一团火！可这团火在漫山遍野的森林里太微不足道了，这火将被那火吞噬。

我的母亲突然生下了我的一个妹妹！我看见她生下来那个鲜红的幼体，就是我的妹妹！但是我的母亲朝后看了一眼——是在大火之上掉头看的，我那妹妹就被大火烧着了，缩成一团。我的母亲再跑，她跑下了山坡，于是，我听见在野猫河谷里喊起了此起彼伏的芜杂惊呼："豹子！豹子！"于是，有一百多个人开始追赶我的母亲，他们手拿着火把和棍子，有的还端着救火的木盆，用煮沸的河水向我的母亲猛泼。"豹子！豹子！豹子！"

悲惨的野猫河谷，疯狂地逃窜着我孤立无援的母亲！我看见她又生下一只幼豹——那是我又一个早产的妹妹！我那妹妹一落地就被狂呼乱跑的人们抓住了。我的母亲尾部淌着飞溅的血水，没命地跳入野猫河，在冒着团团热气的河中，越过一块又一块溜滑的巨石。

如果她能顺流直下野猫河，她就有可能逃出人们的围歼，在那儿河谷愈加空旷，火势弱小。然而救火的人们放弃了救火，擒拿一只豹子正好能刺激他们莫名其妙的激情。他们围了上去，站在河边用石头砸，用棍子打。冰雹般的石头和棍子就这样落在我母亲的身上。那些人喊："打死它！打死它！"我的母亲在水中沉浮着，在石缝里腾挪着，我虚弱的母亲终于被他们逮住了。

谁都没有上去，人们只是用棍棒卡住她的头，又击打她的头。他们不敢上去，整个河谷是黑压压的人。我听见乌鸦开始聒噪，它们闻见了血腥。我的母亲被人们制服了，像一张纸那样趴伏在河滩上，石头和棍棒依然投向她。有几个人拿着一捆绳子来了，另外几个人用粗大的树干压住我母亲的头，使她不能动弹。可我的母亲，只要能呼吸，她就会咆哮，呼吸就是咆哮，微弱的呼吸就是轰天的咆哮。她的后肢在不屈地掘地，尾巴像鞭子一样左右抽打，刨出的沙石打在周围的人脸上。忽然，一个干部模样的人来了，戴着大草帽，高卷着裤腿，手上拿着一根扑火的松枝，所有的人给他让开了一条路。促使我母亲逃脱的还不是这位干部，在人们传诵着××书记来了的时候，两个压杠子的人手突然软了、松了。人类总有着无缘无故恐惧的时候，他们害怕了？他们压不住那个龇牙咧嘴的豹子头，那猩红的舌头、凸起的眼珠和锐利的牙齿使他们视久了胆寒？人类就是这样的一群东西，他们坚持什么都不能持久，他们总有惧怕和松懈的时候。我的已经一只脚踏入地狱的母亲——我相信她的肉体已经死亡，未死的是意识和精神。就这样，未死的精神激惹着已死的肉体，一跃而起，人们像软泥一样给她让路，不是让路，是惊慌地闪开。我听见那个尚未走近的领导大声说："好啊好啊，好啊好啊！"

对于那一次大火的记忆，我一回想起来就是那种毕毕剥剥狂烈燃烧的声音。我甚至记不起那是哪一年、哪一个季节。在大火和人声渐渐平息之后我见到了我的母亲，那时我还在啃青鹿的肋骨。那是一种机械的啃，干燥的噬啃声并不是其他野兽的噩梦。我看见了我的母亲，她死亡的肉体和她清醒的精神出现在我的眼前。她身上的毛已经全部烧焦了，伤痕累累，头皮开裂了，牙齿也打掉了两颗，尾巴短了一截，两个后爪血肉模糊……她完全是一团被大火和人们重新搓揉过一遍的苦荞面！我说："你是我的母亲吗？你不是我的母亲，不是的！"

这不是我的母亲，大火和棍棒中的幸存者，她不是那个望着白岩、满身灿烂辉煌如神灵的母亲，她没有了神秘，没有了尊严，甚至没有了那种温情脉脉的伤感——当她舔舐着我们，让我们扯着她的尾巴时，那壮怀激烈的母性。

我在内心里大声喊着，我的母亲却十分平静，我看见她流出了眼泪，泪水全是血。我们在远远的地方默默地注视着，我的母亲眼里的血流尽了，她没有过来分食我的残羹，她艰难地站起来，向另一片没有燃烧的高山丛林走去。我记得，那片丛林里盛开着比烈火冰凉得多的杜鹃花。

在若干天之后，许是我母亲伤好了些，她开始想念她两个早产的女儿，于是她冒着再一次的生命危险，走进了烧焦的野猫河谷。虽然一场大雨使另一些植物从焦土里钻了出来，展示着新的超越疼痛的希望，但依然是满目疮痍。

我的母亲在那儿失魂落魄地寻找自己的孩子，在过火林中，在无遮无蔽的河谷，她完全忘记了保护自己，她神思恍惚。有时候，她呆呆地望着某一处，望着几根还顽强站着的烧成木炭的树干，漆树、冷杉、锐齿栎和山毛榉。这样的时候任何侵犯都会使她陷入死亡的绝境，可她全然不顾。她不知道，我的第二个被活捉的妹妹，早就被运到了城里，在铁笼中，在遥想自己的山林故乡中，供人观赏。

神农架最老的猎手出现了。那一天，老关在他八十五岁生日的喜庆日子即将到来时，带着仅剩的两个儿子最后上一次山，猎获到更多野兽，圆毛（兽）扁毛（禽）。他的二儿子在扑灭山火的战斗中死亡了，他们家因此成为了光荣烈属。

发现豹子的踪迹对老关来说无疑是一剂强心针，我们看到这位优秀的老猎人——我们的死敌是如此雄赳赳气昂昂。他的胡子迎风摇摆着，突然因亢奋而变得发硬；他用牛卵子皮制作的火药囊里装满了黑色的火硝，小布袋里装着的是滚珠、钢筋头和头发。他的大儿子拿的是一支半自动步枪，他的小儿子依然拿着那个猎钩。总之，我们看到老关在劫后的山冈上没有减少丝毫的威风，身板硬朗，除了脸色有些发灰外，失子的悲痛没有一点残留在他的脸上。我还记得他穿着"干部兜"，那是他儿子的服装，因此，穿在他日渐枯干的身上犹如一面旗帜，空荡荡的。可以这样说，老关只不过是一个猎人的符号了，他跟我的母亲一样，肉体已经死亡，而精神与意识还在。他的肉体是被岁月，是被无数的爬山、射击、下套子、剐皮、硝皮和肢解肋骨而消磨掉的。现在，它们已经遗失在风中，吹着牦筒的老关是他儿子们心中的幻影，也许他早就不存在了，突然出现的一只豹子唤醒了这个幽灵。

我的母亲被那牦筒叩击崖壁的嗡嗡回声拉回了现实，那是死亡追赶我们的声音，万山皆栗。悲惨呀，这样的声音总是轮番蹂躏我们的美梦，每响彻一次，就会使山上少了一些生灵。这是我们的丧钟，它是如此无情而漫长地在我们心灵的黑夜里不息敲响，使我们夜不能寐。我的母亲像无数次地逃亡一样，惊惶使我们获得了速度，而无边无际的仇恨使我们获得了冷静。瞧瞧吧，我的母亲，她才是一只真正的豹子，她伤痕累累，她面目全非，缺齿断尾，可她依然是一道红色的闪电、一团金色的火焰，在雪虎、草虎的夹击中，在猎钩中，霰弹中，在牦筒排山倒海、无孔不入的恫吓中，向白岩跑去！在我的记忆中，白岩是无人能上去的地方，是远古的童话，是一片永远挂在那儿的天堂的风景。我的母亲要逃向那儿吗？她要跃上去？一级又一级的石头砌成的城堡，被岁月和风雨雕刻的城堡。她知道自己的死期已经来临了吗？因此，她要投向白岩的怀抱？

我看见老关的脸胖了起来，那个没有准星的老铳以强大的后坐力撞击着他衰老的面颊，可是我看见老关的脸通红，头上的白发一下子变得猩红，连胡子也是。英武的老关，他不愧是一个好猎手，身手矫健，在山岩上如履平地，这是八十五岁的老关吗？我看见在他的怀里跑出了一只豹爪——那是他的烟袋，是我兄弟的爪子。他因为扣子跑落了，那干部服的胸前已经敞开，这使他看上去更像一个杀手。我兄弟的爪子击打在他的左胸、右胸。

我的母亲被钩到了，逃脱了。

我的母亲中弹了，逃脱了。

我只能说，我看得惊心动魄。更加惊心动魄的是在后面，在我的母亲跃上一个又一个悬崖。大约在白岩半山中的一块野生芍药地里，那时候，那儿摇曳着一片让人眼酸的芍药白花，仿佛是悼亡的花圈。我的母亲站在那儿，头顶是无法可上的千丈悬崖，脚下也是陡峭异常的峭岩。她是怎么出现在那儿，她是怎么跃上的，现在想来都是不可思议的事情，可是，面对着死亡的猛扑，什么奇迹都可能发生。

已经没有路了。我的母亲知道，那几个欺凌手无寸铁的弱者的猎人也知道，没有路了，无路可逃了。

我的母亲站在那个岩上，这时所有芍药的花都开始翻飞起来，是风，风把它们翻飞的。风吹着我母亲身上的皮毛，它们虽然变色，残损了，可还是那么高贵，有着不可侵犯的威严，隔绝了任何下贱的企图与阴谋。那三个猎人和他们的猎狗望着她，立住了脚步，端着枪，像几块石头站在那里，高高地仰视着我的母亲。连那两条总是因狐假虎威而躁动不安的狗也没有了狂吠和喘气，他们在我的母亲那儿发现了什么？他们打量的是一个什么东西？是一头豹子？一个人？还是一棵树？或者是一尊从未见过的山神的雕像？

猎人永远是猎人，他们的枪是不会吃素的。我的母亲在他们开枪的一刹那，飞身下岩——我看见我的母亲跃下来啦！我的母亲扑向老关，她一定看见了她孩子的爪子，那是她的骨肉，她认识，她熟悉她孩子的气味，复仇的烈焰将临死前的抗争搅成一团。她落下的冲力将老关结结实实地压倒在地，而这时，枪响了，一股血液冲天而起，那是我母亲的血！我母亲的两只前爪下地时，一只抓到了老关的脸，一只抓到了雪虎。

雪虎的嗥叫真是一条癞皮狗哀哀的嗥叫，但是草虎成了这次杀戮我母亲的帮凶，它在两次狂咬过后，嘴上就衔着了我母亲的一颗眼珠。那时，我的母亲已经再也无力反抗，她受了重伤。草虎把那颗眼珠吞下肚里去了，草虎嚼着我母亲的眼珠，在那只眼珠里，该映着多少美丽的愿望和仇恨！是的，她的仇恨是美丽的，只有正义的仇恨才美丽。

在沉落的太阳里，在万山的寂静中，他们背起我死去的母亲走了，空气中还时时拂来一股树木和山石焦煳的苦味，整个山峦都在那种巨大的隐痛里迎来了又一个山里的黑夜，它们不知道，我失去了母亲。

如今，我思念母亲，依然万山寂静，太阳沉落。烧焦的树木又长起来了，发出新芽，但这并不能掩盖群山和我的疼痛。

昨夜，一场绵绵的细雨突然带来了温润，戟叶星蕨和石韦都开始大片生出鲜嫩的叶子，在草丛中，蒿白粉菌和一些盘菌伸展出来，针芽岛地衣和大叶藓使我行走时出现了沁凉的溜滑。我清楚地记得我听到一些兽类求偶的呼唤。这表明，春天开始从低山向高山浸润了，它将不可抗拒地感染世上的万物，感染一切生灵，提醒它们，复苏和交配的季节到了。可是，这对我又有什么用呢？

我见到的最后一个我的同类，说来也巧，是我的情敌石头。那是一个十分可人的季节，是在流泉淙淙的夏季，溪水边到处开放着金黄色的龙爪花、萱草花和蓝色的沙参花。我在那里喝水时像幻觉一样看到了水中走来的一个倒影。我以为这世上只剩下我一只豹子了，可是我抬起头来看到了石头。他是一只浑身沾满了灰土和草棍的脏豹，一只从头到尾都丧失了豹子威仪的流浪豹子。只是，我看见他还算健壮，步子并不难看，也有着玩世不恭的机警。他不停地舔着嘴唇和牙齿，打着哈欠。他的身上，有与我肉搏时留下的伤口，另外一些不知出处的伤口，有的好了，有的正在好。他一见到我，告诉我的信息是，在后山的那片山林里，三只猴已经吊在了猎人的套子里。

"我好歹吃了一只。"他说。

这是一个快活的精灵。我问他："你还看见谁了吗？"

"我谁都没有看见，我在心里念着斧头的名字时，我还以为撞上了鬼呢。"

我说："你才是鬼！"

"你才是鬼！……"

"别争了，我们两人都是鬼好吗。"

我的情敌，快乐的石头，我们靠在一起，我们内心的话是通过眼神说出的，我们的交流靠的是眼神和心灵。我问起他"红果呢"，"她早就被人射杀了。"他说。红果，我曾经追求过她，那是我们共同深爱的母豹，可是她被射杀了。红果跟我生过一只豹崽，这是我在以后听说的，她在哪儿生产并抚养我们的后代，我一概不知，这不是我所关心的事了。我爱过她，短暂的爱，疯狂持久的搏杀，当然是与那些同样和我有着强烈欲求的成年公豹。有一年，我打赢了石头，第二年，石头打赢了我。我看见，在我们用眼睛讲述红果时，我们流下了眼泪，我和石头，两个过去的冤家对头。

他告诉我他是怎样活到如今的，他向我讲述怎样躲过了猎人和套子、垫枪和陷阱，怎样从一个被砍伐干净的山头迁徙到另一座山上，然后再迁徙、迁徙、迁徙。他滔滔不绝，眉飞色舞，殊不知，活到如今是一个悲剧，因为活着的人比死者更痛苦。

"你想红果吗？"

"我想老虎。"

"你想斧头？"

"我想复仇。"

"你不是斧头，你是斧头的弟弟锤子。"

"我不是锤子，锤子早死了。"

"你想老婆。"

"我只想老虎……"

那时候，我们在野猫河谷里一个劲儿地说话。即使这个世界上只剩下我和石头，我们也不会团结在一起，只待了一天，友好、善良而开朗的石头给我叼来了一只林枭，就离开了我。为了抓到这只林枭，我知道他钻过恐怖的大蓟丛。我记得我还讥笑过他，说他是去找红果的。

"对，我找红果去啦。"

那是他留给我的最后一句话。在一个漆黑的夜晚，我走进一个无名峡谷，我意外地看见了石头的尸体。我分辨了许久，终于看清了他身边还有一些没有吃完的死鱼，我又看见了河边上漂着无数的死鱼，一种比藤黄更毒烈的气味从水里散发出来。石头是吃了剧毒的鱼中毒死去的。他是一只经验丰富的豹，可是最后却死在毒鱼人的手里，不明不白地作为间接的受害者丢了他的性命。

他是一只强壮的豹，他可以捕到更好的食物，他不应该吃这种死鱼，他难道没有闻到鱼身上的毒气吗？可是，如今捕食愈来愈难了，就像人们捕捉我们一样，捕到一只麂子就是一顿最美的牙祭。他说他是去找红果的，他留给我一只林枭，可他却饿着肚子。我的朋友，石头，你的死与我有关，是为了我能吃上一顿晚餐。

我把他用牙齿拖到干爽的高坡上，在卵石累累的河滩，我守着他，石头，我的朋友，在满天星斗下，我独坐无言。

有一忽，我突然明白只剩下我一个了，巨大的孤独感就向我疯狂地袭来。我向哪儿走呢？我坚持下去吗？无边的星空正在诱惑着我，可它在我的头顶上不去的地方。从此，我将孤云独去，谁是我活着和死亡的见证？我想喊叫，我想狂奔，我想把山掀翻。我坐在那儿，一动不动。

我恋恋不舍地离开了我的朋友和情敌，从此，我再也没有交流了，没有任何目光的注视，没有关怀，没有牵挂和向往，什么都没有了，我一个人。我哑了，我变成了聋子，我的表情已经僵硬，在茫茫的星空下面，我在想我活着的意义。

"我要复仇！"

我的兄弟姊妹、我的母亲就是这样暗示我的，他们在丛林的背后，在树丫上，在山壁上，在阴森恐怖的河谷里，在星空之上，不停地向我暗示。他们挤压我、敲打我，所有的影子都是他们的影子，所有的声响都是他们的声响。树、云彩、鸟的啁啾、水声和风声，统统是他们的。我不孤独。只要我复仇，我就不会孤独，他们就会跟随着我，出现在我的眼际，抓住我的意识，将我从绝望的深渊里拖出来。

我先是花了整整一年的时间，去了我该去和能去的地方，我抱着不存希望的侥幸，企图能寻到被遗漏的、被上帝遗忘的更孤僻的同类，我在半夜的呼唤只能坠入更深的星空，整个山野都麻木了。真的没有谁了，这就是现实。

我走的时候风雪弥漫，我重返野猫河谷还是风雪弥漫，这是来年或是第三年的风雪，我记不清了，时间对我已无任何意义。

我的复仇计划很简单：咬死他！咬死他们！

山里的冬天是极其美丽的，阔叶植物都落尽了它们的叶子，而油亮的针叶树在隘口上，任凭寒风的摧折也始终挺立着它们的姿势，头上盖着雍容华贵的积雪。野柿子一树一树，真是像点燃的灯笼，给这残酷的季节增添了让人激动的暖意。暖意是从心头开始的，如果你望着那些冬日的野柿树。

我走在雪野之上，可是我的心里却充盈着齐天的仇恨。我在问这是真的吗，这的确是真的。我那天站在我童年和我母亲及兄姊曾生活过的山崖，那些熟悉的身影都成为了无边的往事，而垫枪还在，套子还在，新的套子与老的套子。下套人因为下了太多的套子而将其遗忘在某一处树缝里、山罅中。它们套着的是一具小小的骨骸，是一个多年腐烂后的小动物，钢丝已经生锈，扎进了树皮中，但它们依然暗藏杀机，露着狞笑。当你看到这些，仇恨不会直撞胸怀吗？

我在山上仔细搜索着老关下的套子，没有。老关的套子是极其残忍的，他总是把树扳弯了将套子下在那儿，所有的野兽只要触到套子，就会被吊在空中，除非你挣断脚爪，否则死路一条。当然了，就算不是老关的套子，任何人下的套子，简简单单的一个结，要想解开，所有的野兽都没有这个智慧，因此，所有的野兽都无法逃脱人类的暗算。人类如此凶恶，而野兽又毫不设防，是不是上帝让我们注定了要灭绝在他们手上？

没有老关的套子，老关去了哪儿呢？

老关死了。

大约在我游历远山的某一天，年近九旬的老猎人老关，早晨从他的床上爬起来，借着窗外强烈的光线掐着身上和衣领上的虱子。那些虱子一个个都饱累累的，肚子里装满了从老关身上抽出的血。老关征服了整个神农架，征服了老虎、豹子、熊和野猪，却无法征服小小的虱子，虱子是唯一敢短兵相接与他作对的野兽——如果它也叫野兽的话，难道它就不可以叫野兽吗？老关吸着我们的血，虱子吸着老关的血，这真是卤水点豆腐，一物降一物。多年来，老关和他的儿子、媳妇、孙子以及那两条忠实的雪虎、草虎，都在经受着虱子的折磨。这大约是每天早晨的功课，他掐着虱子，对他的大儿子说：

"给我弄一碗熊油炒饭！"

他的大儿子说："爹，我们早就没有熊油了。"

"明明有一坛子，我埋在屋后的石洞里。"老关说。

他的大儿子笑了起来："爹，那是三年前的事了，你不早挖出来吃了吗？"

"放屁！"老关骂了起来，硬着脖子。他的身上，只有脖子是硬的，九十岁，他还是一个犟人。

可在一旁锯木头的孙子却说："老糊涂了。"

"放屁！"老关又骂，"你以为我的耳朵不中听了，你这个小杂种！"

老关在厨房的大媳妇擤着鼻涕出来了，搭上话说："爹，您在骂哪个哪？"

"我想骂哪个就骂哪个。"

他们给老关端来了一碗猪油饭，还是大儿子亲自炒的，可是老关把碗摔掉了："我要的是熊油炒饭。"

"这难道不是熊油炒饭？"

"猪油、熊油我还分不清白?"

白天清醒的老关一入夜便犯起了迷糊,有一天他在自己的枕头边掐死了一只老鼠,对家人说:看,这是从我手里跑掉的那只大猫。他说的是虎。有一天晚上,他爬起来用斧头剁掉了自己的一只手,送到大儿子床前,说:"书记,把它掏空了做烟袋。"

那天晚上,他的大儿子、三儿子和孙子把他抬到了大队的医疗室,走了三十多里山路,天亮时才赶到。医生给他包扎之后天就亮了,他也清醒过来,到处寻找自己的一只手,他的后辈们说:"您不是送给书记做烟袋了吗?"醒过来的老关疼痛不已,号啕大哭,死活咬着说是他孙子给他剁掉的。因为他的孙子恨他,他的孙子与他同睡一床,他的孙子做梦都想让这个老家伙死掉,好独霸一张床一床被子,想怎么睡便怎么睡。

"莫非你成了人精?"他的孙子有一阵子用木头雕了个木人,正是九十岁的老关,他的孙子每天向木人扎一针,还用祖父的那杆土铳向木人射击。这事让老关发现了,唆使自己的大儿子把孙子揍了一顿,孙子老实了一段日子。

现在,他找他的孙子要他的那只手,他的孙子没有办法,只好逃到深山里去。三天以后才回来,回来先喝了两瓢凉水,就宣布了一个惊人的消息:他发现了一头老熊。

于是,孝顺的三儿子一个人背着浙江产的双管猎枪和从小他就使用的猎钩,独自上了山。他的三儿子长得五大三粗,是一个十分不错的小伙子,头发硬黑,鼻梁端正得像烟囱,脖子上的肉简直就是些鹅卵石,把山都扛得动。

这大约是农历九月,山里的冬天已经来了,苞谷全部归仓了,老熊因为再也找不到吃的,只好过早地冬眠。落下的树叶遮蔽了老熊敞开的洞口,老关的三儿子跳下一个石坎时,刚好落到老熊的洞中。老熊刚刚进入冬眠,在微茫中见有人跳到他身上,怒火中烧,一巴掌打过来,就将老关的三儿子打出了洞。三儿子的腰遭到猛击,衣裳也全扯烂了,于是对着洞子打了一枪,又打了一枪,再打了一枪。

三四百斤的老熊,老关的三儿子一个人把它给背回来了。老关说:"快下它的四个掌子给我!"他的三儿子就下了熊的四个掌子交给了卧床不起的老关。老关的大儿子赶忙割下一块熊肉来炼了,给老父亲炒熊油饭吃。

当他们把一大碗热气腾腾的熊油饭端到老关床前,发现老关已经死了,一只熊掌绑在老关的那只残手上。

老关的坟上还有几片没有落尽的纸幡,在风雪中飘扬着。当我端坐在老关的坟顶,我望着山下老关家的房子,在雪夜里好像坍陷了一般。我知道老关已经去了,他这一辈子,嗜杀了无数美丽的生灵,使山林变得单一、沉寂、安全。可他的死竟是如此平淡。特别是当我看到搁置在他家门外一个蜂箱边的土铳时,我记得我当时心里不知是什么滋味,说不出的感觉。那杆铳因无法使用丢弃在门外,任风霜雨雪和地气的侵蚀,沉重的铁管锈穿了,枪托腐烂了。那不就是一块简陋的木头和一根破铁管吗?它并不威风也不珍贵,它搁在蜂箱上什么作用也没有了。难道就是它,一次又一次在牤筒的激励下发出使群山震撼的声音,喷吐出辛辣的火药,一次又一次钻进那些无忧无虑、自由自在的生灵的身体中去,将它们击倒,让它们鲜血四溅,让山林笼罩在暗无天日的恐怖之中?就是这样的一个东西,就是这样的一坨东西,让人不敢相信。

我嗅了嗅枪管,依然还有着丝丝火药味,背绳断成了两截,带着老关身上的咸味。这就是全部,让山林中、山峦上美丽的皮毛和行走奔突的姿势消失的全部答案。在它前面,多少勇猛的不再勇猛,矫健的不再矫健,欢笑变成了杀戮,春天变成了陷阱,阳光变成了黑夜,生命变成了怀念。

那个晚上,我在愈来愈肆虐的风雪中平静地哀伤着。我坐在老关的坟头,想着整个山林往日的欢乐,这个老杀手已经死了,就埋在这样冷冷落落的黄土山石之中,就这么冷冷清清地睡下了,无数的血债仿佛因这黄土的掩埋就不存在了,掩盖了,山林似乎本来如此,世道就是这样,没有罪恶和正义,没有仇恨和复仇。不可一世的猛士如此草草收场,一痕不留。可是,不,我复仇的烈焰猝然在风雪中吱吱燃烧,不行,不是这样!老关没死!老关正向我走来!老关戴着平绒的瓜皮帽子,垂着双手,背着沾满血腥的背篓,腰间吊着牛卵子火药袋和镶着铜边的啄火的香签筒。老关麻木着脸,颧骨像悬崖一样冰冷突出,牙齿咀嚼着对山中所有生灵的不信任;老关多疑,神经质,野蛮,狡诈,小聪明,大愚蠢,老关通红的眼睛好像吃过了他的同类一样。老关向我走过来了,老关兀然两眼射出绿莹莹的光芒,老关匍匐下来,雪白的绒毛像苍耳果毛一样竖起,老关摇着他肥茸茸的尾巴……

那是雪虎!

雪虎蹲上了老关的坟头,而我已经悄悄地退到一棵野核桃树后。雪虎用鼻子嗅了嗅,它似乎嗅到了什么气味,不过它发现不了我,我在下风头。

雪虎老了,它的主人已经死去,它是每晚来坟上为老关守灵的,它与草虎轮换。

这条忠实的狗现在对着风中的野猫河谷呜呜地哭起来。每晚如此。它的哭诉是如此的真诚,跟狼的叫声没有两样。它老了,才这样无比深情地表达对主人的尽忠。它哭着,瘪瘪的肚腹看得见清晰的肋骨。

它浑身发抖，四肢打瘸，牙齿脱落。我一阵又一阵地惊悚，不是因为害怕，而是被它的哭诉唤醒了什么。

我不再那么柔情，我坚信，仇恨在风雪中会越煽越旺。我没有想什么，甚至连仇恨都来不及想，我就迅猛地扑了过去，一口咬住了雪虎的脖子。

它不能再喊叫了，它还有气，它望着我，像我捕猎过的许多弱小动物一样，眼里充满了哀求。我把它压在爪子下。我不去想什么，我阻止了我想什么的念头，我只是看着深夜的群山，在风雪中喑哑的群山，没有声音，我也没有往常的喘息——因为制服它只花了我三四秒，我把它踏在地上。"我就这么抓住了它吗？"我朝四周东张西望着，我低低地怒吼着，我十分伤感和茫然。我甚至惶惑。

我放弃了它，雪虎，我不想吃它的骨头喝它的血。我没有了食欲，我跌跌撞撞地走在荒野上，仇恨忽然被揪心的怀念取代了。我的同类，我过去恨过你们，为争抢食物和异性，我们大打出手，恨不得置对方于死地，现在你们都去哪儿了呢？你们回来吧！回来吧！

我爬上了一座山冈，在呼啸着北风和雪子儿的悬崖上拼命地吼叫着、呼唤着："你们回来吧！回来吧！你们不能撇下我一个！"

又是一个黄昏到来的时候。

又是我们豹子觅食的时候到了。我从山上望去，老关的坟头出现了草虎和老关的三儿子。大雪掩盖了我的足迹，北风吹走了我的气味，他们什么都不知道，然而他们警惕了。在老关的坟旁，又多了一个小坟，那是雪虎的。

我瞄准了他们家的羊圈。

沉沉的风雪还在凌辱着这个山区，气温愈来愈低，我相信老关的三儿子和草虎是扛不住这样的夜晚的。果然，在三更时分，老关的三儿子死拽着草虎要它进屋去，可草虎不干，高蹲在老关的坟头，这也是一条忠实的走狗！

我估摸着他们会在老关的坟周围下垫枪和套子，果不其然。四处都是套子。然后，我等着风向的变化，以便在进入羊圈时不被草虎发现。我仔细观察，知道了羊圈被他们疏忽了。

一直到五更时分，风向还没有转的意思，而山里传来了沉闷如雷的声音，估计是山岩垮了。我无法再等待，我冲了下去，我跨进羊圈咬死了老关家唯一的一只母羊，叼起就走。

我跃过一个山坎就听见了狗吠声，草虎发现了我，并且赶来了。

我跑。不是因为我害怕，我想把它引得远远的，引出那家人的视线，引出那周围太多的垫枪和陷阱。我虽然成为了一只灵豹，可在大雪中，那些机关会让我防不胜防。

我的佯逃让草虎中计了，草虎是决不会放过我的，不会放过一只猎物。可是它不知道，它的后头没有了老关，没有了老关的儿子们，没有了枪和猎钩。老关家的人在草虎追赶我时，正在被窝里呼呼大睡呢。

我只好放下了羊，向有利的地形跑去，向更高的山上和更密的林子里跑去。

我有过两次闪失和趔趄。因为雪陷得太深，雪也把草虎陷住了。有一次它猛跃过来，咬住了我的尾巴，我只有那条尾巴在外面，但我的尾巴一甩，就将这条狗甩到更远更深的雪地中去了。我反过来去扑它，扑了个空。积雪下面的树枝撑起的空洞里，灵巧的草虎正飞快地爬到了我的前面，冲出雪面，而树枝牵扯着我的躯体，我钻出来时，我们几乎同时跃向空中，在空中我看见了草虎不顾一切的牙齿和利爪。就是这些利爪，抓出过我母亲的一只眼睛。"我要杀死它！"我的利爪更有力,那里全冒着火。我的牙齿全是用仇恨磨砺的,因此它锐不可当。

我知道我出了血,而草虎——这条本地山水喂出的草狗,流的血更多。好吧,就这么着,看谁的血流到最后!我想起了我母亲的话,你只有咬住猎物,你才是一只豹子。我是豹子!我是豹子!我时时提醒我,我是一只豹子。虽然这很悲伤。我明确我的身份和遗传使我更加悲伤,我是得提醒我,因为我要战胜一切——凡是落到我手上的东西。在这一点上,没有正义和非正义可言。

我们翻滚着,打斗着,撕咬着。拳头大的冰雹砸下来,在这样的时刻,在白晃晃而又黑沉沉的雪夜里,鲜血和皮肉成了我们唯一看得见的东西。

我在一条一条地撕草虎的皮。

它在一口一口咬我的花纹。

我从来没有见到过这样一条狗,它比老虎还凶猛,它究竟是什么做的?它与我搏斗的冲动来自于哪儿?它为什么会对我们这些山野的荒客产生如此大的夺命仇恨?谁教会的?人类。人,人们。

我终于咬死了它。胜利当然属于我。想到人类,胜利就会属于我。

我用牙齿啃出它的眼珠。再啃出它的眼珠。一共两颗,我数了数,只有两颗。我找遍了它的全身,再没有了。如果再有眼珠的话,有一百颗眼珠,我也要一颗一颗地啃出来把它吃掉。我宁愿撑死!

我的伤口疼痛欲裂,在风中尤其如此。

我向山上爬去。

在渐渐发白的天色里,我流下了眼泪。我叼着草虎,望着山野、河流和老关那低矮的坟冢。我疼痛且寒冷,草虎的一腔热血没能给我御寒的力量。我走进了一个避风的岩洞,躺在冰凉的石头上,舔着自己的伤口。谁能救我，谁来安慰我？只有我自己。

我在山洞里躺了七天，我把草虎吃得一点都不剩了，只留下一个狗头。我不能停下来，趁我还有着没被冰雪横扫去的激情，我要找他们，直立行走的东西——人。

我跟踪老关的三儿子一直跟踪到春天来临。

可是，我看见他的肌肉越来越发达，胡子越来越硬，目光越来越凶鸷。

老关的三儿子叫太，老关的孙子叫毛。我听见他们这样喊的。毛喊他的叔叔叫太儿，太儿喊他的侄子叫毛儿。太和毛经常结伴而行。太的猎钩时时带在身上，我有一次看见他在河里甩钩，钩到了一条扁担长的娃娃鱼。我无法对老关的三儿子太下手，而老关的孙子毛更是了得。这个额头高耸，长着一个大耳轮的少年，在雪虎、草虎死后，又喂了两条更狂暴的猎狗，一条叫黄土，一条叫高坡。黄土是一条黄狗，高坡是绿狗，高坡绿色的毛简直看起来就害怕。那是最好的猎狗，总是跑在所有猎狗的前面，而且咬住猎物决不松口，且有献身精神。而黄土就差多了，比较懒惰。于是毛就总是拼命地打它，训练它，让它为一只鞋子十遍二十遍五十遍地跑进灌木丛去，寻找，叼出来，每次黄土身上不是有树枝的划伤就是有毛的鞭伤，而且浑身沾满了掰都掰不掉的牛蒡子。黄土躺都躺不下来，毛从不给它摘牛蒡子，一躺下，牛蒡子就扎着它的皮肉。因此，我看到黄土总是站着睡觉，这是毛对付黄土的办法。黄土看毛的时候，除了乞求，更多的是愤恨，可是毛看不到狗的愤恨。狗就是狗，狗愤恨他又怎样呢？再歹的狗也不会咬主人，你就是剁掉了狗的四肢，剜下它的眼睛，它还是忠于你，对你俯首帖耳，唯命是从。这是狗的本性所决定的。

太和毛上山种苞谷。

太和毛上山打猪草。

太和毛上山挖药材。

太和毛上山下套子，打野物。

春天的山上开满了如火如荼的杜鹃。毛肋杜鹃，粉背杜鹃，麻花杜鹃。高山的杜鹃是杜鹃树，是巨大的花树，不是一丛丛的，是一蓬蓬的，一蓬蓬的火，一蓬蓬的太阳和女人，一蓬蓬的跳动的心脏。

我想让他们分开，还有那两条可恨的狗。他们总会分开的，杜鹃之火不能烧退我的仇恨，我站在前沿，手握着仇恨的火器，我要战胜他们。

我看见他们吵了起来。他们总是吵架。

太说："毛儿，你不要这样驯黄土了，是什么样的狗就是什么样的狗，难道你爷爷没教你吗？"

"别提那个老不死的，"毛说，他的大耳轮在春阳里燃烧起来，像盛开的杜鹃，"我的狗肯定比他的好。"

"你骂你爷爷？"

"骂又怎样？骂了，太，你想把我怎样？"

"你这样跟你的叔叔说话？"

"我就是这样，因为我能超过你们。"

"你能有长辈的一半能耐就不错了。"

"你算个什么东西啦，你打了几只老熊？那一只，洞里的一只，是瞎猫子碰死老鼠。"

"你跟你的娘一样，你不是我们关家的种。你现在独霸了你爷爷的床和房子，又想霸占我那套铺盖，让我无家可归。回去跟你娘说，我不会分家的。你回去问问你娘，问她，为何昨晚在我的酒里下了三块羊角七？"

"那是想把你毒死。"

"好哇,毛,你有种。"

老关的三儿子太背着猎钩走了,吹着口哨。而毛站在那儿。他还小,可他并不小。他咬着牙齿的声音就像在嚼一头老熊,何况还有已经成形并准备随时投入战斗的高坡和黄土。

我知道我下不了口,我如果下口,虽然他们互相间争吵不断,充满敌意,可一旦我出现,他们就会团结一致来对付我。

我现在的回忆实在理不清我当时冲动的理由,我记忆力严重衰退。我只能解释:因为那时我年轻,被仇恨烧灼的旺盛的生命,总会做出些意想不到的事。当然,还有,那就是我无法忘记的老关孙子的一双大耳朵。那活脱脱是老关的耳朵,是猎人的耳朵。所有猎人的耳朵都是这样的,他们为了攫取猎物,谛听山林的动静,长久的鬼鬼祟祟使他们的耳朵变大了,变长了,竖起来,耳轮上的每一根神经都外露,恨不得伸出爪子来。那些神经像树叶的经络,像雷达,因长久的亢奋变得紫红,更加诱惑着我们的胃口。

我就直冲下去咬毛的耳朵,直截了当地咬,心无旁骛地咬。

只有半只耳朵在我的嘴里,黄土和高坡就扑向了我,而老关的三儿子太也掉转头来。

"豹子——!"

他的声音跟他的父亲老关一样,如此苍劲和肯定。"豹子"这两个字出自他们之口,不意味着惊赏和赞美,是子弹上膛的前奏。那一天,可惜他们叔侄二人都没有带枪,猎钩离我还遥远。一道白光一闪,是太的开山刀甩了过来,但没有砍着我,砍到了黄土的一条腿,黄土汪汪惨叫夹起尾巴从我的身边退却了。

这帮了我的忙,我挣脱了高坡,向早已窥测好的路线逃窜。而这时太和毛扯着喉咙大喊"打豹子",一时间,整个山梁上突然向这边涌来了几十人,都是扎在山缝里点苞谷和割猪草的人,他们手拿着锄头、镰刀,还有一些什么能下手和粗壮的东西,一起狂吼着:

"打豹子!打豹子!"

我跑啦!我快活地跑掉了,飞过一个梁子又一个梁子、一个垭口又一个垭口。我想起我嘴里含着毛的半只耳朵,等我停下来细嚼时,早就不知到哪儿去了,也许是因为紧张吞进了肚里。

我记得也就是那一年,我因为复仇的欣悦,心情说不清楚怎么一下就好了,至少看太阳是太阳、看山是山、看杜鹃是杜鹃。大群松鸦从树林上掠过的身影,短翅树莺清丽的鸣唱,都让我感动不已。我懒懒地睡在挑满紫花的还亮草中间,我看见树冠上一对依偎着的长尾雉,在另一棵山毛榉上面,一对豹猫正在暖融融的太阳里交媾。我还以为是两只小豹子呢,这种豹猫,皮毛上的花纹极像我们,但它们的样子更像猫而不像豹子。我看呆了,我看见它们呜呜叫喊着亲昵交配的场面,我直感到自己浑身发燥,身体的某一个部位正在悄然觉醒。

这天晚上,我梦见了红果。

我梦见了红果投向我的怀抱,她口衔着一朵最漂亮的红晕杜鹃,她在山谷的岚烟和云海之上,她跑着,跃着,步态优雅。我说:"是你吗,你是红果吗?"红果并不说话,红果只是深情地望着我,将那朵杜鹃放到我的面前。然后她后退着,支起前肢,依然深情地望着我。不回答我问话的红果跑了,在我问了十遍二十遍"你是红果吗"之后,她摇动起美丽的尾巴就跑了,她逢山过山、逢水过水,我追呀追呀,总是追不到她,快抓住她,她又跑了。那么宽的峡谷她一跃就过去了,可当我也跃起来时,我发现我在往下落、落、落……我醒过来,我知道这是做梦,还未落到谷底我就醒过来了,以免摔得粉身碎骨。我的胸口怦怦发疼，我大口地喘气。刚才我梦到了什么？我听见远山近水有各种野兽的呼唤。它们在寻找着爱，被爱，缱绻的时刻；它们同时也在寻找着搏斗，显示，胜利或者失败。

搏斗啊，搏斗啊！我灿烂的皮毛，强健的体魄，正当壮年，充满着憧憬和遐想，我的热血要为我的所爱而洒，肢体为我的所爱而残，我哪怕走到天涯海角，也要找到她！

我在半夜时分就启程了。说是启程，并不理智。在这样的日子里，没有什么是理智的。我的皮毛就是火，眼光就是燃烧。我要烧掉我自己，让梦想融化在另一个身影之中。

山重水复，征程漫漫。

我知道最后的结果是什么，我不过是把我的绝望重走了一遍。

我在情欲的发作中像一头瞎驴那么乱撞着，我怪叫着，怒吼着，龇着牙齿，爬上树冠，我要冲向云海，我要跃过高山，我要跨过河谷，我要跳涧，我要撞崖，我要把世界踏平。

一个又一个的晚上，一个又一个的白天，我在雨中、在雾气里不停地走着，我无法使自己停下来。为什么这世上只剩下我一只豹子了？为什么上苍让我如此强壮，欲火如此浓烈？为什么要这样惩罚我？让我的身子不能绚烂一道山梁，而只能焚烧自己？让我的热情不能沸腾另一块红炭，而只能销损在我的自戕中？我撞头，我咬自己的爪子。我围着我自己的尾巴不停地转圈，直到把银河和星星全转入峡谷中，我倒地而睡。

这个春天我咬死了二十多头山羊和绵羊，还有一些小猪。我只是咬死它们，我并不吃它们。因为我的心头撞着火，它们的血只会把它烧得更旺。

对我的围猎是空前绝后的，我是一只害兽。这一年，大约出动了上千人，守在野兽必经的道口。人们谈豹变色，他们说，至少有十只豹子涌向了神农山区。有的人并且欢呼，豹的现身是一种吉兆，山林将重又充满活力，人们的枪声将更加清脆，光芒四射。

我能躲过所有的围猎，可我躲不过情欲。那些空守着我出现的围猎者并不知道，我一个人在更远僻无人的老林里，经受着多么痛苦的煎熬。

最后与其说是我战胜了情欲，不如说是世界战胜了我，还有季节。

在瓦蓝发亮的充斥着马桑果醉意和鸦椿臭气的夏季里，我已经被我无处发泄的欲望折磨得形销骨立。我遽然衰老了，我弱不禁风，呆傻了，双眼麻木，嘴角流着老涎。我多肉的爪子已经凹陷，走路失去了弹力，视物不清，老是生着眵糊，讨厌的苍蝇围聚在我的眼前，赶也赶不走。

到了这年的秋天，我的精神和身体又开始恢复了。我补充了许多营养，特别是我抓到了一只青鼬，我尝试着追击它，虽然我的肛门被它划开了一道口子，但我还是把它降服了，让它成为了我金秋的祭品。

秋天洋溢着金黄色的激情，可是山里的秋天非常短暂，一晃而过。

树叶全都开始疼起来，它们全都憋红了脸。我要趁这个季节踏上白岩！

来日对我不多了，我清楚。关于我将怎样死亡我来不及想它，这也不是我想的事，死亡到来的时候，你怎么想都是无益的；我看见过太多的死亡，我知道死亡是怎么回事。

我要踏上白岩，这个愿望并不急迫，虽然它成了我此生最大的愿望。时间还有，总之，死亡不会太早到来，这一点我有足够的自信和预感。

我要一级一级地从台地跃上白岩之巅，我要弄清楚一个多年的谜：

白岩究竟为何吸引了我的母亲，她的一生，她并没有去过那里，那个每天让她痴痴地遥望的、梦幻城堡似的白岩。

我在深秋的大雾中向白岩进发。那儿当然可以躲避人们的围捕，那儿猿猴难攀。

我寻找着路径，这是一次苦旅。

说起来令人难以置信，我在一个相当陡峭的高台地上，遇见了一头老熊，熊瞎子，山林中最笨重也最凶猛的黑影，它挡住了我的去路。

这头熊瞎子！它也许正在寻找食物，也许它此生压根儿就不认识我，认识一种叫豹的林中之兽。这是一个什么东西呢？这可吃吗？我要吃它！可怜的熊瞎子！可恼的熊瞎子！它挡住了我上山的路，它要吃我。它红棕色的鼻子和小眉小眼一看就是未见过世面的，它只会在白岩这块地方偷苞谷，偷蜂蜜，甚至捣毁山蚂蚁的窝，这样的黑贼简直太胆大妄为了。

它站了起来。它吼。它喘着粗气。它一点都不在乎我的眼神，它反正看不到。它是个近视眼，瞎子，瞎胡闹！

可恶的老熊，它逼近我，谁都知道它的手掌的厉害，它的手掌只要挨着你，你的皮肉就会像豆腐一样掉下一大块。这就是熊的掌子。它像一阵恶风，一巴掌就扒过来了，要不是我躲得快，我的脸也会像一些猎人那样没有了。它扒到了我旁边的一棵树，一棵冷杉，把它的皮扒掉了一大块。树皮粉碎着四散飞射时，我的尾巴狠狠地抽了它一鞭子。哈，这一鞭子抽得痛快，抽得它疼，疼愣住了。"这是什么山兽，它握着铁鞭子？"它一定这么想。它愣住后转过头来，又站了起来，鼻子里气咻咻的。我已经站到了它刚才进攻前的位置，我直视着它，我在想着往它的哪个软处下口。

可恶的老熊又一次扑过来了。你别看它笨拙，那是表面的笨拙，它是无比灵活的,有时候——当它受到侵害,它的反击比风还快,没有哪个猎人不怕它的,只要它一枪没被打死,剩下的就该猎人倒霉了。这就是我们神农山区的猛兽,你要它的命时,它也会要你的命。野猪如此,熊如此,虎、豹、豺、狼也如此。

这一次它无比恼怒地罩向了我,只要一发怒它就会没完没了,以死相拼。我当然不怕它。而它呢,它也不会怕我。我从它的腋下钻了过去,我没抓住它,它没抓住我。它把另一棵树,抓进去几寸深的凹槽,那也是一棵冷杉,上面留下了它新鲜的夺目的爪印。我也抓到了树,在那棵被它抓掉皮的地方,重新抓了一把,抓出了树筋,我还以为抓到它了呢。

再一次,它抓到了我,我也擦伤了它。

到了第五个回合,我们才都认识了对方,我们不再贸然行动。我们站在各自的树下,中间隔着大约五米远的距离,低吼着,有时候也带着一丝无法忍受的呻吟。

老熊在死劲地刨地,用以吓唬我。

我也刨地,刨脚下的土石,吓唬它。

它终于明白了,对方的这只山兽是无法打败的。

我也明白,我很难让这头呼呼喘气的高大老熊投降。

我们之间的肉都不好吃。

暮色慢慢垂下白岩,我还没看上白岩的夕照一眼,暮色就在我们的肉搏中来临。

山风忽然加大了,呜呜地吹着,吹得我的伤口发疼,它也疼痛吧,这头大笨熊,它会疼痛。然而这样的僵持不允许我们疼痛,我们时刻警惕着对方,以防再次向自己进攻。

再次进攻是在荒林的鸡叫头遍时。这样的僵持总会爆发的,不是你死就是我活，不是你活就是我死。我们都抱着这样的侥幸开始了第二次战斗。

这次战斗持续了一个多小时，北斗西斜，寒露深重，地上全覆上了一层白霜。树扒了更多的皮，被我们的爪子深入进去了。这一次我们都没有增添新伤，我们开始了小心翼翼的回避，但是气势依然如虹，吼声没有止息，低沉的吼声要尽量引起胸腔的共鸣。

天亮了，我们的脚下已经刨出了半米深的大坑，它一个，我一个。

苍蝇闻到了血腥，还有蚂蚁，还有更恐怖飞临的松鸦。松鸦的鸣叫十分瘆人，它以为又有什么死去了，它们将啄食。在这儿修简易的运木材公路时，松鸦就经常聒噪，因为在山壁上，经常有炸飞的人肉——都是哑炮和失手让炸药炸的。

松鸦的叫声让我的心乱了，它们棕黑色的翅膀比幽灵更可怕。我痛苦不堪，我想告诉它，我不想战胜谁，你放了我吧，让开一条路吧，我要上白岩，我只想上白岩，并不是掠食者。在这样的时刻，我还称什么英雄好汉，没必要啦。像我这样的命运我还争什么呢？我想告诉它，可它不懂，它不是我的同类，我说什么话都没有任何回应，没有谁懂我，我的表达，我的语言，豹子的语言。无论我怎么说，那也是一个咆哮的哑巴，我就是哑巴！

又僵持了一天。

我们谁也不相让，谁也不能示弱。我想走开，绕开它。我看到它也想走开，到远处去。可是，我们谁都不敢先行一步。这是十分危险的，谁先走，就是开溜，另一个就会猛扑过去，咬住它。就是这样，我们只是不停地刨土，打过来，打过去，虚晃一枪也可以，拿树干出气，扒它的皮，抠它的筋。

又到了一个夜晚。

我们没有进一点食,喝一口水。我们偶尔也睡一会儿,那也是头对着头,在双方的默示下打个盹,眼皮会时常地睁开,以免对方偷袭。

我们已经达成了默契,我们如果行动,必须出声,吼着,告诉对方,我要行动了。

我们有时是佯攻,有时是真打。因为我们在这种漫长的对峙中都已经到了愤怒的边缘,它会发怒,会的,因此我们就撕咬。

"让开一条路!"我说。

"让开一条路!"它说。

我们听不懂对方的语言。我们只能不停地打斗。打一阵,歇一阵,各不相让。

我真的痛苦。那样的时刻我说不出的痛苦。何必呢,熊啊,我真的不想要你的命,你先走吧,我不会伤害你。我是想借一个道、一个便道,追猎的英气和贪婪和饕餮早就不属于我了,那样的豹子死了,死绝了,独剩下我,一道衰败的微风,一缕夕照,长着牙齿和爪子的树叶,徒有其表的枯涩皮毛,绝望的影子,流浪的尊严,渐渐消失的秘密,比天空还深的伤感。

我终于冲过去了!我想起我是一只豹子我才冲了过去。这已经有两天两夜。我从自己刨出的一米深的坑里冲跃过去,那头老熊也在自己的一米多深的深坑里往外探出头,但是它已经来不及对我下手了。它也轻松了,呜呜地吼着向低山走去,去掰农人的苞谷。

我是在这年的第一场大雪来临时爬上白岩峰顶的。我走了四四一十六天。我试图从东、南、西、北的四个方向往上爬。我爬过坡度平缓但人烟稠密的南坡,更登过荒无人烟但山势险峻的北坡。我更多的是从绝少围猎危险的北坡与西崖上山。一级一级巨大的台地是我的小憩之处。我滚落过,我又上去了;我颓丧过,我又站起来。

我在白岩高高的峰顶望着脚下及远处的千沟万壑，望着那深藏在岩缝里的蝼蚁似的人群、村庄和炊烟，望着一小块一小块补丁似的坡田，望着蓝色的河流和满头银发的群山。我的身边什么都没有，没有那巨大的城堡和想象中在城堡里走来走去的人们，他们古怪的服饰、友善的面容和奇妙的音乐都不存在。我只是看到了两个鹰巢，一大群巫婆似的老鸹，一两根在厉风中独自怒吼了千百年的巴山冷杉。一些杂草，一些光滑的石头。

天气极坏，风雪和泪水迷茫了我的视野。可是，母亲，你站在我们童年的故居望着我吗？假如有夕阳，假如你还存在，你会凝望着我，你的儿子。你一定能望见我！你看到我踏上了只有苍鹰才敢筑巢的白岩，看到我高昂着头，在你的目光所能企及的地方，在最高处，孤独站着。

我是真正地伤感。再没有一双眼睛了，没有了，没有任何一双注视我的眼睛。除了我。

我摇摇晃晃地下山又花了半个月。我找不到来路，况且我差不多气血衰竭，我是连滚带爬下山的。我滚啊滚啊，有一天竟滚到了老关的坟前。老关的坟都塌陷了，它的旁边又有了一个新坟，这是他三儿子太的。我完全知道事情的来龙去脉。我是一只豹精，这儿发生的一切这块土地都会暗示给我。

太有一天和他的嫂子去赶集，他们经过一个叫松冈的山垭时，走进一家包子铺。太的嫂子给太买了二十个腌菜包子，太的嫂子说："你若把二十个包子吃完，我的一袋烟还没抽完，你就不与我们分家。"太从来没吃过这么多包子，这么香的腌菜包子。他想，这些包子我几大口就吃完了，而嫂嫂的那袋烟至少要抽半个钟头。他咽着口水当即就点了头。

他的嫂子的那个烟袋正是他父亲老关的，是那只豹爪烟袋，铜烟锅，小酒盅那么大，太小时候经常被他父亲用烟锅敲脑袋。这烟袋没有成为老关的陪葬，让太的嫂子也就是老关的大儿媳给继承了。

太吃着包子，他以为包子太好吞了，又泡又软。可是那一天他嫂子的烟丝燃得太快。他越来越嚼不动，下颌无力，两颊发酸。嫂子的烟抽完了，那二十个包子总算被太塞进了嘴里。他嫂子磕烟锅的时候，看到这个小叔子头一歪，就困在了包子铺肮脏的桌子上，死啦。他的嘴里至少还含着三个没有下咽的包子，两只眼睛鼓鼓地瞪着面前的那个空盘子。

我已不再有报仇的意念。够了，一切都够了。过去，我的幻觉中对我的兄弟唤我"斧头斧头"，我会听成"复仇复仇"。现在，我的兄弟再在我的意识中唤我"复仇复仇"，我却听的是"斧头斧头"。是亲切地唤我的名字，与别人无关。

今夕何夕？如今，我饿坏了。我很难搞到食物，我——这地球上跑得最快的动物，却再也逮不到一只田鼠，或者一头小鹿。我跑不动啦，我时常饥一顿饱一顿。好歹熬过了又一年，又一次听到山里春节爆竹的响声，又一次看到春天不紧不慢地到来了。

实话说，山上的野物也越来越少了，有时走上几天，看不到一只，如果多，我说不定广种薄收，能抓到一只打打牙祭。没有了，山下有羊，有猪，可是对付它们就是与强大的人类作对。我不愿冒犯人类，我服了他们，我怕他们。

我恍恍惚惚地经过一条峡谷，是一条干涸的峡谷。我觉得有些眼熟，我努力辨认，才记起这儿是石头落难的地方。然而现在这河里没水了，更没有鱼了。

太阳很好，可它们射出来的光线令人头昏眼花。这么，我晃晃悠悠地迎着太阳走，再睁开眼睛时，发现来到了一块平原上——我的眼前就是这样，我还站在山边，这块平地很大，被山围着。山上的树木并不多，到处是些灌木丛，马桑、海棠，还有一些不大的毛栗树，一些用来做香菌木耳棒的披头散发的栓皮栎，现在都发出了新枝，喷吐着它们的绿意。

大约是人们吃中饭的时候吧，山下散落的房子上空飘来的炊烟和腊肉炖土豆的香味勾起了我潜伏的食欲，我有多少天没进食了？我没计算过，反正，我的牙齿已经忘记了食物，很久以来就没有咀嚼过了，它只是在半夜磨砺着回忆。我先是看见不远处一户人家的后面有一只羊，我观察了半天，没有狗，也没有炊烟，没有炊烟就没人。我慢慢朝羊接近，可是那只羊太大了，那只羊发现了我，拔腿就跑，还发出咩咩的叫声。我只好止步，伏在草丛里，以免惊动人们，让我遭罪。

羊跑到了屋前，那是我不能去的地方，虽然我没发现有人。

我沿着山根走，一直没有人，这个村庄是如此寂静，甚至狗都没叫一声，这使我放松了警惕。就在这时，我看见了一个小孩。我抬起头细看周围时，看到了一处石头下，有一个坐在地上玩耍的小孩。他是谁？他在干什么？我来不及问自己。我只是看到他很小，大约也就一两岁的样子，他津津有味地玩着一块石头，还不时把石头送到流涎的胖乎乎的嘴里去啃。

我看到了什么？我看到了他的两个耳轮——我当然是先看到他柔软的头发和胖乎乎的脸，再看到那耳轮。大耳轮！老关的耳轮，猎人的耳轮。这是美味！我突然想起了一句话，我记不清是谁这么给我说过："你只有咬住猎物才是一只豹子！"我的天！谁在暗示我？我记不起是谁的声音，我却记起了我现在是谁，是豹子！豹子，两个灿烂的字！我好久都忘了我是什么，我是否还活着，我是谁。我咬住了小孩的耳朵，我的牙齿切到肉的深处，我才记起我是一只豹子！

几乎差不多在同一个时刻，在我咬、小孩叫的时刻，从旁边存放土豆的地窖里冲出一个身影，像一头山兽扑向我。我没有看清楚小孩的旁边有个地窖，我低伏住头，我放开小孩，我用牙齿迎向这个黑影，用尾巴抽它，我与那矫健灵活的黑影搏斗。那个黑影跃上了我头顶的一块石头，然后飞身而下，我来不及躲闪，我的脊椎就被压断了。我像一张纸一样趴贴在地上，我想站起来，站不起来了，这里的人谁都知道，我们是铜头铁尾麻秆腰。接着，从地窖里又跑出来许多人，雨点似的棍棒砸向我。

我看见了我的母亲。

松鸦为什么鸣叫

　　忽然下起了大雪。伯纬已经踏上了雪线之上的公路。传说过去翻过皇天垭，再翻过韭菜垭，便有一条通往房县的古盐道，伯纬没有走过。那得走上几天，要经过杀人冈、打劫岭、百步梯、九条命——这是实实在在的地名；九条命是九个背盐工的命，而韭菜垭六十年代发生的杀死七个人的事件却并不遥远；两个房县挑夫杀了来神农架踏勘的林业部和省林业厅的技术员们（有的才大学毕业，刚刚结婚），那两个挑夫就是沿着那条藏在原始森林的路，挑着抢劫来的钱财往房县逃窜的。现在，那条路已经湮埋在荒无人迹的深山老林中，眼前的这条大道取代了它。深厚的冰，还有路边石崖上的冰瀑，这一线，那一堆，雪花大且夹杂着生硬的雪霰。从这里四下望去，整个皇天垭露出森严的气象，遥不可及的山头和山坳间蒸腾着深蓝色的雾气，连枫杨树也因恐怖而竖起了干瘦的枝条。只有落叶松在舞蹈着，展开玉色的裙子。看久了，它们会成为一群树精。伯纬发现，公路上有影影绰绰的人正在冒雪砌护路的水泥墩子。

这是好事情。伯纬甩了一记羊鞭，怕羊群在人群和沙石堆里走散。还有一些临时工棚。他很高兴。他看了看那些已经砌好的护墩，先用石头，再周边用一个框子灌水泥砂浆。因为那些木框子就摆在路边，很大很大的一个，简直像些棺材。不过伯纬掂量这样的墩子是否能阻挡得了出事的汽车，小车马马虎虎，大车一样会把它们撞飞了坠下山谷。

山上没有草，雪线之上的山头，雪把草都覆盖了，羊没啥可吃的。他赶着羊下了山，他要把这儿的情况告诉家人。

"山上全在砌护路的水泥墩子。"他对他的老婆三妹说，对女儿、女婿和孙子说。

"羊还在叫嘛。"他的老婆三妹从厨房里出来，吃力地睁着被冬天的火塘熏得红肿糜烂的眼睛。

没有谁理他，没有谁在乎他说的这件事：砌护路墩。

他坐在火塘边，开始抽烟。从野外拉屎回来的狗顶开门进来了，伯纬还以为是一只因为饥饿窜进来的羊呢。狗的身上沾满了浮雪，爪子是湿的。伯纬呆呆地吃了几口烟，闻到一股焦煳味。是狗，把自己的毛给烫了。

"如果护路墩这么修下去……"可是他的心情并不那么美观，尽管那些影影绰绰的人和零乱的工地给了他整个冬天的惊喜。雪会越壅越厚，羊的叫声会更难听。砌墩子的工人们会龟缩在工棚里然后将那些石头和砂料遗留给翻浆的春天，成为一桩有头无尾的工程……然而事情总在变化。但他已经老了。他吧嗒着烟，吧着吧着，一颗牙齿吐了出来。

早先的伯纬还是十分完好的，光溜的面孔像刚刚换了皮的红桦，两只手十个指头一个也不少，牙齿整齐、耐看，单眼皮，没有多少心思，劲很大。这大概是二三十年前的概况；有一天，他研究着皇天垭通往村里的那个挂榜岩，油光泛亮的挂榜岩上面传说是一部天书，说谁研究出来了谁就可能招为皇帝的驸马。这儿的人总爱谈论皇帝，但是他们不知道离皇帝有多远。千百年来，这个傻笑话还真让一些人上当。清朝同治年间，举人坪的三个红、白、黑举人，硬是在这里坐死了。伯纬这天终于看出了点门道。他看清楚了至少有两个字，一个是草写的"路"字，一个是草写的"缘"字。于是，伯纬跑回村里对人说：

"那上面我认出了两个字！"

村头的皇榜庙已经改成队部了，上头有许多毛主席语录和"大办民兵师"之类的标语。门口总是坐着一些老人和面相疲软而实质凶恶的狗，还摊晒着一些腌制的猪头皮，一些药材如升麻、扣子七、淫羊藿、头顶一颗珠等。狗和大胆的山猫、松鼠在那个小石潭边饮水。这时候，几个老人就笑他，并唆使狗朝他狂吠，他们看不顺眼他，以及他身上不知从哪儿弄来的绿军装。他们说："伯纬，你认得几个字？"他们手头拿着手抄的歌本如《七姐思凡》《黑暗传》，嗤笑这么一个敢胡说的不知天高地厚的年轻人。"草写的？草字不合格，神仙不认得。是怀素的草书呢，还是张旭的草书？嗨嗨，哈哈——""如果你也把字都认出来了，皇天垭不知要出多少状元。"

第二天出坡之前，背着大挖锄的伯纬又偷偷去了挂榜岩，那两个字——"路""缘"清晰地向他迎来。的确是这两个字，满壁都飞动着这两个字：路路路路……缘缘缘缘……

二十多岁的后生娃子伯纬背着挖锄，并不在乎村里那些人的嘲讪，这没有什么。他若是没认出来，他也不会相信这种鬼话。

皇天垭村从山下牵来的路像一条汪亮的绳子，看着那条小心翼翼、大弯大拐的路，人们的眼睛有时会无缘无故地湿润起来。小路爬上了坡上的人家，可它不声不响。溪水跌跌撞撞地把路冲断了，而溪水依然发出那种不卑不亢、干干净净的声音。紧接着，路又蹿上了悬崖。一个在路边耕地的农民和他的牛一起摔下了悬崖。那一天晚上，伯纬哭了一整夜。他问自己："莫非我失恋了？"其实伯纬没有女人，没有接触过。

过几天，伯纬就要到红旗岩修路了。

这完全是一种巧合。

公社要人去房（县）兴（山）公路建设指挥部修路，每村至少要出两个壮劳力。队部的庙台上，正在议论伯纬和另一个地主子弟王皋去修路放炮炸石头的事。几个老先生恶狠狠地说，让伯纬去修路，让石头砸死他。

早先，神农架可没有这样恶毒的人，现在这种人出现了，他们就像伐木队的恶狠狠的斧头，见什么都想砍一刀，其实他们并无什么恶意。他们看见伯纬和王皋背着行李卷儿离开村子时，打着招呼说："去京城啦？你娃子真有福气，果然要当驸马了。"

伯纬和王皋懒懒地沿着山脊的小路走，这是一次寂寞的旅程。要过很多山，要过很多河。要不停地脱鞋，卷裤腿。要认方向，还要砍树砍藤子才能找到路。

天黑的时候他们只找到了一个岩屋（就是浅岩洞），只好在岩屋里铺了被子过夜。中午的糁子已经吃完了，再没有吃的，汗在身上作祟，山里全是野兽的嗥叫。伯纬燃起了火，王皋掏出一瓶辣酱来拧开盖子，递到伯纬面前，对他说："你吃这个吗？"伯纬知道王皋一天都没有拿出来肯定是珍贵的，他就在黑暗中把辣酱倒了一点在口里，真香，辣，辣得香。又趁黑暗往口里倒了一些，呱叽呱叽地嚼着。伯纬说你妈做的？王皋说三妹做的。三妹是他新婚的妻子，田三妹。伯纬说嫂子的辣酱做得这么好！看着看着就要辣出汗了，就要浑身通泰了，王皋突然哭起来：

"咳咳，这回我死定了。"

"你如何能说这种话，怎么死定了？"

"他们不是说要砸死伯纬吗？"

"砸死伯纬又不是砸死你。"

"反正我死定了……"

山里的风像一把雕骨的刀子，卡在石头缝里的松树和冷杉，发出野狼般的荒吼。伯纬发脾气了，他记得那一天他怒火中烧，狠狠臭骂了一通王皋，击退了鬼怪，以后才捡了条命，而鬼怪附了王皋的身。

"……你是在说屁话伙计！你饿昏了头吗？你趁早闭住你的臭嘴，好好睡觉！"

王皋说："我总觉得我这次是去死的，我真的有这种感觉。可我不能反对，谁叫我是子弟呢？"又说："兄弟，如果我死了，就剩下一把骨头，你能够用双手把我捧回去吗？"

"好，好。这行，这没有问题。"

"如果你跌了一跤，把我的骨头弄散了呢？"

"够了！散了，我捡起来不就得啦！"伯纬冷汗直冒。

"假如都掉下悬崖了呢？"

"我实在忍无可忍了，伙计！"伯纬说，"我把你背回去不就完啦，我死了卯朝天，我不找你。睡一会儿不行吗？你看月亮到哪儿了！"

"那我们起个誓吧。"

"睡一会儿不行吗？！"

第二天继续赶路。走到第三天，到了工地。

报到后，两人就分到工程四队去炸岩了。

炸岩就是炸岩。男人炸岩，女人刷边坡、挖水沟、铺路面。炸岩早晨背了炸药、雷管、钢钎、八磅锤出去，晚上带一身硝烟味回来，全在悬崖上吊着过日子。

王皋怕，他是个胆小鬼，怕炸药又怕悬崖，他曾经说过，我吓也要吓死。上了工地，系安全带、领雷管的时候，先是两个腿发颤，然后全身哆嗦。"我能不能唱一个歌呢？"他唱了许多的歌。王皋有一副好嗓子，可他唱歌就像打摆子。王皋本来想凭他的嗓子去宣传队的，但因为他是子弟，去不了，没人要。刚开始的几天王皋连唱都不敢唱，后来，他的胆子大了，开始唱歌了，先唱"好不过毛泽东时代"，又唱"做人要做这样的人"，再唱："妹妹住在对河坡，喂条黄狗恶不过，别人来了动口咬，哥哥来了顺毛摸，狗儿也爱有情哥……"这是偷偷唱的，只与伯纬在一起时；神农架的情歌也像丧歌，是如此哀伤悲切，味儿深厚，但不悠长，好像随唱随忘那歌中情感似的，好像不让人知晓，一个人偷偷唱给自己听似的。

伯纬找后勤组弄了个炸药箱装东西，上把锁就是很好的衣物箱了。王皋不要，王皋宁愿趁休息时去山上砍树，找木工组做了个箱子。他的那一瓶酱，自上工地就不给伯纬吃了，放在自己的木箱里，躲着伯纬偷偷地戳几筷子。

四队是专在崖上打点炮的，就是在崖上打了落脚点，炸宽了，让二队来放坑炮，也就是打竖井。四队干的是下地狱的活。四队差不多全是子弟，还有不少从宜昌来的劳改犯。因此工地上就流行一个歌子："洋二队，土四队，不土不洋是三队，久经沙场数一队。"

王皋学会了这首歌，就天天拉长喉咙唱这首歌。他一定是在感叹自己的命运。有一天晚上，睡在另一头的王皋蹬醒伯纬说："我梦见了死人，全是死人。"

伯纬说："你是醒着的哪。"

"我梦见河里伸出好多手来，拉我们崖上放炮的人……要死人了。"

"你分明睁着眼睛说梦话。"

"我一眯着就全是那些手，肯定要死人了。"

"我看你要发疯了。"

"我估计也差不离……"

第二天，在竖井里放炮的二队，炸飞了六个人。对面的崖壁上到处贴着炸飞的肉，树上挂着炸飞的膀子和腿。

四队跟二队隔着一点距离，听到地动山摇的爆炸声王皋就吓软了。两人在悬崖上一个掌钎，一个甩锤。掌钎的王皋把钎就吓掉了，掉进了万丈深渊。那些炸飞的人伯纬他们都见了，看见一些人的肢体飞到对面崖上去，有一个脑袋——就一个光秃秃的脑袋，往崖上飞去，好像要啃那儿的一棵倒挂香柏。伯纬定眼看，那脑袋果真啃住了香柏，没有身子，切切实实的一个脑袋。接着，松鸦就铺天盖地来了。这些松鸦，它们先前藏在哪儿呢？说来就来了。

松鸦的叫声又嘈又乱，还有那些嗡嗡作响的爆炸回声。王皋的钢钎又掉下了崖，两人只好荡绳回到半山的一个凹处。

"伯纬，我们还活着吗？"伯纬听见王皋用几乎是被石头埋齐脖子的声音沙哑低细地说。王皋的手抠在一个石缝里，另一只手抓着伯纬背上的绳子。

"你唱，你现在正是号丧的好时候。"

"我不想唱了，活着比死了还可怜。"

峡谷里黄烟不散，一股股浓郁呛人的火药味让人忍不住咳嗽，风好像也突然没有了，风也炸蒙了，松鸦们的翅膀在烟雾中扑腾，看得到它们灵巧的头、棕黑色的羽。渐渐地，硝烟散去，更多的松鸦正在石壁上寻找那些血腥和碎肉。它们四处乱撞，哇哇哇哇，你可以听出是一种慌慌张张的狞笑，一种不能自持的幸灾乐祸，哇——哇——

他们静静地、无望地听着。看着那棵香柏上的头掉下去了，一群松鸦利箭一样地跟着，笔直地插入峡谷深处。

伯纬那天听见王皋自编了一首用"哭嫁歌"唱出的歌子：

神农架山高坡又陡，
羊肠小道难行走，
一年到头修公路，
修到何时才出头……

伯纬说："你还不如唱'狗儿也爱有情哥'。"这时候，伯纬看见王皋的腿不颤了，正拼命地伸出一只手往悬崖边挤！

王皋想干什么？王皋前面有一块花布，挂在悬崖边的一蓬匍地蜈蚣上。在这样的时刻出现一块花布，在这么荒僻之处，在上不沾天、下不沾地的地方。伯纬想阻止王皋去得到那块来历不明的花布，可是王皋的手上已经攥到了那块花布。是从哪儿飘来的呢？王皋兴奋地说一定是头上砌护坡的女工掉下的，而伯纬想，说不定是咬着香柏的那颗人头上飘下的呢？

没有血迹，所以他高兴，也不发抖了，大嚷道："给三妹做件小褂子还有多的。做娃娃服最好。"娃娃服就是女人们当时穿的一种胸衣。

王皋把花布揣进了怀里，这天回到工棚，王皋就把花布悄悄放进了箱子。

追悼会和誓师大会是经常开的，不过像这一次这么多棺材还没有过，还出动了直升机，听说是从武汉飞来的，停在山顶把一些伤员运走了。王皋见死了这么多人，就不敢晚上出去尿尿了，找后勤班弄了根废板车内胎，剪断，在床边的棚壁上挖个洞，通到外面。这一下屙尿方便了，可是没两天，那日晚上屙着屙着，尿漫上了床铺，王皋在半夜时分大喊："是哪个坏蛋搞了破坏呀！"原来，有人开了个玩笑，在外头把他的废内胎打了个结。又过了两天，王皋打开箱子时，那块花布不见了，成了块桦树皮。王皋当时愣在那儿半天，脸白了，气急了，对伯纬说：

"我碰上了岩包精。"

自那一天王皋就恍恍惚惚的了，丢三落四，上工去的时候竟然没穿鞋子，队长要他领五个雷管他领了八个。那天他的任务是挑竿炸石，就是竹竿上挑一包炸药，在隐蔽处贴悬崖炸，炸出石窝子能踏脚后，再去打眼。王皋用竹竿挑了炸药，荡下绳子就下去了。他点上了火后炸药不响，他以为自己未把引线点燃，从岩边伸出头去看竹尖上的炸药，头一伸出去，炸药响了，他的半个头也没了。

伯纬那天在崖顶作业，他伤了风，又腹泻，与一些姑娘运石渣。死人的事是经常发生的，工地大了，死个把人不稀奇。但死的是王皋，这就不同了。晚上，他对木工班两个专门做棺材的师傅说："王皋的棺材就不做了，我背他回去的。"

他把事情的原委一说，指挥部就准了他几天假，要他把王皋背回去。

因伯纬与王皋打伙同睡，他留下了王皋的棉絮，拆了包单子，将王皋一裹，用麻绳捆得严严实实。这之前，木工班的师傅给王皋雕了半个木头脑袋安在他头上的缺损处，再用一条劳保毛巾一缠，也看不出缺损了什么。就这样，伯纬背着王皋的尸体就上路了。

太阳牛卵子热,农历九月的太阳为何还如此浓烈呢?不过你只有爬山,背个百把斤的东西才会觉得太阳还存在并且有夏季的企图。其实太阳是不动声色的,是你冒犯了太阳。只要你坐下,山风一吹,又凉了,背脊上、胯子里的汗变成了恶作剧的凉水,就是这样。

烘热的秋天是因为山要成熟,山要把东西蒸熟,只剩下最后一把火了,或者火烧完了,要焖一焖,要等它跌气,东西就能端上桌了。所以伯纬有时歇下来摘"猫儿屎"吃时还是发涩,五味子又酸,苦李苦、唐梨像木渣。能摘到一串好五味子,他就连籽带皮都吞进去。

进了河谷的时候,他数了数,至少有七八只松鸦跟着他,在他的前后左右怪叫,它们闻到了死尸的腥气。伯纬不敢肯定,这些松鸦是不是从他启程时就跟上了,盯上了,还是在半路上招惹了它们?伯纬望着它们,比它们的叫声更响亮更悠闲地说着话:"别开洋荤啰!我会把王皋给你们吃?"

九月,连老林子都是明亮的,空气里流溢着干燥的、带点酒味的气息,像谁的酒坛打泼了。山楂和红枝子、蔷薇都成熟了,一串串地打着他的脸,它们喧宾夺主的气势把空气都映红了,并且让人精神抖擞。第一天走得还算轻松,说轻松,是因为王皋已不能说话了,这使伯纬觉得他背的并不是一个人,而是一捆山货,药材啦,苞谷啦,门方啦。想怎么背着怎么背,横着、顶着、扛着、夹着,都可以。过去背门方时,一根至少有一百八十斤,可小小的王皋满打满算不过一百一十斤甚至更少。第一天下坝店,过响水河谷,再走庙垭、邱家坪,到了赵家屋场——不知不觉已经近晚了。他才想到,他得喝水,他得吃东西,烧两个苞谷也可以,最主要的是,抹了汗睡觉。

这怎么睡呢?他在赵家屋场的山脊上看着那山坡上的两三户人

家。没有炊烟，狗正在远远地朝他吠叫。我总不能背个死尸进门讨歇吧。我把他藏在人家菜园边，放在老林里？半夜被野兽啃了那我不白背了，我怎么好跟王皋家人交差哪！

正在犯难的当儿，他看见了不远的石崖下有一汪水，在暮色中泛着美妙的白，他先不想那些，就走下石崖去水坑里喝水。他埋头喝了一气，直喝得打出嗝来，再洗脸，洗身上的汗，人就轻松多了，恰好水坑边有人点种的矮苞谷，掰了几个，半生不熟，汁儿也是麻涩的。吃到后来，吃出点味来了，竟把个肚子撑饱了。再下面，有一个牛棚，他把王皋背起来，钻进去，找了些干草塞在自己的背下，一躺就睡着了。

年轻的伯纬一觉睡到大天亮，醒来时霜色镀银。他迷迷糊糊地不知自己在哪儿，回头看到那捆被单裹着的东西，想了半天，才想起是被炸死的王皋。

"王皋！王皋！"

他赶快看王皋被野物啃吃了没有，翻来覆去后，总算松了一口气。心想，今晚一定放到人家里去，保险些。

早晨，依然照晚上的办法，吃苞谷，喝水，然后准备翻猴子垭。

再想背起王皋，背不动了。

我昨天背得动，而我今天就背不动了？伯纬十分诧异。我还是我，为什么我今天就背不动了呢？这样的问肯定会把他问得挺起腰杆来。背了几步，又背得动了。

天是晴的，而且是大晴天，晚上好像下了一场小雨。

"王皋，你不要吓我呀，我是把你背回去的，你不要耍鬼板眼，我晓得你喜欢开玩笑的。你再一使劲，老子就把你丢下崖去，让你喂老熊了。我把你丢下去，哪个晓得，给你妈讲，给三妹讲，说是把你埋在半道上了，死无对证，你把我有什么法！"

这样一说，王皋就不在背上作怪了，服帖了。趁着晨风背了三里地，就闻见了臭味。

昨天的七八只松鸦还紧紧跟着他，而且老飞在他的前面，好像知道他该怎么走。伯纬说："叫吧，叫吧，让你们饿死它！"他放下王皋休息，发现被单里的王皋发胀了。"怪不得这么死沉的。"他说。

上猴子垭的路有时候陡，有时候平，有时候还有那么点儿下坡。喘口气的下坡，迂回的下坡，死尸在背上就很轻松，还有弹性，伯纬就会感谢他。再上坡，又沉了，伯纬就吼了："不要作法，啊！"伯纬想到兜里有王皋的一个酱瓶子，瓶子里还装着由花布变成的桦树皮，他是把它紧紧盖着的，现在他想把它打开——当然是在看到对面坡上有两个人干活的时候，他把树皮取出来，为了压邪，在皮上吐了口涎水，插在捆王皋的绳子里。

"王皋，我晓得你哪个都不怕，就怕岩包精。"

这么说着，浑身的皮肤有点发紧。他把桦树皮又抽出来，放在地上，狠了心，咬破了一块指甲皮，挤出两滴血，滴在桦树皮上。

没有什么变化，没有现原形。他对桦树皮说："我是不怕鬼的，你只管守好王皋这王八日的，他怕你。"

他这下狠狠地把桦树皮插进了绳子，拍拍王皋，扛起他来，分量的确轻了许多。

路时阴时阳，时阴的地方一色的高山栎和刺叶栎，青枝绿叶，长得比春天还好。时阳的地方混杂着灌木和小乔木，落叶的、不落叶的，浆果、核果、坚果，什么都有，都在加紧与太阳勾结，圆满自己的野心。

只有令人头晕的死寂留给了山路。伯纬就对王皋说："伙计，你唱点什么好？"

尸体没有任何动静。莫非他要激将？于是戳着包单子，说："几只鸦雀也比你唱得好，至少，它不会像你总是吓得屁滚尿流。"

想到了什么，伯纬哈哈大笑起来。伯纬换了个肩继续说："我不喜欢你唱鸡娃子的洋二队土四队，洋二队又怎么样？死的人比咱们多。我还是喜欢你唱'狗儿也爱有情哥'……狗子也爱有情哥？那是想舔他的卵子……你个哑糊苔，唱出这样的歌来，我唱一首，包比你的有味。"

伯纬突然扯起喉咙就向山冈喊了起来：

十八姐儿二十岁的郎，
一夜摇断九张床。
打一张铁床摇断榫，
开一个地铺蹬倒墙。

伯纬喊得青筋暴暴，声音是直的。伯纬发现泪水沿着他的面颊往下淌，伯纬腾出一只手来揩泪。伯纬稳稳地踩着石头。伯纬下陡坡了，伯纬说：

"王皋，你一句话，就让我今天要背你。昨天我也在背你，明天也要背你。明天背得到家吗？王皋，我答应的事我做了，我不骂你，算我倒霉，臭得稀烂也要把你背回去的……"

伯纬越想越伤心，把王皋往地上一扔，指着他说："我臭了你会背我回去见我的爹娘？为什么我硬把你丢不下？听听吧，听听天上是什么在叫吧，已经两天了，我又没有枪，我用石头吓唬不了它们。你死了，我疯了。我前世欠了你八斗，还是欠你五吊？……你还是个饱死鬼咧，你鸡娃子跟标致的三妹睡了，你还是个子弟都跟她睡了，我贫下中农没摸到女人一根毛。你鸡娃子今天给我老实交代，你跟三妹摇断了几张床?……"

苍蝇出现了。他看见了苍蝇,在松鸦混乱持久的叫声中。那些个顶个的苍蝇,跟吸花蜜的蓝喉太阳鸟差不多大。

他重新背起了王皋。

从东南隘口吹来的风简直像一千头怪兽,横扫千军,把身体的热量一下子掏空了,人歪歪欲倒。怪模怪样的巴山冷杉吐出了怪模怪样的嚣叫声:呜——呜——头上的那些松鸦也在怪叫着逆风前行。它们因为无处下口被激怒了,加上这阴森的风,让它们突然变成一些可怜的小飞虫,没有吃食,疲惫,绝望,不耐烦了。

伯纬前倾着身子,他都扛不住了,背上还压了个死尸。他想今晚在这个鬼地方非得借宿,不然他会冻死。前两个月那么炎热的天,几个四川来的采药人,就在凉风垭遇冰雹冻死在山洞里。神农架的夏天冻死人并不稀奇,何况现在已经到了深秋。

只有绕一里路到杨爹的家里去。杨爹一个人住在东坡,捌木为火,挖芋为食。听说他有个儿子,但谁都没见过。

一颗亮星出来了,猛一抬头,又看见了一轮满月。天空呈挨黑前的蛋青色,单调寥廓。天的确要黑了,还没有见着杨爹的屋影,就听见"嘣"的一声,麻耳草鞋的耳子断了,鞋散了。他把王皋放在一个坡上,四处去寻葛藤,用藤子把草鞋绑在脚上。走了几步,不对劲,硌人,比石子硌得还疼。只好停下来。一只有鞋,一只赤脚,伯纬欲哭无泪,走不了。此时冷月隐藏在冷杉林间,像一只鬼鬼祟祟的豹猫。伯纬对搁在树干边的死尸说:"王皋,碰上老虎,我只好把你扔下了。"嘿,这时他瞅见了王皋脚上的一双鞋,是解放鞋,指挥部给死者发的寿衣寿鞋,不管三七二十一,就去扯他的鞋,"嘿嘿嘿,伙计,借我用一下,我背你,又不是背我自己,费鞋。"扒了王皋的鞋,两人互换了，让王皋穿上那双破草鞋，自己套上新解放鞋。耶，夹脚，蜷起指头凑合，踏在地上舒坦，摸夜路也不怕鹅卵石子了。

一条疯狂猜叫的狗也无法阻挡他去拍杨爹的门。杨爹的门没有关，他一头闯了进去，并麻利地把王皋塞进了门旮旯里，神不知鬼不觉。

杨爹在吃什么或者已经吃完了，他放下筷子打量着进来的伯纬。他是一个五十岁，也许六七十岁的荒废了的老头儿，头发荒了，眼神荒了，动作也十分荒凉，牙齿外露，微笑，不停地咀嚼。

"喔。"他说。

"我从红坪来。"伯纬对他说。

于是伯纬坐下了，看着他的碗。碗是破的，筷子一支红、一支白。他的衣裳是破的，手也是破的，结着血痂，还有许多泥渍。他站起来，有点步态不稳，用巴掌的下部揩着鼻子，同时唤狗。狗来舔他的碗，舔干净了，他收了碗放到窗台上，摇摇晃晃地钻进床铺睡下了。

没有灯。伯纬只好把火塘的火加大，吹火，又从墙角的一个畚箕里抓了几个洋芋埋进火里。

"你就这样睡了吗？"伯纬朝他说。

那个人没有说话，好像在整理床铺和衣裳，发出木板压榨的痛苦响声。

"我莫非今晚要坐一夜？我也要睡觉！"

他赶紧翻洋芋吃，生的熟的半生半熟的就那么吞。然后找盆子洗脸，也不管主人的毛巾有多腻多脏。他舒舒服服地洗汗，发觉狗盯着王皋！

"喊！喊！"他用毛巾小声而严厉地赶狗。

门没有闩，他索性把门大打开了，用手示意狗出去。

狗并不出去，哑哑糊糊地望着他，又朝那被单里捆着的东西淌涎汁。伯纬想着怎么把狗赶开，他跨出门槛，在台阶上故意退下了裤子蹲下。这一招很灵,狗以为伯纬要拉屎了,赶快跟出去候在伯纬身边。伯纬瞅准时机,冲进屋里,把门关上,狗被关在门外了。

他摸索着上了杨爹的床,试试探探地挤出了半边被窝。他睡着了。突然,在洪荒烟云的梦中舒服解乏的伯纬感到身上的某一个部位焦辣火疼,醒了,抽着冷气想想哪儿不对劲,是卵子,喔,是卵子。可恶的杨爹把他蹬醒了。他听见那老头结结巴巴地说:"你你你好臭……好、好臭……"

我好臭吗?伯纬完全清醒了。他妈的,我好臭?黑暗中,他也闻到了一股从哪儿飘来的臭味。伯纬只好坐起来,因为横蛮的杨爹将他快要蹬下床去了。

这样的哑糊苔还能闻出臭味来,证明他过去是打猎的,鼻子跟狗一样灵敏。他抱着双膝,狗不停地在外面啃门,并发出求救的呜呜声。杨爹的耳朵是聋了,要不然,狗一进来,什么都完蛋了。

他听着狗啃门的声音,缩在床头的一角,再试着重返被窝。睾丸疼,迷糊了一会儿,天发白了。他只好下床,喝了一瓢凉水,揣了一大兜洋芋,背上王皋,开门就走。

晨鸟的啁啾不一会儿被远远近近的松鸦声代替了,松鸦又与他汇合了。这一口气走了几里地,穿过了阴魂岭、八人刨、锅厂河,又上了狼牙尖。嫣红的晨光全贴在狼牙尖上,灿烂夺目。因此群山向阳的一面该白的白了,该红的红了,该黄的黄了,该绿的绿了,袒露出它们坚硬的气派来。而在背阴的一面,一切似尚在沉睡中,被梦魇陷得很深很深。

"嘀嘀,"他对王皋笑着说,"我为你鸡娃子背了黑锅,害得老子差一点没得后代了。喂,听见没有,你说怎么补偿我吧,我没有别的要求,我不要你整十盘八碗,也不要你提烟提酒,借你的三妹陪我焐一夜脚……不同意？不表态？……嘿嘿，小气鬼，一瓶酱都舍不得的，还舍得把老婆别个睡……"

天又变了，下了一场呼呼啦啦的雨。天又晴了。但是雾气上来了，两米开外不知是人间还是地府。他在寻脚下的路，扑通一跤，跌了个嘴啃泥。在雾中摸那个长长的包裹，不见了。

雾越来越浓，一时半会儿摸不到那个人了。他喊："喂，王皋，你躲在哪儿了？你还有心思给老子躲猫猫！"

伯纬的膝盖不听使唤，破了，流血。雾慢慢消散了，他顺手就扯到了几根地锦草，又捋了几片南星叶，放在嘴里嚼烂，敷在膝盖上。血止住了。他又用一片南星叶盖住伤口，找了根藤子系住，再去找王皋。

王皋掉到悬崖下去了。

不过不是直陡的，又有树可以攀爬。就往下蹚去，从一蓬钩藤刺蓬里扯出了王皋，扛起，往上爬。这一趟损失了伯纬的许多气力，上了崖人就虚脱一般冒黄豆大的汗珠，而松鸦的叫声现在变得更凄厉了，在这没人的老林中，莫非它们要作法了唤什么东西来加害我？

伯纬一定要甩开它们，伯纬发了狠，要走得比松鸦还快，要甩开它们，甩开它们！

老林的阴影只会越来越淡，天空会豁然开朗，他的腿有劲，像风钻一样要钻透恐怖的老林。

他跑，他拼了命。有时候把命赌上了，风就呼呼地向后面倒去，再沉的东西都没了分量。看不见任何东西：鬼、怪、老林子、野物、陡坡和河水。

松鸦在前面等着他。松鸦在出一个隘口的树林上叫得正欢，还有杜鹃的叫声、斑背噪鹛的叫声、长着红尾巴的林鸲的叫声。可是，它们的叫声为何如此狂乱？

他的眼睛在换肩时被王皋那破烂的身子挡住了,前面好像有个影子,一过性的揪心感觉让他抬头就直击到一头红鼻子的老熊!

"我的命苦哇!"他轻轻地叫了出来。

老熊站着。他也站着。他跑不能跑,动不能动。他背着那么沉的一个死人,可他不能动。他知道,他爹就是个老猎人。他爹反复告诉过他,见了熊你千万不要动弹。熊是不吃死人的,它不会吃王皋,它想吃的是背王皋的人,活赳赳的伯纬。可你不动,你只管盯着它也是有用的,野兽都怕人,没有不怕人的野兽,包括老虎。只要你不去先伤害它,它是不会主动攻击你的。爹曾经碰到过一群野猪,硬是一双眼睛把它们盯跑了,但老熊服这个吗?你盯着它,它是个熊瞎子,屁用!

伯纬还是要盯,不动,像一根树桩。熊也盯着他,熊站着就像个人,像个绅士,老林中的绅士。现在,绅士要走了吗?绅士没走,小眼睛眨巴地望着伯纬,温和,淳朴,憨厚,暗藏杀机。

伯纬快疯了,他的腿正在被什么东西掏虚了,肩上的那个死人像一堆石头压着他。他要成为那个死者的垫背人,与那人一起到地府同游。

阳光从老熊的背后射过来,毛茸茸的影子就落在伯纬的脚前。它在移动吗?慢慢地,那个影子与他拉开了距离。红尾的林鸲正在啄一只松鸦,也许它也太紧张了,而松鸦的叫声让它讨厌。老熊在一棵被人伐倒后已经腐烂的大铁桦上斜斜地站着,歪过头朝伯纬最后看了一眼,就蹿进了一片冷杉林中。

伯纬依然一动不动,脚下像生根了一样。后来,腿一软,王皋把他压趴在地上。

伯纬送回了王皋的尸体,路就打通了最险的红旗岩,看着看着将要翻过皇天垭了。伯纬高兴了,春节也不回家,就在工地上值班。

晚上大家吃肉喝酒，喝多了酒，到了十二点，远近的村子里都响起了"出行"的鞭炮声。工地上没鞭炮，伯纬高兴，就摸出两个雷管出去甩。开了门出去，那天晚上下起了大雪，冻了凌，他一脚没踏稳就摔倒了，两个雷管在手上炸了。

伯纬在黑暗中绝望地喊："完了！"他爬起来围着工棚跑，双手疼痛，跑了一圈又一圈，手上的疼甩不掉，十个指头都炸得筋筋吊吊了。值班的人跑出来寻他，拉他，拉不住，他疼，他说："娘耶，给我拿点毒药来喝吧！"

一辆指挥部的汽车到凌晨三点多才把他运走。这辆苏联嘎斯车的师傅大家都叫他阎王爷，专门收尸的。工地上死了人，都是他的车拖，且只有他敢走夜路，凌多厚、雪多深他都敢走。伯纬一上了他的车就被他吼了一顿："我说你别号丧了，我跟你说，哭也要三个小时走，不哭也要三个小时走，那还得看车况和路况。"

伯纬不能不哭，这样的时刻一双手都没有了会不哭？傻子哑糊也要哭。哭到医院，四肢就冰凉了。伯纬醒过来是因为医生撬他的牙齿，他听见医生说没有血输，都在过春节。撬他的牙齿是让他吞一种强力养血丸，一颗又一颗，吞了一大把。那时他已经在手术台上了，一个医生说："这下麻烦了，这毬人醒过来了，又得费麻药。"于是要他坚持住，便往他鼻子里灌麻药。边灌医生边问："还疼不疼？"伯纬说疼。另外的医生就用一个铁夹子夹他的脖子，不让他摆头。灌麻药的医生又问："你的手是怎么搞的？"伯纬回答说是雷管炸的，医生问："你结婚了没有？"伯纬说没有。医生又让他数数字，一、二、三、四、五、六、七……三十三、三十四……大概数了不到五十下，伯纬就被麻翻了。

伯纬再醒来，他看到的世界很有点异样了，这源于他的手。他的两个手五花大绑,伸出四只角来,那就是手指,其他的手指没有了。这四个手指还是嫁接的;嫁接了五个,有三个没活。谢天谢地,活了的是右手的两个,一个能动,一个上部分能动,实际上是一个半,这是后来的情形。他看到了他的哥、嫂、爹。伯纬血流尽了,血管细得像头发丝,全瘪了。给他吊点滴,只好在脚踝那儿切开一条口子进针。

伯纬不让进针,蹬那个针头,喊道:"让我死,死了好些!"他的哥和爹把他摁不住,叫来两个年轻力壮的医生,把他捆在病床上。医生说:"不进针你感染了烂死。""那也比活着好!"他在绳子里哀鸣。捆了他五天,把他捆服了,脸上渐渐有了一点人的颜色。针允许打了,也咽粥。

田三妹提了十二个鸡蛋来看他。六个没煮,六个煮了。没煮的要他早晨喝生的,说是补血的。田三妹说:"是我妈让我来看看伯纬兄弟的。"伯纬躺在床上嘀咕说:"只怕是你妈让你上街来换盐的吧。"田三妹说:"绝没有这回事。"说到后来,她就哭了,她站在伯纬的床前,拿起他包得像一株包菜的手,只是哭,又不说话。这让伯纬难受,伯纬也就拍着床沿号啕大哭,谁劝都劝不住。他说:"谁说王皋不是享福去了,我这哪还叫人哪!不就是一只鸟吗?只能用嘴啄食了,我又没有鸟嘴那么硬那么尖,鸟吃那么一点点就饱了,我若再每天吃那么几大碗,谁给我吃啊?"

家里人说:"我们养你。"那是宽他的心。

伯纬能端碗了。在手术台上,医生就给他的左手残掌设计了一块平掌,然后用两个残指一卡,还行。

伯纬用勺子吃饭。伯纬穿橡筋裤。伯纬拿勺子拿一次掉一次,苞谷粥溅得他满脸都是。他后来笑了,他说:"我像猫子舔食。"

伯纬出院回到了村里,村里人一见他那一双手,白净的脸上也没有了阳气,都说,伯纬要到宜昌讨米去了。

"伯纬怎么还没有走呢?"

他们后来看到伯纬上了山。他不是去修路的,他在砍竹子。

他砍了竹子,他研究砍刀。他最先研究的是砍刀,怎么抓住它,怎么用力。好歹砍了一捆,放在爹的屋山头。

砍刀的柄细些,能抓住它了,跑不掉了,还没让血痂掉壳,又去抓斧头,用斧头砍树。

伯纬在清晨的山上嘿嘿地砍树,砍得木屑四散飞溅。有人看见了,那些下地的人,看到伯纬在砍树,而不是别人,伯纬用什么攥斧头呢?他们左看右看横直看不懂,雾气和树枝挡住了他们,可的确是伯纬在砍树。一棵树倒下了,期期艾艾地让葛藤左牵右绊,倒了很久,总算倒下了。

伯纬扛着犁上了山。伯纬还能拿犁?莫非还能甩响牛鞭?牛鞭是在夕阳下山的时候响的,牛铃也响了,那是伯纬赶着牛回来了,犁尖上缠着新鲜泥土的气味,这表示,他耕过了。

他像一个什么也没发生的人,一个出坡、吃烟、喝瓦罐茶,然后回家弄点小酒喝喝,吃饱了,在门槛上抽袋烟睡觉的地道农人。他能干,残指、残掌、腕儿、肘、膀、腋窝,都帮他重新认识农具,一桩桩,一件件,漫长的认识,用血,用茧,用咬牙切齿。

他每次出坡都背一捆竹子下来,还背一捆茅草下来。

有一天他突然说:"爹,我们分家吧。"

他爹、他哥吓了一跳:"分家?你自己吃?"

"我当然自己吃。"

他要在屋后的坡上搭一间茅屋。家里只好给他搭了,全是他自己从山上弄来的料。然后,爹和哥给他一床被子、一张床、五个碗、一口锅,还有一个吹火筒。后来爹把自己烫酒的小铜壶也给他提来了,说是他变天时手疼，喝点酒活血止疼。

　　他开始刨洋芋自己打火做饭。可他抓不住洋芋。他练了很多天，还是抓不住。上山又把裤裆剐破了，不想给嫂子去补，自己补，可他抓不住针。他把很大的工具都征服了，但征服不了洋芋和针。

　　洋芋是生命中的生命噢，可是我奈它不何；没有针，我的体面就没有了，我不能强作镇静，出坡，到人家里吃酒，揣着手在裤兜里晃来晃去，我还是个叫花子。伯纬捧着针线，泪水簌簌地往下落。

　　三妹的公爹用儿子王皋的死亡补助款烧了一窑木炭卖给已经到了皇天垭的修路指挥部。第一窑没事，第二窑刚点火时，支书派人来给他的窑里丢了三枚雷管，然后说他家开地下工厂，没收了他家的房子，把他全家赶到村里一间四壁透风的锯木场里。

　　已经到了四月，可山上的雪还没有化，从垭口那儿吹来的风依然是雪风，不仅仅是半夜凶猛，有时白天也狂暴。锯木场里陈年的锯末被吹得满天都是，背阴的地方依然滴水成冰。三妹和公爹公婆及弟妹们一大帮子，还有王皋的一个哑巴叔叔，都挤在锯木场里，盖着单薄的被子，甚至是稻草。

　　伯纬见了三妹，看着她已经出怀了，鼻子和眼睛冻得通红，偎在稻草里，就对三妹说："到我窝棚里避避寒行吗？"

　　他于是扶着手脚麻木浮肿的三妹到了自己的茅屋里。

　　开春了，挨了几次批斗又要不回房子的三妹公爹一家，要搬到巴东去了。巴东来的亲戚有十几个人，十几个脚篓来搬锯木场的东西，桌椅板凳，犁耙锅灶，还有两张矮床，一口三妹与王皋结婚时嵌玻璃的红漆柜子。十几个人要背着那么大的东西翻山越岭，要从鸦子口进去，要走大龙潭、小龙潭，过巴东垭、三十六把刀，再过长江。

三妹的哑巴叔叔来喊她，咿咿呀呀地比画说："东西都走了，你也要走了。"

四月莫非是搬家的季节？映山红在山岭上一下子全绽开了，推开腐叶枯枝，推开藤蔓浓雾，翻出了春的衣物，要晒一晒两百天漫长的冬季了。

三妹跟着王皋的哑巴叔叔走了，一步一回头，身上背着小巧的花篓，花篓里装了些伯纬给的洋芋，那是他自己种的。

可是到了晚上，三妹又出现在伯纬小屋的门口。

"你怎么又转来了呢？"伯纬从火塘边拿着一把正砍柴火的斧子，站起来迎接她说。

"我给你把洋芋都剐了，我给你煮洋芋吃吧，伯纬。"三妹的袖子上别着一根针。针到了女人的手上，熠熠闪光，楚楚动人。

三妹留下来了。

那天晚上没有被子，两人只好滚在一床垫絮里。伯纬说："没一床被子，我过意不去。"

"这好。"三妹说。

"我也不会花言巧语，"伯纬说，"有一颗米，我掰半颗米给你和娃儿吃，我会凭良心的。"

"那就让你受累了。"三妹抹着泪说。

伯纬上了山，他要刨地种苞谷。他背着盛种的袋子，背着挖锄出门。三妹拉着他的手说："这一双手怎么挖得出土？"

伯纬说："我总要让你和娃儿有饭吃。"

那一天，伯纬烧了一块火田。他把看中的坡地四周砍出了一道防火墙，然后点火烧山地上的灌木、下木和葛藤腐叶。三妹跟着伯纬去了，她的镰刀下面也割倒了一些能引火的葛藤和枯枝。那一天把天都

烧穿了,那一天的火真大。那一天三妹露出的歌喉让伯纬惊住了:

> 口衔种子手扒窝,
> 上山种下苞谷坨……

伯纬说:"三妹,你唱得好哇。不过我还是喜欢听王皋唱,王皋总是发抖,可他发抖唱的歌最好听。那叫什么……叫颤音。"

三妹说:"王皋的歌是我教的。"

"我早就知道了,"伯纬说,"不过还有一个歌你教不了:洋二队,土四队,不土不洋是三队,久经沙场数一队……还有一个:神农架山高坡又陡,羊肠小道难行走,一年到头修公路,修到何时才出头……"

"公路已经到挂榜岩了。"

公路的确修到挂榜岩了。炸石的声音轰——轰——,从山隘口腾起的黄烟和碎石,一直溅到了他们的坡地边。伯纬边挖树蔸边说:"那都是我们修过来的。"他往手掌上吐了几星唾沫,三妹看到,伯纬的掌心全是血,他压根儿就没有掌心。

"你还能不能唱一点什么呢?"等炮声止息了,伛着腰挖地的伯纬对三妹说。

在地的另一头的三妹大声说:"生了个儿子长大以后让他来养你,给你还债。"

伯纬抬起头,他听清了。"难道不是我的儿子?难道不跟我传宗接代吗?"

"你是个好心人,伯纬。"三妹说着说着就哭了。

晚上挂榜岩那儿的锤声叮叮当当,三妹就在锤声里生了,生了个妮子。

妮子瘦得像根筋，除了眼睛像人，其他都不像人。

秋天，伯纬从山上背回了七八百斤苞谷，卖了给妮子去治病。在镇上治了五天回来，一家三口没了吃的，伯纬又背着背篓给道班去背碎石子。伯纬用在风雪中背上坡的石子换回了苞谷，磨了粉，做成了糁子糊糊，给差一点拉痢疾死掉的妮子吃。伯纬的手指已经扣不好扳机了，就挖了几个陷阱逮野物。他在山上的窝棚里守了三天三夜，总算逮住了一只青麂。那一年的冬天青麂是怎样掉进他的陷阱里去的，简直是个神话。冬天里，麂子加糁子，还有什么话可说呢。

第二年春天，又烧了一块田。一场雨下来，火田里生出了一大片油亮亮的油菜。哪儿来的油菜呢？又没下种。这就怪了。嫩油菜掐了菜薹，再长成菜籽，收割了换油，三妹的肚子还是瘪的。

运木材的大汽车轰轰隆隆地开进山了，又开出山了，一车一车带着树脂死亡芬香的大木头碾轧着新开的碎石公路，好像要从山上栽下来一般往香溪河开去。一天，伯纬家的一条母狗也跑上公路，去看热闹，一下子轧伤了屁股，两条后腿就没劲了，拖着爬了回来。

狗快死了，后来又活了，支着两条前腿。母狗有两条小狗，因母狗的后腿萎缩，哺乳的奶也干瘪了，两条小狗还是去吮。伯纬见了就踢小狗，说："就往裆里钻！"还踢那条母狗："生这么一窝，好像就你能耐，自己都快死了。"狗被踢得嗷嗷叫，大的、小的。

那时三妹抱着妮子正在择野葱，看母狗被伯纬踢得拖着后腿去了屋后的蜂箱处。三妹哀哀地说："伯纬，我对不起你，给你生不来娃子，我们娘俩走吧。"

三妹说风是雨，就去堂屋的石磨柄上收衣服，从猪草堆里拿背篓把哇哇大哭的妮子往背篓里塞。伯纬冲进去一把抢过来妮子，说："三妹，你多心了。我从来没有嫌弃过你们。你走，走到哪里去？你若走了，我还有什么滋味？"

妮子要上学了，伯纬决定把她送到离家五里之外的学校去住读。学校在狼牙岩下，有一栋紧靠岩壁的房子，有一溜通铺，睡着二十几个住读的孩子，有大有小。学校门口有一条河，孩子们在河里舀水喝，洗脸，寒冬腊月也是。到了星期六，伯纬就赶着一头山羊去接妮子。那山羊是三妹从她娘家牵来的，原因是一次伯纬挖洋芋，残破的双手攥锄柄使不上劲，薅到了自己的脚，烂掉了一个指头。三妹就不再要伯纬出坡了，她自己出坡干男人的活，让男人放几只羊，就这么，从娘家牵来了一头种羊。

伯纬放羊，腰里用背叉子插一把开山刀，还拿了一把手锄子，砍柴加挖药材，细辛啦，柴胡啦，蛇菰啦，独活啦。伯纬的羊越放越多，最多时达二十只，吃了，卖了，死了，总在十多只。他总是喜欢把羊赶到山顶上去，在皇天垭的口子上，看公路和公路上的汽车。有时候，往山下走的时候，车轮子就悬在他头顶。车是这山里唯一的活物，假如没有云彩，没有野兽，这静静的山冈上，公路就像趴在那儿喘气的蛇，没有一点生机，被人抽了筋。如果喇叭响来了，车来了，车满满当当地瞎响，嘀嘀，嘀嘀，路就活了，山也活了。羊开始惊慌地叫，嘴里含着青草。伯纬喜欢公路，他常常掰着自己那几根不能动弹的手指，摩挲着，想着它们与眼前这条公路的关系。在下雨的时候，雾气濛濛，他在想，王皋会不会从那隘口走下来，浑身湿漉漉的，说："要点炮了。"

公路已经安静了，不再有炮声。可是，有一天，下雪的一天，轰的一阵声音，过去炸石松动的石头大块大块地垮了下来，砸到了一辆安徽来这里拖木材的汽车。车跑得太凶，太沉，把路也压坏了。进山的是空车，出山的是重载，一车一车的松、杉、桦、栎，都是做枕木、做榨木的料，还有香果木、麦吊杉、青檀。有一个伐木队长，病休回家时，不仅带了好香柏家具，还带走了五斤麝香。一只大公香獐子只产一两麝香，小的产十克，也就是说，他要射杀近百只香獐。运木材的车源源不断，总会砸到车的。山的身子炸松散了，神也散了，拊不住，只好往下狠狠掉。

伯纬看见在风雪中清理路基的工人，只清理了一些小石头，腾出一条路来，让其他的汽车可以勉强行走，更大的巨石和压在石头下的车，就那么撂在公路上了。雪往上落，撕扯下来的树和树根也哀哀伤伤地横竖在那里，雪一个劲落着，神农架的雪就是那样，没有一点声响，却很严厉，但是到了晚上，你听吧，那树林里冰凌炸裂的声音简直像鬼魅，对这个世界是不留情面的。那是因为树枝和树干不堪紧缚，穿透冰雪而拼命呻唤。

但是现在没有声音。快过年了，伯纬想到快过年了，他一个人站在那里，手握着羊鞭，去看那还未全被雪掩埋的石头和石头下瘪了的解放牌汽车。是解放牌。一车上好的山毛榉，根根水桶粗。喔，他看不见那个人，驾驶室的那个人（只有一个吗？），可他看见了一只可怜的手！那手是在呼救吗？那手从车窗里伸出来，从一块深褐色的巨石缝里伸出来，是手，还是树枝？人的手，上面全是比石头更深的紫黑色血！他看见了那人断断续续的身子，或者说是衣裳。现在雪越下越紧，好像雪知道了，不想让伯纬看清这一切。这不好，看这样的惨事毕竟不好，快过年了，不吉利。

可那只手！

他也曾经有一双鲜血淋漓的手！也是在年关里，在一个雪如飘絮的时辰。

伯纬赶着羊群回家了，他魂不守舍，进门就对三妹说："给我烫一壶酒。"

当伯纬在半个小时后提着空酒壶回来，他的老婆三妹才问他到哪儿去了。他告诉了她公路上的一切。

"那你说了什么呢？"

"我说，我说师傅，你冷吗，你是安徽的车，安徽定没有我们神农架冷的，你喝点酒暖暖身子……我还说，我说了些什么，让我想想……噢，我说了我们这儿有酒规的，我敬你一个（杯），我就先喝一个，再给你一杯，然后你再回杯，回一个……回你就免了，我自己来，我斟满，神农架的人喝酒从不要赖。我一杯，他一杯，看着看着酒壶就空了……"

"你是疯了吧？"三妹看着冻得鼻子通红的伯纬，他成了雪人。

"你说什么，你竟敢说我疯了？！你这个狗杂种，你敢说我疯了！"伯纬喷着酒气。他骂人了，他指着三妹的鼻子，他从来没有骂过她的。后来三妹看见伯纬在那儿愤怒地流泪。

过年的那些天，伯纬都要提着一壶酒去公路，洒在伸手可及的驾驶室内外。刚开始几天，他都能看见一只松鸦在岩石垮塌的山崖上叫着，在一棵落光了叶子的火漆树上，孤零零地叫，叫得人心里全是些阴暗、黏稠的东西，不知哪一天，他再抬头看时，树上什么也没有了。他对那个人说：

"山上越来越寒。快开春的这段时辰，总是最冷的，你喝几口去去寒气。"

有一天他说："不是供销社卖的火酒，我不喝那个，自家酿的，地封子酒，度数低，不打头……冬天来的客少，酒还是有的，喝不完。这么寒冷的季节，哪个到咱们神农架来呀……"

又有一天他说:"想你的亲人快来了吧,我反正会供你的酒喝,一直等他们来。要说错,修这路我也有错,我这双手还不是修这条路炸坏的!那时候天寒地冻,咱们也赤膊下河,筑路基呀,取河道下铁笼呀,靠啥,靠几口酒,所以,有酒了你也别怕了,阴间阳间我看差不多,一杯酒,什么都能对付过去……"

春节在那种持久的高寒中悄悄地过去了,太阳出来过几天,但山上的积雪不为所动,仍然占据着显眼的地方,掩盖了山区的真相。

吊车开上山了,死者的弟弟也来了。他们把死者挖出来后,发现驾驶室那儿一股浓郁醇厚的酒气,还有碗、菜饭。后来他们问明白了,这是一个叫伯纬的残疾人干的。他们把伯纬从看热闹的人里拉出来,大家看到,死者的弟弟一膝向伯纬跪下,在泥水中向伯纬磕了几个响头,说:

"我哥总算没冻着,他天天有酒暖身子。"

那些人看见死者的弟弟从手上捋下一块表来,硬要给伯纬戴上,说是一点谢意。在推推搡搡中,那块表硬是戴在了伯纬的手腕上了。伯纬说:

"这块表对我们乡下人也没有啥益,你们搞工作的人才用得上,又金贵,我是受之有愧。"

死者的弟弟在运走他哥哥的遗体时对伯纬说:"我是不会忘记你这个好心人的。"

神农山区的山好像渐渐地矮了。那不是矮了,是因为参天大树都砍光了。没有砍光的是一些不成材的歪脖子树和小树秧子,路祖露出来,看得清清楚楚,在山壁上,在河沿上,先是拖木材的车,后是拖门方的车,再是拖棍棒子的车,拖木炭的车,再就是拖树枝的车了,再呢，没有了。大车少了，小车却多了起来。那些小车呢，先是吉普，后是切诺基，还有拉达，再是桑塔纳，后来，沙漠王子也出现了，奔驰也出现了……名堂越来越多，还夹杂有许多小"轻卡"，拖点人、货的，还有个体户不知从哪儿弄来的破客车，摇摇晃晃，叮叮哐哐。在夏天，山还是绿，绿得想再长成一个森林的样子，暴雨还是下，泥石流，也有把什么都晒枯的干旱。冬天的雪却小了，也推迟了。但是，在雪线之上，在皇天垭，风雪年年依旧。雨雪霏霏的日子车一样的横冲直闯，在厚厚的油光凌上，各式各样的车轮依然有人驱动，开过去，开过来，你追我赶，去房县，去兴山，甚至去更远的宜昌和汉口。吱吱的刹车声令人心惊肉跳。赶着一群羊的伯纬看着那些刹声中的车轮擦着悬崖，心想，现在的司机咋就胆子越来越大了，吃了豹子胆吗？其实并不是的，那是因为钱。但当官的呢？坐桑塔纳和红旗、奥迪车的呢？也是因为钱吗？坐在山石上的伯纬想不明白：他们为何这么匆匆忙忙？他们是在赶杀场？——这当然是在公路上有人翻车，又听说死了几个之后。

有一天伯纬赶了头羊去镇上卖，在十八拐路边上，一个司机停了车在烧黄表纸。一问，是这儿翻车死了一对青年男女，在此合埋了一个长坟。司机说，车开到这里不烧纸，你的车上坡就熄火。司机告诉他，所有跑这条路的司机，经过这里总要带点纸烧的，你不烧，那小两口就作法，把你的车熄火，这叫留下买路钱。有的师傅不晓得，一到下雨夜，往这一带走，总会见一男一女拦车，你让他们搭车，他们就嘻嘻哈哈爬上去了，搭一段就喊停车停车，说到了。荒郊野地，两边都是老林，到哪儿啦？你若不让他们搭车，你的车不是抛锚就是滚下山去。

这个故事越传越完整，细节越多，谁谁见到过，谁谁不让其搭车，赔了小命。可是，伯纬经常在这一带转悠，有时也到夜里，却从未见到过那一男一女。坟上的草长得老高了，上面的打破碗花花开过花了结絮，结絮了开花，坟上遗了松鸦、秃鼻乌鸦的粪便，藏着蓝喉太阳鸟小小的暖巢。就是在阴雨霏霏的扰人季节里，看走神了也没见到过那两个冤死鬼的魂影。

但是车祸却实实在在地多了起来，司机们烧多少堆纸也不管用。

有小翻的，有大翻的；有滚下几百米悬崖，有被树挡住了的；有死了，有没死的；有伤了，有没伤的。

有一天下雨的黄昏，一个农妇乘搭一辆解放军的军车，上面装有一具棺材。农妇披了雨布站在车厢里，车行至十八拐，天已经全黑了，农妇听说过这儿鬼魂的事，心情异常紧张，紧盯着车上那具水淋淋的棺材，突然，那棺材盖子移动了，从里面伸出一只手来，搭便车的农妇当即吓得掉下车来摔死了。其实棺材里是个活人，运棺材的那老头，下起雨来，没处躲雨，就钻进棺材里，后来，他伸出一只手来，想试试雨是否停了，他哪知道又上来了一个搭便车的人，结果把人吓死了。

可是，据司机们说，你要翻过皇天垭，不管你紧不紧张，耳朵里就会突然像打鼓一样，下坡时更厉害，头就大，像一团气化开了，眼睛看哪儿呀，脑壳就一团气儿，虽然一过性的，可方向盘一闪失，车轮就离了路，往下一栽，你还能知道是死是活？一切都靠天安排了。

海拔三千米的垭子，有人说是高山反应，大脑膨胀，也有人说，这儿的磁场可能扰乱了你的整个生物电波，也有人说，皇天垭是鬼垭子。

"轰——咚——咚……咚——轰——喀——轰……"

这不绝如缕、突兀而至的翻车声是在妮子满十六岁定亲的夜里。伯纬喝了些地封子酒，一觉醒来，清清楚楚听见了山上传来的恐怖声。第一下，滚下去了，第二下、三下、四下，是撞在石头上，再打翻滚，再被树或什么撕开了（或者劈开了树），再滚，再没声息了，躺进了山谷。从前后发生的响声判断，车大约滚下了两百到三百米。

那时候三妹并没有睡觉，在收拾着亲戚们吃过酒席后的残局。伯纬坐了起来，虽然是一个严冬，窗子紧闭，但跳闪的油灯似乎带来了汽车坠岩时卷过来的风。

他在黑暗中坐着，他比较熟悉汽车翻滚下的声音。如果你听到闷雷似的"轰隆——轰隆"声，持续不断，忽大忽小，那就是装运木材的车，一车的木筒子散落后滚动的声音，宛似一列在老铁路上行走的闷罐火车；而尖锐的响声来自小车："哧——哗——叭——轰喳——哐当——"个体户的旧客车摔下去的声音是最不中听的："轰——哐——哐咙——哐啷——"间或夹杂着一种哧儿哧儿的奇怪器声。伯纬通过声音，知道车是在哪一个地段上出事的，哪儿的石头与树抗拒车子毁灭性的冲撞会发出什么样的怒吼。他知道，任何石头和树木，你若沾惹了它，它是会发出声音的，它们都有自己的个性，伯纬对山上的东西都摸透啦。车子和山石、树木的对抗时常会发出不共戴天的声音——人的喉咙在这个时候是微不足道的。面对灾难的沉默，是人的最软弱之处。也许是因为太远，他听不到。反正，只有当你走近现场，你搜寻，找到那些一息尚存的人之后，才能听清楚他们在微微地呻吟，命若游丝。

伯纬因为听这样的声音，脖子伸长得像桉树。他下了床，他穿好衣服。他从房里出来，对厨房里的三妹说："我去看看。"

"我怎么没有听见？"三妹知道他要去干什么，这么说。

伯纬已经往坎下去了，他在猪圈里拿了一把竹子，又上来，在火塘里点燃。竹子烧着的声音，噼噼啪啪地响。

过去，车出事的不多，垭子口还有个小小的养路站，现在搬走了。

77

所以，如果他不去看，也就不再有其他人看了。

他听见了松鸦的叫声。那是从呓语到清啼的过程，含糊的、直觉的叫声和十分清醒的、充满了暗示的叫声、应和声是不同的。在黑夜中昏睡的松鸦们除非闻到新鲜的、浓烈的血腥，不然它们是不会在这样的时刻惊起的。

天空真是出奇地好，星星出奇地多，月亮出奇地亮，山也是出奇地静。在这荒僻而神秘的高山上，月亮的光似乎刹住了整个世界向更深的寒冷坠去的脚步。冷是冷点，如果没有松鸦的叫声，人心决不会打战，至少对于从出生起就在这儿生活的伯纬来说是如此。

在去现场的途中，他会突然蹦出一个感觉：什么事都没有发生，是一个惊梦罢了。当汽车完成了它的死亡之旅后，总会有一个沉寂的间隙，那时候，受伤的人连呻吟都还没有学会，疼痛还没有开始出现，也许膀子断了，肝脾裂了。

他从几块陡峭的苞谷地抄小路上了垭子口，他很容易就找到了汽车摔下去的地方。他用残损的手高举火把，大喊道：

"喂，有人吗？有人没有？回答我一下！"

确切地说，是松鸦的叫声把他引向这样的悲恸之地。在这里，至少有一群松鸦，因为无数的夜晚从嗜血的梦中醒来，练就了一双夜鸦般的眼睛。

因为举着火把，所以他的视野极其有限，在一路往岩坡蹚下去时，寻找那岩缝里、灌木丛、葛藤刺棵中的人影是一桩难事，他只好走一步喊一声：

"有人吗？人呢，你们在哪里？"

在看到谷底下的汽车之前，他找到了一个男的，喝多了酒的伯纬现在知道他在干什么了。在这之前，他还在给客人敬酒，他面前的酒杯加上自己的门杯一共有十几个，一个杯子要喝两杯才能还回去。所有的人认为他入赘的女婿以后一定会孝顺的。"就跟自己的儿子一样。"他们这样说。这是恭维他。他的乱糟糟的脑子在听到翻车时早就平静了下来，对于没有亲生孩子的遗憾一上床便忘了。现在，他忽然想起这个事来，想到自己的家伙不行。他看到了那男的家伙——那人没有裤子，私处缩得像棵枯蘑菇，头上、大腿上血糊汤流。

"还有没有人？"伯纬问那个男的。

"还有。一个女的。"那个还活着的男人说。

"噢。那我先下去找女的好吗？"

"你能不能给我找条裤子，我的裤子？想办法把我包包吧。"那个男的用很沙哑的烟嗓在他后头求情说。

包包当然指的是下身而不是伤口，看来，羞耻心在这种时候也是很重要的。伯纬只好又转过身来，放下火把，思考着怎么把他包起来，天很冷，他伤口的血已凝固了，赤身露体的确不妥。于是他与那个人商议，能否先把那人的工作服脱下来包包。那人答应了。可是当他去脱那人的衣服时，那人说："膀子断了。"

有一件毛衣，但伯纬隔衣已摸到了刺楞楞的骨头，的确膀子断了。伯纬只好脱下自己的棉袄，包住了那人的下身，并要他不要动弹，免得疼痛。伯纬说："我找到下面的那个了我再来背你，要得啵？"

伯纬探到坡底并不是一件轻松的事，虽然摔下去的汽车把好些树都压断了，但冬季那些坚韧的刺藤把下脚的空间几乎全堵住了，手上的火把弄得不好会引燃那枯黄的茅草、落叶，引发一场山火。为什么偏偏是在夜晚呢？他想，莫非真有岩包精和树精？还有那作法的阴魂？

一辆汽车庞大的躯体卡在岩缝里，它的前端耷拉在一个险隘上。菩萨保佑，一个朝天的车门口仰面躺着一个女子，好家伙，爬上石头又爬上车子去看时，女子也光溜着下身。

"喂！"他喊。

火星落在那个女人身上，他欠下身去看时，女的好像已经死了，脸煞白煞白。

他俯身去抱那个女的，还年轻，长头发，模样儿也不错，就是死了，软的，脸上有血，屁股、下身都有血。而且那女的浑身的骨头都似乎断了，像小时候他爹给他做过的翻筋斗的小木人。死了，就好说，他用手腕去夹那个女的，然后移到腋下，把她拖下石崖。他正在喘口气时，上面的那个男人却喊了起来：

"我的裤子，还有被子！"

喔，还有一床被子，在驾驶室里。湿漉漉的，有血腥味，全是血。那个女的爬出车门时一定没死，后来死了。他在那女的腋窝里触到了一丝热气，但那已经属于死亡了。

真是麻烦，他拖出被子，又要背那个女的，又去翻寻男的裤子，的确没有。没有就是没有。他抱上被子，扛上女的，又拿着所剩无几的火把，爬上去。看到那男的已经靠着一棵树站了起来，吓了他一大跳。

"没有裤子？"那男的气呼呼地问。

"没找到。"伯纬说。伯纬心里说，你就不问问这女的死了没有。他背着那个女的，把被子给了那个男的，让他顶着，伯纬问："你可以走？"

"走吧走吧。"那男的说。

这人是人是鬼？他为什么这么不耐烦？他们是那一对……

伯纬感觉到了那女人的重量。他又背着死人了，那个男的顶着一床被子在向上移动，看上去像一个怪物，这使伯纬心里一阵阵发寒，虽然汗珠子从头发深处往外冒。

"车子是怎么了咧?"他问,他拼命问。

那个顶被子的男子却不再说话。刺和树枝总是剐他的裤腿。究竟是刺条还是鬼的手扯他?

好在,他们终于爬上了公路,那个男的没要他扶一下。在他拼命问话时他听见肩上的那个女人这里响一下、那里响一下,全是骨头断裂摩擦的噪声。他坐在公路的中央,他说:"我这就去捡树枝。"

他在公路边捡树枝了,那个男的用被子紧紧捂住自己。后来火升起来了,照亮了,照亮了一切,路、树、被子、死人和他自己。还有天上哪儿的鸦鸣,都照亮了。寒风劲吹。他说:"会有车的,会有车的。"他坐在那儿,口干舌燥,现在,他开始回忆那些血腥味,他所见到的男人和女人的血腥味。他想喝水,或者吃花椒。

他拼命地想吃花椒时,车来了。是一辆手扶拖拉机慢吞吞而且声音洪大地开过来了。多好的声音啊,越大越好。对,最好是手扶拖拉机。他张开双臂,站在路中央,大喊:"出事了!出事了!"

手扶拖拉机像是从天而降,活生生的师傅开着它。他终于看见手扶拖拉机停下来了,只是机器还在隆隆地响,师傅问道:

"又出什么事了?"

"翻车了。"

伯纬先把那个女的搬上车厢。车厢里只有几根门方,然后和司机一起把那个男的抄抬上车。那男的从被子里扔出伯纬的上衣,说:"能不能把你的裤子借我用一下?"

反正是一条破裤子,里面还有件绒裤,伯纬就把外面那件沾了泥巴和血水的裤子脱下来给了那男的,并对他说:"车我给你照看着。"

伯纬把火堆移到靠山崖的避风处,又找了些树枝来烧。不知不觉,天就亮了。

他正靠着石头打盹,就听见了羊叫。那是自己的羊,他的老婆三妹赶着羊上了山,手上挥舞着鞭子。

早晨没有一点雾,天空很干净,现在透过山下的林隙可以清楚地看见那辆摔下去的汽车。

"你的裤子呢?"三妹问他。

"我给了那个男的。"伯纬说。

"他未必没有裤子?"

"没有裤子,那男的还活着,女的死了,两个都没有裤子,他们的裤子可能还在车里。"

一转眼,家里多了两个人,女婿和外孙。因是招婿,外孙成了孙子,跟伯纬姓。伯纬很高兴,有了把谱系传下去的人了。伯纬赶羊上山,也要把孙子牵着,"憨娃,跟爷爷捉叽溜子(蝉)去。""憨娃,跟爷爷打老虎去。"伯纬没有手,就两个不能动弹的怪头怪脑的指头,牵着孙子,赶着羊群上了山。孙子哭,不愿跟他,要跟着出坡的爸爸妈妈和婆婆,伯纬不干,伯纬就爬上树去捉叽溜子,但是女儿和女婿早把孙子抱走了。

伯纬总能把孙子抢过来,他才不管他哭不哭呢。"你再哭,红毛大野人就来了!"他吓唬孙子说。

有一次,孙子在山上摔了一跤,额角跌破了,脸上被石头划了好深一条口子,伤愈之后,脸上就有了条亮疤。老婆和女儿女婿就一定不让孩子出门了,于是伯纬也不出门,缠着孙子要给他讲古:"……盘古的爹是哪个?是江沽,江沽咬死了浪荡子,尸分五块,落在水中,长起一座昆仑山,也把江沽包起了,像个鸡蛋壳,一万八千年江沽就变成了盘古。江沽的爹又是哪个?是幽泉,幽泉的爹是哪个,是混沌,混沌的爹呢，是混元，混元的爹就是黑暗……黑暗老母空中转，身怀有孕一万八千年……"后来他唱了起来，唱的是《黑暗传》。"你晓得岩包精吗？岩包精能把树皮变成花布……""红毛大野人其实就是山混子、岩包精、树精……有一天，一个打猎的人进山打猎，下好大好大的雪，雪地上有几十双小娃儿的脚印，到了一个悬崖那里，脚印不见了……"

他太喜欢他的这个孙子，每当这时，羊圈里的羊就会饿得直叫唤，没有人放出去吃草。

这样是肯定不行的，家里的人执意要他天亮后就出去放羊，家里的活有老婆三妹做了，包括带孙子，坡上的活有女儿女婿做了，包括打猪草。开山刀、手锄子、背叉子，他都放下了，他只是放羊。再说，山上如今已没药可挖，连柴胡都挖光了，升麻还有一些，党参、头顶一颗珠是少而又少了。独活和杜仲都家养了，他家就栽培了一亩多地的独活，杜仲树已有十七八根。他干些什么呢？他在山上，羊吃着马胡骚，有时候也啃一些带刺的小叶淫羊藿，他一个人在山上，他想给谁说点什么、唱点什么，山始终不说话，羊也始终不说话。

他好几天都无缘无故地盯着皇天垭子的垭口。垭口像一张巨大的嘴巴。有一天早上他终于看见垭口动了，像山的两片嘴唇动了，垭口里伸出一条舌头——一簇密匝匝的树。山说话了，山发出了"噢——"的低吼声，又像是打呵欠。山懒洋洋地开始说话了，那哪叫说话呀，也就是活动活动。他对山垭子说：

"老哥，你终于开口说话了。"

这不过是一种错觉。他在期待什么呢？

羊发展到三十多头了。他总是让羊吃马胡骚和淫羊藿，在垭子下的油桐包那里，背阴的地方大片大片的淫羊藿无人采挖，他让羊吃了这些东西不分季节地交配，跟人一样，羊就发展得很快。

这一年到了腊月，伯纬就熏了十六只羊胯子，也就是杀了四只羊。冬天的野花椒籽遍山都是，这种花椒籽压羊腥味很好。他想给在香松坪工作的哥和嫂嫂送两只羊胯去，还有羊骚、羊肝和羊肾什么的，给哥补补。另外，他打了一斤野花椒籽。他准备停当了，背着羊胯走到公路上。

他想搭个便车，不花钱的，于是他选择了车招手。小车是不敢招的，那上面坐着干部，不会停下来带他这个又脏又破又残的农民，他招手的是货车。

他总算在寒风中截上了一辆拉木地板的货车，货车也在他身边停下来，司机把头从车窗里伸出来，伯纬看到，正是那个穿走了他一条裤子的男人，他又开上了一辆新东风。

"我到香松坪去。"他对那个司机说。

司机指着驾驶室的人："都坐满了，下次再带你。"

说完，车就开动了。伯纬缩着被冻硬的鼻子，他被丢在路边。明明还可以坐一个人嘛，他浑身的气都不顺畅。他无意间回头看到了垭口的那张大嘴，他对高远的垭口伤心地说："我其实知道这伙计姓嵇，他是个鸡娃子！"他那"子"字的弹舌音滑溜溜地向上走着："鸡娃子——"他大喊，"你还穿走了我一条蓝咔叽裤子咧，你们两个都不穿裤子，搞什么哟！鸡娃子！"

给哥嫂送羊胯子的那一趟，他来去共花了四块钱，坐的小"面的"，挤死人。主要的是，他实在想不通那个姓嵇的救了他一条命为何搭个便车也不让，这是神农山区的人吗？他想到他那冻得像枯蘑菇一样的下体，还有隔着衣服也能摸到的断骨头，现在他又攥上方向盘了。假如它又断了呢？从山头轱辘轱辘地滚下去，我还会半夜爬起来背他们吗？

夜里，老婆三妹锉牙齿的声音比呼啸的风声还大。伯纬听见的却是垭口说话的声音，山吼了。它在吼什么啦？老婆什么也不知道，山开口说话的事，还有那个嵇师傅不带他一程的事，他已经不能在家里说这些了，她们烦他。

然而皇天垭又翻了两个车。是不是垭子开口就要吞掉一个车呢？一个大车，一个小车，小车是白天翻的，大车是半夜翻的，大车在半夜翻下了挂榜岩，只有结结实实的一声，没有铺垫，也没有余音，咚！一声山塌下来的声音，伯纬一听就知是从那陡壁直上的挂榜岩往下掉的，四百米的崖，伯纬想，人和车都报销了。

这太可惜了，我又得去背尸吗？

伯纬看了看堂屋的火塘里还有余火，还可以点燃一把竹子。他慢慢地坐了起来。被子里和被子外的气温是不同的，而屋外呢？

他在穿衣裳时把锉牙的三妹弄醒了。她在黑暗中问：

"你又听见了什么？"

"我总是睡不着。好像挂榜岩出事了。"

"那我陪你去。"

"算了算了，挂榜岩出事，神仙也白搭，我看看就回。"

在火把照耀的雪野，人好像是去进行一次犯罪似的，给人的感觉总是鬼鬼祟祟，畏畏缩缩。尤其是一个人。他咯吱咯吱地走在冻住的雪上面，到了公路，老远就看到一个黑影朝他走来。

那个黑影拖着沉重的脚步，还有长长的影子，穿得十分臃肿，看起来就像个独行的野人。野人穿过公路的镜头已经被许多人看见过了。伯纬喊：

"喂，你是哪个？"

"我的车翻了，我跳了车。"

"你怎么样？要不要我送你到医院去？"

那人说："我还好，就是不晓得车咋样了。"

"你人还活着吗，你人跑出来了，好，你到我家去把衣裳烤干，去喝口茶？"

他让那人走前面，他举着火把在后头跟着，又回头看了看没有什么东西跟上来，才为那人指路。

从阎王爷的腋窝下跑出的这个司机惊魂未定，脸上像涂了石灰一样，烤火时嘴里还发出咝咝的寒战声。

"过十八拐，你没有烧纸吗？"伯纬问。

"我烧了。"

"你是怎么跳出来的？"

"我完全记不清了。"

伯纬烧旺了火，让那人烤得鞋底发出难闻的橡胶味，又给他冲了一杯糖水。三妹也起床了给那人烧苞谷吃，并对那人说："我还是第一次看见我们当家的带个活人回来。"

那人抓住满头的脏发说："不是我跳得快，现在不早成肉饼了！"

那人吃了两个烧苞谷，打了几个嗝，停止了寒战声，站起来跺跺脚，"我现在还能走，这不晓得托了哪个的福，我这就回镇里去报警。我想请你们帮我保护一下现场。"

那人丢下二十块钱，在走出门槛时又被伯纬塞回了他的口袋，"阎王爷不敢要你的命，我就不敢要你的钱，我去帮你守守便是了。"

伯纬跟那个人一起出去，三妹塞给了他一壶酒。在挂着冰瀑的挂榜岩下面，车子已经四分五裂了。他依然先点起火，把酒放在火边，再去捡拾一些捡得动的东西，比如坐垫啦，挡板啦，轮胎啦，腾出一条路来好让其他车通过。然后，伯纬就坐下来拢了拢衣裳喝酒。

他品着并不太浓烈的苞谷酒，自己酿的，刚好够自己要的那个劲儿。他就想到有自己的酒喝是一桩极幸福的事，自己种下的哪一颗苞谷变成了现在的酒汁儿，自己种下的、掰下的、搓下的，又蒸熟的，发酵的。总之不会像那个人一样深夜从阎王手里挣脱后还要一个人摸黑走十五里路去报案。其实一个人只要苞谷酒，你就会省下许多事儿，要那么多东西做什么，要车，要驾照，要汽油，要大把的票子，要木材通行证，最后要了你的命……

火星飞舞在空中像一些四处飘散的萤火虫，到处闪烁着它们的趣味。伯纬抬头看看天空，星不多，气温寒阒，皇天垭的那张大嘴巴闭住了，黑魆魆的，它忽然好像暗示给伯纬：今天没有松鸦闹事。

噢，真的，一声那种不祥的叫声都没有，它们的翅膀和嘴巴也都像垭口的那张嘴给冻住了吗？冰瀑是凝固的气势，而岩上的树白森森的，没有鸟禽飞动的迹象。噢，没有见一滴血。就是这样的，今天没有见一滴血，于是，他感觉到十分清闲起来。坐在火边还是冷，公路上的积雪并不厚，但结成了硬壳；在火边的冰凌烧化了，又冻住了。伯纬只好站起来，围着火堆，然后又围着汽车的残骸跑圈儿。他还摔了几跤，不过他笑了。像他这个年纪，滑倒了以后是会笑的。

他后来在火堆边做了一个梦，梦中见到了他的爹，在老林的一间茅屋前晒衣裳。爹已经去世很多年了，后来又看到有一只毛冠鹿用白色的嘴唇舔他，醒过来一看，他的老婆三妹在往他手里塞糁子，但是没有羊。

"人家都在忙年，我看你忙什么。"三妹说。

"嗬嗬，我忙什么。"伯纬嚼着老婆做的喷香的糁子，掺了蜂糖的。

蜂糖是自家的蜂糖,还有一丝儿山里的百草香味儿。

不久,那个司机带着交警和保险公司的人来了。伯纬把他晚上捡的一堆东西交给那个人,然后说:"那我走了,我还要去放羊了。"那人说:"你先莫走,你也是一个见证人。"又对保险公司的人和交警说:"我就是碰见他的,我还到他家喝了杯糖水,他老婆还给我烧了苞谷吃。"

伯纬对交警和其他几个陌生人说:"这个师傅是我看到的命最大的人了,嘿嘿。"

那人不让伯纬说话,一说就捣拦他:"算了算了。"

伯纬只好沉默了看那些人拉尺、拍照、记录。其中有一个对那司机说:"你吃了人家的苞谷,我们今天吃什么呀,喝皇天垭的西北风?"

伯纬这下找到了说话的机会,他说:"到我家去,到我家搞饭去吃,顺便跟我孙娃儿照一张相好吗?"

那些人就跟着伯纬去了他家。

伯纬家从来没来这么多有头脸的客人,穿制服,背照相机。伯纬和他的家人赶快刷羊胯子,用斧头砍,下锅,煮洋芋。

热气腾腾的羊胯子就放在火塘上,用一个铁架子架着,苞谷酒搁在一张矮桌子上。围着火塘的一圈人筷子碰筷子,吃得有人冒汗了,脱衣了,话多了,脸上的酒血也不自觉地走窜起来了。

"……那可真是吓死我了,"那个交警说,"我在十八拐的下头走了一整夜,我想抄小路翻过垭子,明明快到公路上了,又往回头走,心里想,走错了,可脚偏要往回走,直来,直去,直来,直去。那时我在派出所,有枪,我就记起我有枪,掏出来,连开了三枪,人就清醒了,上了公路。"

他讲的是他几年前的一次半夜迷路。

死里逃生的司机说:"一翻皇天垭我就会听到敲锣打鼓的声音。"

他们问伯纬见到过什么稀奇事没有,伯纬说:"我住了几十年,啥都没碰到过。"

后来他们问到他的那一双手,就谈到修这条公路死了多少多少人,有多少多少稀奇古怪的死法。伯纬没说什么,只是搓着一双残手给他们敬酒。他说:

"你们多喝点,这是掺了蜂蜜的酒,又不打头。"

保险公司的人说:"一进你的屋就有一股蜂糖酒的香气,你还是蛮能干的啊。"

伯纬笑笑说:"反正就这一坛子酒,你们今天要把它喝完。"

果然,一坛子为过年准备的蜂蜜酒喝了个底朝天。交警趁着酒兴在屋外为伯纬的家人照了几张相,说是在春节前一定洗好了搭过来。

伯纬想坐个便车去县城卖两头羊,那些人便牵羊的牵羊、撵尾的撵尾,把他带到县里去了。

过了几天,来了两个保险公司的人,没有给伯纬捎来他想要的照片,是来调查那晚车祸的事的。那两个人因为不愿意走这严寒中的路,其中一个加上被伯纬的狗咬了一口,一肚子火气,手上拿着爬山的竹棍,进屋了还没放下,倒是喝了伯纬女儿泡的茶水,没说上两句话就问伯纬:你是什么时候看到那个人的?你是何时见到那辆摔坏的车?你在车摔下来之前没有见到那辆车吗?车是不是早就停在挂榜岩上了?你真的不认识他?你总是半夜出来走动,一摔了车你就起来救人?是一碗糖水?两个苞谷?他当时的情况怎样?他的心情轻不轻松?你是几点几分离开的?你替他守车没要他一分钱?出事现场你看见破坏没有?

伯纬接待这样的两个没有好言语的人。他悄悄跑进厨房对三妹说:"不要做饭给他们吃了。"三妹的刀正放在一块羊排骨上。但是,他出

89

来后还是听到他的老婆把刀剁下去了，且发出很响的响声。

"他是骗保摔车。"那两个人对伯纬说，"你也没有什么好怕的，问一问，你照实说就行了。"

"我当然不怕。"伯纬掰着自己没有知觉的半截指头，"我怕什么，我又没做坏事，我怕什么。我只晓得车翻了，我应该去帮别人一把。我从来就是这样，不管是夜里是雪天。"

"嗯，"那两个人说，"就是这样的，你不知道，这当然不怪你，你一番好心，可是被坏人利用了。"

他们向他解释骗保摔车是怎么一回事，他们讲着保险行业的一些名词儿，让伯纬听不顺耳。后来留他们吃饭，他们走了，对伯纬说："请你把你的狗抓住，我还得赶快回去打狂犬疫苗。"

三妹是真心诚意地想留那两个客人吃饭，她张开两只油腻腻的手出来送客。送走了客，她埋怨伯纬应该把两个人留下来。

"他们把我当犯人一样在盘。我还惹了一身臊咧，好心当作驴肝肺了。"

"我在听，他摔了车，别人还跟他赔车？"

"那当然。"

"有这么好的事？"

"人家一年投保了两三千块钱，他们为什么不赔？"

"现在不是说不赔吗？"

"不赔总有他的道理。不过莫非硬要把人也摔死了就是真翻车，否则就是假翻车？"

"那哪个搞得懂。"

"莫非他真把坏车摔了？"

"他吃多了吗？"

"真骗保，那要坐几年牢，"伯纬抽了一口烟说，"刚从阎王手里逃脱，又要到公安手里去了。"

"为什么会出现这种稀奇事呢，这年头？"三妹问道。

她看见伯纬正在吃力地摇头，被烟火熏得像枣子的眼睛泪汪汪地一片。

"你总是见到一些鬼事。你早晨起来的时候把眉毛往上抹三下，火气就升起来了，你爹妈没告诉过你吗？"

伯纬是第一次听到往上抹眉毛就能避邪祟，于是他就听从了三妹的建议，早起的时候往额上抹眉毛。

松鸦的叫声在这一天还是出现了。公路上汽车来往如梭，似乎没有任何出事的迹象，可松鸦开始叫了，而且叫得很凶。一种短促的声音"哇"，那就是松鸦，而叫得很长的、叫得更恐怖的："哇——"，是寒鸦或者秃鼻乌鸦，这一带，在松林、巴山冷杉和刺楸的密枝上，多是那种听起来寂寞而微微发寒的松鸦声，而且，它们的样子并不怪诞，你也很难发现它们，除非哪儿有了血腥或者即将有血腥。还有另一种声音——你若在床上不愿离开被窝时，听到好像捏着鼻子叫"要"或"娘"的鬼鬼祟祟的猫叫声，是松鸦中的母鸦和雏鸦。它们在早晨的叫声，如果是晴天，晨光明晃晃地照在山崖或树枝上，天空的衬景显现出一种光溜溜的靛青之色的话，这些鸦声还多少给早晨带来一些活气；如果声音渐飞渐远，在另一片老林扒子里鸣叫的话，那就像隔山说话，没有事的，只当是一种平常的鸟叫，只当是一个人踏空了一块悬石，让它滚落下去；如果是在雨雾天呢，在将雪不雪的日子，在浓密的冰雪冻得人欲生不能、欲死也不能的时刻，松鸦的叫声，它们轮换地变换各种腔调的表演，就暗含着一种命运的诡谲，好像你的一切都早已捏在了谁的手里，所有该发生的，都是上苍安排好了的。

没有事。

伯纬抹了抹眉毛，只是朝漫天的云霞打了三个喷嚏。牛在石坎边的水洼里舔水。水太冰冷，它用蹄子把冰砸个洞才能舔到，它不敢狂饮，只能一点一点地舔食。猪在垫圈沤肥的枯草中瑟瑟发抖，把它们的嘴拱在更深的草叶中。狗在跳跃着，追逐并凌辱家里饥饿的猫。那猫连在那早晨伸懒腰的机会都没有，哀哀地叫着，想说话，想申冤，有时竟能说出一两个与人一模一样的单音来。

女婿和女儿都到田里挖冬花去了，三妹正用腿夹堵着调皮的孙子给他喂一种很稠的苞谷糁子。他们坐在火塘边，浓烟朝门外飘去。

"你听见什么没有？"三妹问。

"我昨晚睡得死。"伯纬故意岔开说。

"早晨唉！"三妹不耐烦地说，"你抹了眉毛没有啦？"

伯纬打开羊圈把羊们赶了出来，趁这难得的好晴天去把它们喂饱。羊群沿着山壁挨挨擦擦地前行，遗下光亮的羊屎，从翻起一层层外皮的红桦林间往里走，然后，这些羊群追着山脊的影子上山。羊们喜欢太阳，它们总是在山巅痴痴地对着太阳看上几个小时，白髯飘飘，像一些仙风道骨的老者。

的确没有什么事，公路上的阳光像银带子一样四处飘摇着，比别处的阳光显得更集中。

"快过年啦。"他在说。他向更高的难以翻越的皇天垭口子说。

垭子的大嘴没有说话。

"老哥。"他又说。

有两辆车向那张大嘴爬去，像两只小金龟子蠕动。

什么声音也没有。他记起来，在他出来的时候，他听见三妹在给他说:"你去多了,那儿就出事。"

他妈的,鸡娃子,我未必是个灾星?!

他躺在已经化完了雪并被风吹干的阳坡上,有些草还真柔软,紫羊茅啦、老鹳草啦、蓝韭啦。

"可我喜欢公路。"他说。他自言自语地说。他看着自己晒在阳光下的手,那不是手,是个树蔸子。

他现在是在山上,在人迹罕至的山上,冬日的苞谷地里只有一些茬子,没有人,一棵野唐梨上有什么在晃动,不是人在摘果,是两只毛猴子。一簇丛生的粗榧间飞出一只红嘴蓝鹊,遗失下两支蓝色的长羽。

可是天麻黑的时候松鸦的叫声又像烟雾一样呛过来了,很凶。他听见了汽车喇叭不停的叫声,是小车的。他刚把羊赶回圈里。他对惊慌出来观察的三妹说:"我没有到公路上去。"

他现在要去了,谁阻挡都阻挡不住,这样的时候谁都不敢阻挡他。他是那么地麻利,取竹子,点火,拢在残指上,精神亢奋,双耳赤红,连脚下的力士鞋也系得紧紧的,落地轻轻的,醉了,不醉,都是这个样子。

喇叭叫得急,是因为失去了控制,翻在了八字槽槽底。槽是个泄洪的槽子,只长着些小树,挡了几下,响声不大,也就轰轰几声便翻下去了,都是一眨眼的事。

伯纬站在公路边朝下看,他在想车为何走到这边来了呢,除非它是上坡。上坡又为何开出了公路?那么慢,未必是个没出师的学徒小伙子?

松鸦在头顶上叫,它们还没来得及睡觉呢,那一定是死了人。在早晨它们就嗅出来了,它们为何有这么好的鼻子?如果它们能通知人们这儿今晚有血光之灾，那又会怎样呢？可怜它们不会说人话。司机和车上的人们也听不见，他们从老远来，自我感觉良好，匆匆路过，谁知道哪儿会要他们的命。

死了一个，伤了两个。

伤的两个一个是司机、一个是局长。司机被伯纬从喇叭长鸣的瘪车子里拉出来时，指着高处挂在了一棵榛子树上的人说："那是我们局长。"

说话的司机从一开始伯纬就没见到他的嘴脸，也没见到鼻子和眼睛。伯纬把他从车里拖出来就是这个样子。他的鼻子、眼睛和嘴巴全被撕下来的头皮盖住啦。

伯纬说："你叫马山槐，你经常走这条线，我知道你的名字。"

"我是马山槐。你放羊吗，你就是在这条路上……放羊的那个瘸手啵？"

"我是不是身上有羊膻味？"

"嗯嗯。"

"你的鼻子好灵。"

"你帮忙把我的眼睛弄出来。"

伯纬正准备去弄他耷下的头皮，那个挂在榛子树上的人就喊了："你们在说什么，看我的姑妈怎么样了。"

伯纬说："您的姑妈已经没气了。我是先背您姑妈呢，还是先背小马？"

小马说："背局长吧。"

那局长在朝槽下面的他们发脾气了："背什么呀，给我搞杯茶来，我干死了，我血都流光了。"

伯纬嘿地笑了一声说："这到哪儿弄茶去，凉水都没有。"

局长说:"看看我的杯里还有没有。"

伯纬说:"杯子在哪儿?摔破了没有呢?"

那个懒得说话的小马指了指汽车。伯纬又高举了火把到四轮朝天的车里去找,一个杯子压在那个局长死去的姑妈屁股下,他的姑妈好重,好像故意压着不让他取那个杯子。取出来了,划了他的手,是个破的。

这时,那个局长却在黑暗里瞎叫起来:"救命哪,救命哪,救命的为何还不来!"

伯纬拿着那个杯子说:"我在给您找杯子,是个破的。"

那个局长喊他,要他去,但伯纬不好离开小马,小马明比他的局长伤重些。他见得多了,他知道谁的命还有几分。

"您能不能先让我帮小马把血止住?"他伸长脖子说。

他的火光已经照到了小马白瘆瘆的颅骨,连皮带毛都扯下了,中间还有个小月牙似的口子,在一团一团地往外冒血水。

可是那局长依然喊救命,声音尖长,已经盖过了在他身边飞舞的鸦鸣。伯纬看到,有两只松鸦已经站到那吉普的轮子上去了,这让伯纬慌乱起来。他仿佛伸手就能触到松鸦,不是一只,而是成百上千只。那个喇叭的叫声也让人心惊肉跳;他钻进车里去找茶杯时也在找哪个电开关,可惜没有找着,他不懂车。

他就只好去背局长。

局长被一根很有韧性的树枝托住了,这是他的福气,他的脚下,是比铁还坚硬的石头,还有个高坎,多么可怕!

局长伤得也不轻,他的一只腿断了,手也断了,额上还有个洞,也在间歇地涌血。伯纬踮起脚去取他,局长呼出一股恶臭的血腥气加胃气来,差点把伯纬压趴掉下石坎去了。他哇哇地叫唤着,诉说着他的不幸："我什么都经过了，坐牢、被人砍杀、火灾、心肌梗死，就差车祸了，我算是齐全了，我的妈也！"

伯纬说："您先不要慌，这么冷的天，越慌心越寒，血又流得多，我先给您把血止住。"

伯纬拿眼四下寻找，他记起好像看到了一株南星，叶子止血挺不错的，可是局长却说："你不要动我的包！"

噢，有一个包就在那株南星后头，黑漆漆的。

"那里面也没啥东西，你给我一下，哎哟，我的手。"

伯纬掐了两片南星，把包也拾起了，边拉拉链边说："有毛巾把伤口捆住最好。"

在局长发出厉声阻止时，拉链已经露出了嘴巴，里面是大沓大额的钞票，几千块，甚至上万块。

"要你不动，要你不动！"

"我是找毛巾帮您包扎。"

"你是个好人，我看得出来，你救我上去了，我会感谢你的，好不好？"

"我不会要钱，"伯纬说，"我要钱，十几万我都得到手了，"他故意夸张地说，"这里翻车的，大老板，省里的干部都有，上次，有一个厅长……"

"你是好人，你是好人。"

伯纬用南星叶给他垫上再包扎时，局长一直絮絮叨叨那几个恭维他的字。他说："我是个倒霉货，我是个局长，你的衣裳这个样子了，我到时把两套新工作服你，我的血都流到你身上了，蛮对不起呀。"

局长只有一只好手，又要拿包（包吊在腕儿上）又要抱住伯纬的脖子，同时还举着火把。

伯纬不能举火把，他要抓住局长，他又没有手，几个硬戳戳的指头还要去钩树，或者抓石头往上爬。他呼哧呼哧地喘着气，可是局长已经没有话了，局长反正在他身上。

竹子熄了两支，又常常被树枝挂住，一条一条发烫的火屎飞到局长和伯纬头上、手上时，两人会同时叫起来，还有血，局长的血没有止住，往伯纬的脖子里流，流进去时像一条条滑溜冰凉的蚯蚓。

他跪着往上爬，局长的骨头断得厉害，不能帮他一点点，他的膝盖把冻硬的雪压得嘎吱嘎吱响，就像一路打破着玻璃。

太陡了，槽子太陡。他们总算爬上了平坦的公路。伯纬要把火烧起来，这样才好拦车，又能取暖，同时还可以把熄灭的竹子点起来。伯纬的裤子连磨带剐，膝盖已破了。他又去背小马，他先前给小马留了条毛巾。现在毛巾正攥在小马的手里，他没有自救，头皮还耷拉着，还是看不见鼻子、眼睛。

"喂喂，你冷吗？"

得到应声后，知道小马还活着，他就去掀小马的头皮，并揩他的脸，终于露出那个熟悉的小马来，是那个人，马山槐。头皮捆住了，但小马的眼睛依然闭着。伯纬问他哪儿不得劲，他说，全身都不得劲。

"那我们准备上去了，上面说不定拦到车了。"

"你不能正面背我，我的肋骨好像刺到肝里面去了，里面疼得很。"

说这些话的时候车喇叭的嚣声正慢慢地偃息下去，最后变成一线呜咽，取而代之的是松鸦，现在只剩下它们的声音了，在阴暗的角落里响彻云天。这使伯纬鼓起了劲，一定要尽快把小马背上去。

"松鸦叫得好凶。"小马无力地说。

伯纬正把他从侧面扛起来，说："你不要这么想，让它们叫去，那是因为局长的姑妈。"

"我们局长还没有死吗？"

"你们局长还没有死。"

松鸦的翅膀包围了他们，形成一个圆圈。伯纬总是钩不住树，滑，伯纬差一点把小马摔下槽底去了，他一步滑下了十几米。他抓住了小马，可是他的手，他听见了自己皮肉撕裂的声音。他要冲出松鸦的叫声。背着活人总比背着死人强。不过眼下背上的活人跟死了一样，就一口气了，有时候还打出很响的嗝来，仿佛要把最后一口气呛出来似的。

他上了公路彻底软了，头顶上没有松鸦，只有几颗寒星在闪烁。松鸦的叫声、车喇叭的呜咽，和槽底下的风声混杂在一起。风声里有灌木和一些大树的惊乍。他又去背那个死去的局长的姑妈。

他第三次爬上公路，看到他的老婆和女婿都在火堆边了。他的老婆三妹抱着一床破烂的棉絮。他听见他的老婆在埋怨："老鸹都飞到我们屋顶上去了。"

他们一共拦了三个车，车才停。前两个车有一个完全不理茬，另一个说到前面去掉头，也一溜烟跑掉了。第三个车装一车橘子，是个面包车。伯纬说："我们帮你把橘子卸下来救救两个人，怎么办呢。"

一家人七手八脚把袋装的、篓装的、散放的上千斤橘子给搬下来了，把伤的死的三个人抬了进去。伯纬对老婆和女婿说："你们看橘子，我送他们去医院。"

到了镇上的医院，伯纬按医生的交代把局长的姑妈先背到后头的太平间里去了。太平间叫"后头"，医生都这么叫。"后头"伯纬很熟悉，没有灯他也摸得到，一个未锁的门，进去有几块大木板子，用砖搁着，能放一个人。

回来以后，他又背局长和小马去拍片。医生看了片，看了人，对里面的一张手术床说:"哪个先上?"

小马说:"局长先上。"

局长也没谦让,哼哼叽叽地进去了,门也关上了。

镇医院半夜没有生火,也没有人,所有的医生护士都在手术室。伯纬陪着小马坐在冰凉的条椅上,门外的风又大,伯纬把门关好了,要把小马扶到靠里面的一张条椅上,说:"里边风小些。"小马就坐了过去。他的一只棉衣袖子还剪开了,因为那只胳膊断了。他淌满了血的膀子就露在外面,一些骨头从肉里钻出来,看起来就像个跟人打过恶架的失败者,样子十分可怕。伯纬想同他说话,最好还多一个人,或者有点儿歌声就好了,自己唱的,录音机里、收音机里唱的都行。他自己的膝盖也露在外头,破了,也有血,也没有了知觉。两个残手冻得像紫茄子,他想起听到手上出现的撕裂声,他这才有时间看,是右手,过去的虎口与掌子连在一起的地方破了,他动了动那半截大拇指,虎口就生疼。

"都腊月二十六了,再过三天就要过年了。"他捏着伤口对小马说。

小马没出声,闭着眼睛坐在那儿,头上缠着湿漉漉的毛巾。

"也不知道你们局长的手术大不大,估计那鼻子上额头上的两个洞几针就缝了,手和脚上夹板。"

小马点了一下头,又好像没点,没动。

"你坚持一下,这儿条件有限,就一个手术室。这儿我蛮熟悉的,我当年手炸了,就是在这儿做的手术,现在医生都换了,又混熟了,凡是我救的人,我都要送过来,放心些。"

小马好像睡着了。好半天,他忽然说:"我们局长的包……他拿着?"

"当然他拿着。"

99

"他死了也会拿着。"

伯纬看着小马:"你说这话?"

"也会拿着,他的钱嘛。"

"他不会死的,进了医院,进了手术室,就放心了。人哪这么容易死呀。我当年血压高压只有二十,低压只有八了,还没死,活到如今好好的。医生说,我再晚来五分钟就没命了。我就是再晚来五十分钟,我也会活着。人就是这样,哪会那么容易丢命哪,不会的,你只要想活,你就能活。除非你不想活了,还有人帮你活呢。"

他不停地给小马说话。手术室没一个人出来,仿佛医院里没人,手术室也是空的。电灯又暗,伯纬看着小马突然害怕起来。他提高了嗓音说:"喂,小马,你说点话看看,要不我喊医生来给你吊点盐水。"

"更冷。"小马说话了。

"你是说吊盐水更冷吗?不吊?那就不吊。小马,你饿不饿呢?你想不想喝点水?你上不上厕所?做手术时一针把你麻翻了,想撒尿都撒不好了。"

小马摇摇头。

"为什么有那么多钱?单位的吗?"伯纬在找话说。

小马又摇摇头。

"局长自己的?"

小马还是摇摇头,很不情愿似的。

"你不知道,你左右不知道。你们局长说,准备给我两套工作服……那么多钱,我总算搞懂了一个问题,我要是有这么多钱,我也会把车挂到四挡五挡了往家里飞,我现在才晓得车祸是怎么来的。"

小马还是在摇头。

"你蛮难受吗,小马?"他看到小马身子一阵阵发紧,"你是不是冷哪,我去搞床棉被来。"

伯纬就去拍手术室的门,他不停地拍,他害怕。他顾不了那些。

门终于打开了,一个穿着白大褂的女护士欠身出来说:"有什么事?"

伯纬听到手术台上有敲打声,忙哪,但是他要说说:"外面的伤员冷,能不能搞床被子?"

女同志说:"被子?除非做过手术了上床,那不行啊。"

伯纬说:"你们还要多长时间呀?"

"马上完了,别急别急。"

他扶在门框上的手只好缩回了,因为那女的又要关门,当然是笑着关上了那扇手术室的门。

他只好又坐到小马的身边,抱怨说:"都是些新手,新来的小医生,手脚又慢,"又对小马说,"医生手脚要快,你们手脚要慢。以后开车,你千万要慢点,跑那么快做什么,慢一点,图个安全,到头来受罪的是自己……"

他这么说着,劝着他,他好像觉得小马已经死了。小马还是坐在那儿,闭着眼睛,垂着头,一动不动,但像死了。伯纬不用去触摸他,一看就知道他是个断了气的人,他见得多了,瞟一眼就能感受出来。

伯纬瞟着他,不知如何是好。他的脚往旁边挪了挪,想离开小马尽量远一点。他用手去试试小马的鼻子,的确没气了。

"外头的死了!外头的人死了!"他猛拍手术室的门。

门开后里面的医生终于知道伯纬说的什么,一个男医生和一个女护士跳出来,他们要伯纬帮忙把小马平放在条椅上,男医生捏起拳头砸小马的胸脯,又用手掌压。女护士拿来一个大针筒,一根粗针管,两人嘀咕了几句什么,女护士捋起小马的衣服就朝肉里面扎去。一筒药水推完了，男医生用手去摸小马的脉搏，又用听筒去听他胸前，然后站起来，摇了摇头说："不行了。"

伯纬站在那里，那一刻从头到脚颤抖不止，仿佛心里边残存的最后一坨热量被什么卷走了。他把目光停留在那张被他擦过又被他包扎过的脸上。他看灯，看墙，看医生，又看那张悄没声息的脸，很年轻，又安静，好像遽然缩小了、瘪陷了，归顺了某种很强大的势力。伯纬哭了起来！伯纬说：

"小马，不是我不救你，我是把你送到医院了的，只怪你的命了。"

他对医生说："我把他背到后头去吗？"

医生说："可以。"

伯纬抹了抹眼，用一双脏兮兮的手抄小马的腋窝，弓起身背上他，去了后头，才知外面正大雪纷飞。他在黑暗中把局长的姑妈挪动了一些，把小马放下来，挤上木板，放稳了，摆平了，给他们鞠了一个躬，再进医院的走廊。没有医生了，都进了手术室。在那个空荡荡的走廊里伯纬又一阵好哭，泪水简直像挖穿了的泉眼，就觉得今天让人一阵好哭。他离开了医院，摸黑往家里赶。

十几里路，雪又下得紧，风也刮得寒。好在，鸡叫了。

看到家就有了一股人气和温暖。天已经大亮，羊在叫，牛铃在牛屋里发出了骚动，牛又渴了。鸡在叫，孙子也在叫——他站在门口，单衣单裤地站着撒尿，尿把裤子也打湿了。

怎么没一个大人管他，寒冬腊月下雪天，一大早的，让他一个人站在门口？他迈开山里人的大步就上前去抱他，想把他抱进屋去。这时，在里屋的三妹丢下一个舀潲水的瓢，飞快地从伯纬手里将孙子夺了过去。

"你不要碰他，腊时腊月的，你刚背了死人回来！"

说啥啦？伯纬愣在那儿，像一截糟木头。他站在自家的门口，看到了屋里的几个人：两男两女；三妹，那个头发垂落下来已经花白的，另一个，妮子，胡子拉碴、像根犁拐的女婿，孙子，四个人。

他们是谁？搞什么的？是他的家里人吗？这不是他的家！是谁的？他不愿意想，不愿在意识里把它明晰起来，就像他不愿细看那些变幻不定的云朵一样。

伯纬好伤心，伯纬的双手还没有放下，还是抱孙子的那个姿势，僵痴在那里。又一次，他颤抖不已。他本来不想说的，他终于说话了，他说：

"我这辈子就是个背死人的命。"

他说完，进屋，舀水喝，脱了衣服，上床睡觉。一屋的人，那四个人，都听他清清楚楚地说出这句话来，然后看着他把一身血壳的衣裳摔在糠柜上，发出很响的声音。

春节有两个人来看他。都是被他救过的，提了橘子酥食和火酒。火酒让女婿提回家去了，伯纬自己不吃火酒，商铺里买的火酒，总是打头，喝了又不容易出汗，闷得慌。

开春了，雪化了。又来了一个客人，是安徽的，伯纬差一点认不出来，就是那个压在石头下的安徽司机的弟弟，说是路过，来看看恩人。那个人说：

"我现在算是下岗了，又没有发财。没发财也要来，我欠您的一笔人情。"

"哈哈。"

伯纬笑着给了那人一拳，然后留他吃饭。那人也不客气，喝了半斤酒，吐着满嘴的羊膀子腥膻味对伯纬说："我给您钱，您会骂我；我不给您钱，您也会骂我，骂我忘恩负义。您先不要说话，听我说完。我想了个点子，我帮您在公路边搞个小卖部，卖点东西。现在人也多了，车子也多了，守着这么好一条公路，不生钱划不来……听我说，生钱是来路正大的钱，不是收费站的钱，也不是交警乱罚款的钱。"

怎么推托，也不行，就这么办了。那人早就在村里叫了人，买了些木板、青瓦、檩条及椽子，不到两天，花了几百块钱，就把个小卖部拾掇得清清爽爽。那人临走时又一膝跪下，涕泗横流，说：

"我哥生前也是个识好歹的人，他会保佑您发财的。"

伯纬说："我只求平安，不求发财，恭祝你也一样。"

伯纬进了些烟、酒、麻花馓子、鞭炮、洗衣粉、力士鞋什么的，还找人进了点蝴蝶标本、木制的刻有"神农架旅游"的小钥匙扣。他守着店子。有时，三妹来打打招呼，他就去放羊，他知道哪儿有好草。

生意不咋样，一天卖不出去十块钱。歇脚的人歇脚，还白搭上茶水。一些司机飞快地开着车在车上给他打招呼，没有闲空停车，忙着赶路挣钱。于是伯纬就在小屋后砌了个羊圈，把几十头羊赶来了，没生意就关了门伺候羊儿们。

这一天，他赶着羊群经过挂榜岩，就见一个老师模样的人正在给一群来这儿旅游的学生讲解：

"……你们中说不定就有谁能破解这神农架天书，我相信我的眼力。不管是我们的祖先留下来的，还是外星人留下来的……"

他走近去，他还听见那个老师正口沫乱飞地给那些年轻人讲什么神秘的北纬三十度文化圈，什么野人啦、恐龙化石啦、金字塔、魔鬼三角区啦。听着听着，那些年轻人转过头对他的羊群发生了兴趣，有的男的学着羊叫，女的尖叫，然后和他的羊一起拍照，叽叽喳喳。

情形太乱了，羊到处挤挤擦擦地跑，他要那些年轻人帮他吆喝。

后来，汽车发动了，那些人又雀跃般地往车上钻去，留下四散的羊，它们咩咩的叫唤声太让人激动了，伯纬好久都没有这么高兴过。他骂它们，骂羊，用鞭子抽它们，抽空气，抽这个早晨。

太阳直通通地照在岩上，现在他被温驯的羊们簇拥着，他手抚着头羊的角，他仰望着岩壁，是什么字呀？一个"路"字，还有一个是"缘"字还是"情"字？

他都记不得了，是二三十年前的事，他认出来过。现在，他恨不得把两个眼珠子伸出来，扒着那些天书的缝看个究竟，啥字呀？啥字？

这样眼就看花了，什么字都没见着，那些天书里是腾起的烟雾，是密密匝匝的老林，是一群扑打着翅膀四处飞散的松鸦，还有呼啸的手臂，深壑般的喉咙……它们全像蛇一样纠缠着、冲撞着、翻滚着、煎熬着。

这时，从岩壁的天书间弹出了一片歌声，怪清亮的，比犁铧的敲打还有钢性：

> 洋二队，土四队，
> 不土不洋是三队……

鸡娃子有点怪呀。今天洗懒（脸）我没有抹眉毛？

他抹着眉毛，说：

"王皋，你还在吓我！"

他赶着羊群上了山，山上有极好的草甸。

母　亲

一

得知妈中风了，青香的腿一下子软了。来人说，妈的半边身子已不得动，那就是偏瘫。偏瘫，妈怎么办呢？她把儿子交给另一个老师——乌云堡小学就两个老师——急匆匆地赶往牛家坳。

回到坳子，大嫂告诉她，妈送到镇医院去了，说二哥和弟弟也都去了，青香又往镇上赶。大嫂说，妈那天早上还好好的，还上山割了一背篓猪草，傍晚还听见她的唤猪声，到了晚上大哥去妈那边看她，妈倒在厕所里，一身的屎尿，已不能言语，半边身子也麻了。大哥没文化，也不知何事，大嫂和在家的女儿杏儿也不知何事，以为只是摔了一跤，给妈冲红糖水喝，喝不下，也不吃。第二天恰好二哥从邻村过来找大哥有点事，看到妈这个样子。二哥因小时候过继给人家，读过书懂得一些，知道半身不遂是中风脑血栓，他们村就出过这种事，就说要赶快赶快到医院去溶栓——脑壳里被血栓住了，说听说过，溶了栓，把血管搞通就行了，否则，就半边瘫痪。可上医院得要钱，二哥说手上有几百块钱，准备去买种羊的，先用了再说。大哥没钱，拿不出钱来，问妈还有没有钱。妈虽不会说话了，可心里明白，一听说钱，就摆手，就不让他们把她往医院拖。但是二哥坚持要去医院，又找了个人去给小弟把信，还真找来了，于是兄弟三个将妈抬去了镇上……

到了镇上医院，青香看到妈正在打吊针，显然已经安静了。一问，却没有溶栓，推过一针，但没有用了。医院说，溶栓最佳时间只有六小时，即在发病后六小时溶栓，可以疏通，已过了三天，太晚了。六小时，青香一听六小时，从牛家坳空手走到镇上她也花去了八九个小时，还是一路小跑。也就是说，就算一发病知道要溶栓，且也有住院的钱，那也是枉然。牛家坳还不是最边远的村子，所以，山里人犯了这种病，只好由老天爷惩罚了。

可妈为什么会得这种病呢？听说城里人爱得这种病，当官的爱得这种病，劳动人民也能得这种病？二哥说妈的血压还奇高哩，抬来时低压一百三，高压两百四，医生说这么高的血压还不中风才鬼咧。说为什么平时不给她把血压控制住？几个儿子都面面相觑——谁知道妈有高血压啊，妈今年七十六进七十七了，从没进过医院，从没量过血压；村里人都是这样，没哪个量过血压，村里没有医生。

青香把所有的钱都带来了。那可是她与亮子这两个月的生活费，为找前夫索要儿子的生活费，已经被暴打过几次，她不想再作这种打算，自己与儿子紧巴巴过吧，可妈中风了。

大姐得信后也来了，背着一背篓香瓜，估计是权充钱的——确如此。大姐一来就大哭了一场，为妈也为自己，说妈呀你咋得这种病，这下可遭孽了，咋就这个苦命啊。妈，跟我一样呀，我对不起你，没带一分钱来，找人借也找不到，就搞了这些瓜匆匆赶来了。

107

大家就吃瓜，小弟青留找人赊了几个馍馍后，赊不到了，只好吃大姐的瓜。大姐见大家吃她的瓜，很高兴，破涕为笑，可还是满脸歉疚。

钱一下子就花完了，针打不了了，就征询医生的意见。医生觉得再榨不出他们多少油水来，干脆地说，那就办出院手续。不过医生说，虽不能完全恢复，如果有钱，在医院里还是可以恢复部分肢体功能和语言功能的，医学现在发展得很快，还是有一些药可以治的。

剩余的钱开了几瓶最便宜的维脑络通和硝酸甘油片，就出院了。

现在，妈是一个病人，这成了严峻的现实。过去妈是大家的纽带，兄弟姐妹一大帮，再加上媳妇女婿孙子外孙重孙，妈精神，能干，给大家带来的是团聚感和幸福感，可现在的妈突然变成废人了，成了一座山，压在五个子女的心头。

一路上气氛沉闷，只听得到滑竿压榨的吱哑声和脚板声。山风飕飕，人心森凉，大家直觉得一阵阵冷。妈给绑在椅子上，一头麻白色的头发，像是睡着了，其实大约是冻僵了，盖着大哥的一件旧蓝大衣。青香把妈耷拉的手放进大衣中去，妈就像个死人，连哼一声也没了，一脸的灰暗。每个人的脸都灰暗，大家心里就像撒了一把灰。抬到半路，大哥终于开口说话了。青香感觉到在医院里大哥就想说的，好几次欲言又止。说出来就是祸，说出来就是得罪弟弟妹妹。他是老大，爹死得早，大家都几乎尊他如父。他也觉得是这样，长兄如父，长嫂也如妈，大哥大嫂待弟妹那可是好得没法说，妈和他住在一起（至少一个村），弟妹回来了，他再没有吃的，也少不了要打四个荷包蛋给大家吃的，多少年来这也是大嫂的规矩。过年过节就在他家，谁要他与妈在一起呢。妈住老屋——那还是几十年前妈带着几个孩子盖的，房子干打垒，后检过两次瓦，但也老得不成样子了，大哥自己做了另外三间，儿子搬出去了，一个患先天性心脏病还没嫁出去的女儿。那患病女儿杏儿也很亲热人，住在她家怎么吃喝也不会让你有难受感的。可大哥说话了。大哥说，妈怎么办啊？猪我们可以代喂——妈每年喂两头猪，都是杀了给子女们过年过节回家吃的，两头也给大哥一头，表示她与大哥住一堆麻烦了他——但妈手脚不灵便了，吃啊喝啊更不消说下地干活了，田也只好我代着种，一亩三分地，平常也大多是我代着种的，但得人伺候她吃啊。

平常，大家对妈都是很好的，弟弟三十多岁了，还给妈焐脚；大姐再忙，也要每年回娘家来陪妈小住几天，拉呱拉呱；二哥虽是过继出去了，可他孝顺得没说的，有钱就给妈，还给妈扯新衣裳穿，买这买那，这都是瞒着养父母和二嫂做的。可现在一个个都跟妈一样，失语了，不吭声了。

这时候妈就要解溲，大家把绑她的绳子解开，青香和弟弟青留要抱着她下地就近解，可妈竟要指着石头后边去解，还不要他们抱，要自己走。妈被搀扶着，后来竟不要他们搀扶了，不要弟弟，甩开他的手，表示自己能走。

就这样，子女们看着妈自己颤颤巍巍一步一瘸，走进了石崖背后。青香跟着，看着妈，妈自己扶着树，又扶着石壁，像一个蹒跚学步的小娃子，发出很暴躁的声音。可是，妈站起来了，用一只手解裤子，系裤子，青香就想到，得给妈做几件橡皮筋裤子，鞋也应是橡皮筋的，一脚蹬的，方便些。

几个子女看着他们的妈逞能一样地走了过来，走向滑竿，又像喝醉了一般坐上去，又要人把她绑着。人好像活了，大家不约而同地露出了一种宽释和微笑。自然想到，这就是妈，妈这一辈子，从来就是一个能干的、争强好胜的女人，看来中风没有打倒她。二哥大声说：

"兴许妈就会好的,妈怕过什么呀!"

是呀,妈怕过什么?妈很可能会好,手脚会恢复也说不定呢,妈是可以创造奇迹的,妈这一辈子,创造过多少奇迹!

儿女们在心里祈祷着,祷求菩萨的保佑,让妈重新恢复健康,因为,因为……

二

全乡学校要"评先",青香就回去了,哥姐们都体谅她,她是家里唯一国家的人——吃国家饭的。

没几天大哥搭信来说,妈果真自己能做饭了,还能剁猪草了。猪草是暂不能上山打,大哥大嫂和杏儿打好猪草,让妈剁。妈竟自己能一个人做吃的了!——这真是奇迹。奇迹还在后头哩,过了两个星期,青香惦记着妈,又抽了个空回去了一趟,她看见,妈自己洗衣服,还能说话了!

奇迹在妈的身上发生了。妈是一个不服输的人,现在又赢了。青香说,妈,你认得我吗?我叫什么?妈说,青香。妈说,唉,我这手脚什么时候才得好哟!妈的左手和左脚都不得力,拖着,掰着自己的左手,说,抓不住东西。猪在猪圈里哼哼,两头猪竟都让妈喂着。青香说,妈,猪咋没给大哥喂哦?妈说,喂了就不是我的了,过年你们回来吃什么?妈说话还是有点艰难,并且会把"我"说成"你"、"你"说成"我",发音也很难受,听惯了才知道她说什么,有点含混不清和迟缓。可不管怎么样,妈恢复得很好,这个乡下的老太婆,七十六了，却在如虎似狼的中风脑血栓面前站住了。

青香问妈吃了药没有，妈说你们那个药攒着吃，贵哩，吃不起，我有偏方，有人给我介绍的，治好了好多高血压中风。青香问吃的啥，就去看。妈在厨屋里煮着一罐药。妈说是车前草，治我这个病很好的。青香看到了还有一大筲箕车前草，晒干了的，都是妈为自己备下的。青香不太相信中草药，就给妈说，医院开的药效果好些，您也得与那些药一起吃。妈说，你们不用管我，我晓得的。我也吃哩，那好的药，得省着点吃。青香说药不能省，妈，你只管吃，我这就再去给你买。这个学年，他们两个老师的乌云堡学校评为先进，每人发了一百块钱的奖金，她算着，这可以给妈买四个月的药了。

妈找药、吃药非常自觉，这在过去也是没有过的。妈是从来不吃药的，妈说，是药三分毒。妈不仅自己不吃，也让她的孩子们不吃，有头疼脑热肚痛之类的，就烧些姜汤喝，脑壳疼就扯鼻梁，再就是刮痧。什么猪毛痧、牛毛痧、狗毛痧，刮得颈子上、后背、手臂红赳赳的，可还真管用。刮痧的东西是找村里的老屠夫要的，一个黄牛角，刮得像玉石一样光滑了。

妈不仅吃药，还用冷水洗头，洗澡。妈说是血太热，冲到头上，血压就升起来了。把血压搞冷，血压就降了。青香觉得妈很幼稚，很好玩，这都是没读书没文化的缘故，就笑着说妈这是没科学根据的，血压只有吃药才能降下来，您一定要听我的，吃我买的药。您恢复得很好，不要不吃药再把病情加重了。

妈病刚好一点，又给青香做了好多好吃的，让带到学校去，特别是鲊鱼、鲊辣椒。妈说，亮子喜欢吃的。妈说找村里打鱼的牛三爹买的，是洋鱼条子——这是神农架一种山溪小鱼，做鲊鱼特别好吃。还有青香爱吃的鲊辣椒、灌辣椒；灌辣椒是大红辣椒掏空了往里灌糯米。

看见了妈的鲊辣椒,口水就往外汪,食欲就上来了。看着妈给她做好又包好的一大包菜,青香心里一阵感动,泪都快下来了。心里突然想,以后妈不在了,就没这些好吃的东西了。看妈,妈好可怜。瘸着手脚为她去村里买鱼还要磨苞谷粉弄来这些,又洗又灌,为儿女们真是没说的,妈真的好伟大。

这天晚上,妈关好了门,很郑重地、像做地下工作一样地,从她的枕头里面拿出一个包裹来,是用布和手绢包着的,层层叠叠,当妈在昏暗的电灯下打开那最后一层,青香看到了,是钱,是卷成筒状的钱。

妈把钱递给青香,说:"这是八百块钱。"——那钱旧旧的,齐整整的,好像汪着一层汗水。

"妈,您这是怎么?……"

妈说:"趁我现在还能说几句,给你交代清楚。有时我想说又说不出,迟早还是不能说话。这钱——"妈说,"等杏儿结婚,给她两百。她对我很好,端茶递水,问寒问暖的。只是她的病,嫁不出去,又没钱治;给亮子两百;大姐的晓军若考上大学,也给两百。"——晓军是大姐的大孙子,明年高考,成绩不错,估计二、三本大学是不会有问题的。妈接着说,"给二哥的南南一百。我亏欠了他的,小时候把他过继给别人,他对我心里有疙瘩哩……"

青香说:"没有的,妈,您不要这样想,都是您亲生的。"

妈说:"剩余的一百,就是你的了,买点好吃的,你身体也不好……"

"妈,我不要,我不会要您的钱的!"青香喊了起来,可被妈制止住了,妈看看窗外,怕让人听见。

"我真的不要钱,我拿工资啊,我刚发了好多奖金,明早就给您去镇上开药。"青香只觉一股热泪在眼里涌出来，还把口袋里的钱拿出来给妈看。她两只眼睛都溇得难受，特别是那只被前夫打坏的眼睛，一遇流泪，那种痛彻大脑和心里的感觉就沉沉地呼啸而至。

"……还有几十块零钱，放在柜子中间——那棉被底下压着的……"妈艰难地站起来指给青香看位置。妈的沉滞的身影移动在厚重的黑暗里，妈待青香最好，最疼她，与她感情最深。她被前夫打掉一颗眼珠后，妈还与那恶毒的女婿打过一架，要把他杀了。妈时常会走老远，穿山越水，到乌云堡去，看她，给她带去腊肉、晒的豆瓣酱和一些好菜、瓜果，帮着照看亮子，为她拆洗被子衣物，还帮那些住宿的小学生洗被子衣物。妈对亮子这个外孙也是最好的，亮子也最喜欢外婆。可是，这种时候将不再了，妈再也不可能一个人突然而至乌云堡，给青香和亮子带去惊喜。妈走不动了。

晚上，青香睡在妈身旁。半夜醒来，看见妈坐着，妈明明是睡下了的呀。妈用她粗糙的僵硬的手，摸着青香的头、头发。青香不敢睁开眼睛，假装熟睡，任妈抚摸着，泪水一颗颗滴到枕头上。

人的一生是很短暂的。走在山道上，她想。青香想。妈曾经是一个多么能干溜飒的女人啊！四十年前的一个春天，爹到山里去打药材，遇到老熊，给生生咬死了。妈那时还怀着最后一个弟弟，妈抱着被老熊啃得千疮百孔的爹哭得死去活来。三个娃子，肚里还一个，加上公婆、公爹，七口人。有人劝她快去把肚里的打掉。可妈不干，说，牛志常的娃，我凭什么要打掉，我就是讨米要饭也要把他留着养活。小弟生下来了，叫牛青留，表示留下了。可这之前，爹在世时把二哥过继给了人家，是爹的一个好友，邻村赵家的。那是爹的问题。爹那时老是病，算命先生就说二哥克他。二哥属虎，爹属羊，赵家给爹说，那我把青河弄去带几天，给你避避凶，这样，就成了赵家的儿子。妈可是不干的,但算命先生的话,妈又不敢不听,偷偷地哭了几场,还是让二哥成了别人的儿子。可剩下的四个,妈是要死活养大的。妈并不是一个很能干的人,在牛家坳子,在爹还在时,妈只不过是个喂猪做饭、割草挖药、听公婆话的一般家庭妇女。可爹死后,妈突然很有主见了。该吃的、该穿的、该做的、该花的,妈全装在心里。生产队的苞谷、洋芋分来的根本不够吃,可妈在自己的房前屋后点了许多南瓜,还栽了不少柿子树、杜仲树。春天带着几个娃去挖笋,夏天去捡野菌,秋天就进山去挖川地龙、扣子七、柴胡,还去摘五味子,捡榛子、漆树籽,到山下去卖;冬天到雪地上下套子套麂子和岩羊。生产队只许每家喂两只鸡,多了叫资本主义尾巴,可妈把鸡放到牛栏屋的竹楼上养,谁都不知道,只养母鸡,不养公鸡,鸡就不叫了。队长是本家,见她们孤儿寡母,也就睁只眼闭只眼;每家只准养一箱蜂子,可她们家养了三箱。妈不仅学会了自己缝衣,还学会了自己织布。换来的棉花不够,就去采打破碗花花的花絮,掺和在一起纺线。不仅把几个娃儿穿暖了,连公婆公爹也穿得暖热热的。在生产队里干活,妈也是一把好手,修梯田垒石堰时,没有一个女人敢跟她比挑土,所以,每天的工分不是十分,而且男人们的十二分。就这么把几个娃子拉扯大了,还让他们读了书,嫁了汉,娶了媳。而且在那个年月,死去的牛志常的家,竟在坳子里率先盖起了瓦房。这就像是个神话。可妈不是神话,妈是一个人。那时是:爷爷奶奶被妈送入土了——他们思念自己的儿子年久成疾,到了该去的年龄也就去了。娃子大了,房子破了。特别是大哥青海,要准备给辛劳一生的妈找儿媳妇。家在山壁下,山壁上的水直往屋里灌,屋里终年潮湿,四壁透风,妈这就下了决心要造新房。新房要砍树,妈带着大哥和大姐去山里砍树;新房要瓦,大队的砖瓦窑是爹的一个未出五服的表哥当头儿,妈把自己积攒的几十元钱和埋在地下大半年的一坛子猪油交给那表哥时，那表哥竟哑着说不出话来，看着妈的一双裂着血盆大口的手，说，我收你的猪油，志常老弟会在阴间骂我的，提回去给你娃儿们吃吧，我知道你们家用酱油滋锅炒菜，瓦我给你。干打垒的三间一偏厦瓦屋就在牛家坳子里矗起了。有了新房子，虽然家徒四壁，可毕竟是能遮风挡雨暖洋洋的新房子啊！

可妈在爹刚死时并不是这样。妈那时快要死了，妈差一点成神经病，差一点成了别人的老婆，青香她们差一点全成了别人的儿女。

爹死去，妈硬挺了一些时，终于挺不住了，想念自己的丈夫，魂不守舍。妈有一阵子说——对几个孩子说，你爹在那边唤我哩。妈有时偷偷跑去爹的坟上一坐半天，回来就说你们爹唤我去，要我跟他走。孩子们就哭，就说，妈，爹走了，您可不能走啊，您走了我们咋办啊？孩子们拉着她的手，扯她的膀子，椎心泣血地呼喊妈，想把她唤醒。爷爷奶奶也劝她，给她弄药吃，什么何首乌、夜交藤啊，远志啊，朱砂煮猪头啊，吃了不见效。一连三年，妈出现了严重的幻觉和幻听，说爹在唤她去，时好时坏，后来妈就经过爹的坟头时不走近了。青香跟妈打猪草回来时，妈背着背篓，手拿镰刀，远远地站在树林外头，远远地望着爹的坟，叫青香，说，你去给爹磕一个头，要他不要唤我了。——有一次，妈就这样说了。青香那时该多么高兴，这表明妈开始清醒，有自制力了，想通了。妈回去后给爹的灵牌烧了三炷香，敬了酒和菜，对爹说：娃他爹，不要唤我了，唤我娃儿们就没命了。

在妈恍恍惚惚的那些日子里，本家的队长出于同情和关心，给妈找了个公社的炊事员。炊事员是个矮矮胖胖敦厚的人，死了老婆，有三个娃子。队长对妈说，跟上老韩，至少有油吃，还可以经常去镇上住。

老韩来我们家时，大哥用镰刀削掉了自己的一截小指。老韩带来了许多糖果，给青香他们每个娃子一把，还给妈带来了一条头巾（就是条枕巾）。老韩说，吃糖吃糖。大哥看着这个陌生的一头臭汗的男人，把那沾有汗渍和奇怪体味的糖当即就丢到地上，让狗吃了。老韩去捡糖，呆怔地看着那时已成大人的大哥，眼露难堪之色。可妈扇给了大哥一耳光，把大哥打跑了。

妈和老韩在房里说了一会儿话，出来后就走了。妈眼睛红红的，估计是哭过。等老韩走后，妈问几个眼巴巴的孩子："你们想要还是不想要这个爹？"几个孩子在大哥的威逼下已经只有一种回答和选择。当妈那有些潮红的脸和热切的、甚至有点乞怜的眼睛期待孩子们的首肯时，四个孩子齐刷刷地向妈跪下来，齐声说："我们不要。"妈知道是这样的结果，妈已经料到了。妈说，跟上这个韩爹，我们就可以不饿肚子了，还有书读。她的吞吞吐吐的诱导和蛊惑证明她也没有勇气一定要坚持下去，她得到的是"不要"。"那就不要吧。"妈说。妈眼里的一点光就这么散去了，她抱着几个孩子，抽泣道："那就不要。"就这样，妈与儿女们紧紧地绑在了一起，将这个残缺不全的、失了顶梁柱的家又拢成了一个完整的家，外人不敢觊觎的家。当然，这天还加上大哥为了使妈彻底死了这条心，竟残忍地自导了一场剁指恶作剧。妈本来去烧火做饭了，可大哥突然去厨屋，从背后呈递给妈一截血淋淋的指头，再现出那剁出的伤口——拿开按住的手，一股鲜血就喷向了妈。妈不看则已，一看就尖叫一声，一下子晕倒在地。这就是大哥几十年虽未提起但一直负疚并照看着妈的直接原因。大哥把妈下半辈子的幸福给毁了，全毁了。

后来老韩又来过一次，给她们家提来了一瓶菜籽油。妈不敢表示，连茶也没端给老韩喝，吃饭还是在队长家，妈去作了一下陪。青香其实知道，妈是喜欢老韩的，老韩人好。妈以赶集的借口，什么人也不带，一个人去过公社两趟，还带了些蘑菇和一双布鞋之类的，估计是捎给了老韩。回来时青香她们又吃到了糖果，妈也偷偷地穿上了一双花尼龙袜子。不过只穿了两"水"，就给大姐穿了。

就这样，妈老老实实成了爹、成了妈。失去了男人的女人，甚至要承担比两个女人更重的担子，也要承担比两个男人更重的担子。这就是一个寡妇的命，苦命。

深秋的山道上，黄叶簌簌地落下，山坡上干活的人全是些大大小小老老少少的女人。她忽然听见有女人唱起了那辛酸的山歌：

> 太阳歇得吗？——歇得；
> 月亮歇得吗？——歇得；
> 男人歇得吗？——歇得；
> 女人歇得吗？——歇不得！歇不得！
> 女人歇了大人娃子没衣穿，
> 女人歇了没得饭吃，
> 女人歇了这个家也就歇了。
> ——女人歇不得！
> 太阳歇了哟还有那个月亮，
> 月亮歇了哟还有那个太阳，
> 男人歇了哟有女人，
> 女人歇了哟，日子也就歇了！歇了！……

这就是山里的女人，凄伤的歌在述说山里女人的万年悲哀。青香听着听着，想着妈，不禁眼就湿了，脸上冰凉的，用手一摸，是泪。

泪像秋叶一样往下嗖嗖掉落，擦了又落下，擦了又落下。

到了镇医院。医生听说妈竟能生活自理又能说话了，甚感惊奇。说山里的人就是生命力旺盛，并鼓励青香要她妈坚持吃药，草药也可以一试，多走动，有条件喝点蛇血酒最好，还可以康复得更快。

三

可是，可是……

两个月以后，青香正在给孩子们上课，就又有搭信的人来给她说，她妈这次是全瘫了，完全不能说话了，疼得在床上乱喊哩。

妈好，心情就愉快，工作就有劲。这一来，她心情又灰暗了，心中只想着妈只是暂时的，跟上次一样，又会奇迹般地恢复的，又能说话，又能生活自理。

事情很严峻。这一次妈可能永不能恢复了，妈可能要在床上躺着度过她衰老的余生。

青香回去的时候，除大姐外，其余都在。妈躺在床上，大小便失禁。大嫂说床上已经换过两次，连垫絮也洗了晒干了。妈疼得哇哇呻唤，世界到了末日，听着就像拿刀子往青香心里割。给妈刮了痧，大哥大嫂刮的，全身都刮红了，可还是叫唤，问是怎么疼、哪里疼，妈又不能说话，表达不清。

"那还是得送医院啊！"

这是大家不想说的话，但青香终于说了。大家不想说，是上次花去了近千块钱的医疗费，这一次更严重，这一次再进医院，还不晓得会花……

"你们倒是表表态呀！妈不能就这么疼死啊！"青香说。

几个儿子你看我、我看你，又看地下，低着头，不表态。

大哥吃着烟，几次与大嫂交换眼神，可能在大嫂的暗示下，鼓起勇气说话了：

"有钱，有钱，杏儿的病就治好了，不会拖到她三十岁……我这一向时头也疼，还不是就挺着……"

他说的是实。杏儿的病要四五万元，大家就是帮衬着，也没办法筹到这么多钱。可怜的杏儿乌紫着嘴唇和脸，就这么在家吃"老米饭"，又不能干活。其实她那个先天性心脏病是能治好的。

二哥这时也说话了，上次他花了不少钱。"是啊，钱呢？那你说怎么解决？"他问妹妹青香。

"不送医院，要疼死了，人家会指戳咱脊梁骨骂的，五个儿女！"青香说。

小弟青留是不指望了，弟媳妇是个厉害角色，小弟要无条件听她的。再说小弟脑子被他舅子也就是老婆的哥哥打坏了，时好时坏，也不管用。——那是在弟弟与弟媳谈恋爱时，弟媳的那在镇上企业工作的哥哥不同意这门亲事，趁弟弟去找他求情时，在乡里吊桥头上，趁弟弟没防备，给了他头上一棒，就把脑子打坏了。可弟媳还好，当时已怀上了弟弟的娃子，只好成了亲，两口子东游西荡，连家都没一个，现在林场栽树做临时工。

在青香的坚持下，还是她和二哥出大头，拿出了身上带着的钱。大家又一起扎滑竿，抬起叫唤着的妈奔镇上。

哪知去了医院又节外生出了更大的枝叶。

大哥说头疼，医生给妈量血压时给大哥也顺带量了，这一量，大哥的血压也出现了大问题，低压一百一，高压一百九——这可是要住院了。大哥哪来的钱住院！还没完，医生说这是遗传性高血压，如果家长有高血压的话，五个后代中可能要遗传两个。二哥、青香和弟弟都量了，结果弟弟也有高血压，达一百六，大姐还没量，还不知是什么结果。

一家出了三个高血压，且妈的血压还是奇高，达两百四。医生抱怨说怎么没把血压控制住？青香想到，这个月她忘了给妈开药，开药的事，其他兄姊是不管的。

天彻底黑了。妈还在叫唤。大嫂不在，没跟来，若在，也要叫唤的——为高血压的大哥。天黑了，大哥吃着妈的药。天真黑了，是自然的天。妈叫唤，打了止疼针也不行。医生说，必须进行CT检查，一问多少钱，二百五。——二百五？——一个部位二百五，查一个部位还不行。那你不查清楚我怎么治？一个部位二百五，两个部位就完蛋了，查清楚了就没钱开药和治病了。

眼睛像奸商一样的医生见引诱不了这几个农民进CT室，就说，看看吧，先观察一下再说吧，就离开了这鬼一样叫唤的病房，去寻安静去了。

妈叫唤了一夜。

可大哥也不安静，一个劲说"我也完了！我也完了"。说："我完了，你们大嫂和杏儿咋办啊？特别是杏儿，你们说咋办啊？"大家好言劝他，说，哪儿的话，医生说只要发现吃药控制就行了。大哥说这病又治不好，不是绝症啊！二哥说，治不好的不见得是绝症，你要放宽心，不要发躁，越发躁血压越高。平时多喝点清火去躁的东西，像绞股蓝哪、藤茶哪，还有多吃点苦瓜、苦荞、竹笋、蕺儿根；青留给妈打了几条蛇喝的蛇血酒，你也可以喝，蛇肉多吃。大哥说，苦命，苦命，跟妈一样！

妈叫唤了一夜。大家都麻木了。

连心肠最好的二哥也说："还叫什么哪，这是在医院呀！针也打了，药也吃了，您不叫了好不好，医院要安静的！"

大家有点烦。

到了半夜，给妈揉搓着腹部的青香对坐在椅子上打盹的二哥说，天亮一定要给妈做CT，不然的话要疼死的。她给二哥说她去镇上找教育组借借看，还有镇里小学去找认识的老师想想办法。可天亮时，二哥把准备出门借钱的青香喊住了，说，我看算了，没有用了。借钱终是要还的，你那一月眼屎大点工资，你现在这个样子，跟亮子连个家也没有，总不能在乌云堡一辈子，还得找个人，还得给亮子准备点钱。照了CT，查出病根有什么用？有钱给妈做手术吗？如果是绝症，反正是个死；照了假如没什么病，只是因为拉大便拉不出，或是吃坏了肚子，那几百上千块钱就冤枉花了，咱何必给医生增加提成呢！听说如今医生都吃这个。没看到他们一个个肥头大耳吗？你看他那个肚子，不要几十万才能吃出来；他那口黑牙齿，该要好多烟熏出来，——他抽的精黄鹤楼，十几块钱一包啊，还不是吃的回扣！

二哥的话在理，可青香却感到他（或者他们）作好了想抛弃妈的准备。他们的冷漠，他们麻木，他们在内心的打算，似乎渐渐明晰起来。她甚至感到，他们希望妈疼死——这是个机会，如果顺顺当当地疼死了，这何尝不是一件好事，让人轻松的事。

她忽然一阵发冷。这么想时她感到心里一下子被人抽去了温度，世界寒意袭人。

有一口气也得救啊，是妈在叫喊，而不是一头猪在喊啊！何况，一头猪这么喊也不能无动于衷。

又加了一针。那只是止疼针。医生说这也只能救救急。天亮时分妈许是叫唤倦累了，许是止疼药发挥了点作用，终于像一摊凉水哀哀地睡去，极度虚弱地睡去。

青香走到大街上，镇上开始热闹起来。人们脸上带着懒懒的睡意，带着安详，带着天下无事的幸福。——天下的人真是幸福啊，镇上的人真是幸福，好像从来没有灾病在他们身旁，他们永远是平安的人、家庭幸福的人，世界是属于他们的。

有淡淡的花香和潮气充盈在巷子里，炊烟袅袅，店门大开，阳光和鸟也开始躁动起来。青香听着店铺飞出来的音乐，感到世界的不公。她的前夫就在这里。她去找他借钱吗？他连儿子的抚养费也不给的。这个法西斯丈夫，这个一肚子坏水的家伙，就在种苗站，过去伐木，沾染了一身野气，只会性交，就像牲口。还会使歪法子，捆着你的手上床，要你舔他的臭下身。从种苗站一回到乌云堡，就要拉你睡觉，正上课哩，也要拉你睡觉。不从，就打。有一次把眼珠子一巴掌打掉了一颗。一颗眼珠子终于换回了自由，惨痛的自由。借钱？我只想咬死他！

她忽然看到了公社的老房子，现在是退休人员住的。她看到一个老头子，突然想到了老韩。如果妈现在有个老伴儿，有个拿工资的老伴儿，她会这么惨吗？会这样让看似孝心浓浓的儿女们暗暗地、渐渐地抛弃吗？妈因为没有老伴，妈病了，重病在身，妈一下子就势单力薄了，没有任何给她支撑的东西，像一匹老兽，被它的兽群抛弃了。没有一个人支援她啊，她的晚年竟是这样的，她生命的最后竟是这样的！世界完全不回应她了，对她撕心裂肺的叫唤，像没听见一样。可她完全是为了我们儿女才放弃了她后半生本该得到的幸福。妈能干，妈并不丑，妈那时候。

她知道老韩住的地方，可她不敢进去。她站在那个老公社的老院门口，真是天助她，老韩竟出现在院门口，走了出来，气色和精神都很好，眼睛东张西望的很有活力。青香永远也不会忘记，多年以前，她在镇上小学从县师范来实习的时候，一次碰到老韩，一说话就知道了她是谁，竟给了她五块钱，说是让她买点吃的。青香回去把这事告诉了妈，妈竟几天幸福得头重脚轻，说老韩是个好人，还让青香偷偷给老韩家搭去了一只鸡子。

她喊"韩伯"。这位韩伯眼神好得像神仙，又是一下子就认出青香来，青香说了妈第二次中风躺在医院里的事，披着衣出来的韩伯扣好衣服就要青香带他去看看。

这可能是妈在世界上唯一的一位异性朋友了，除了死去的爹。这位妈的异性朋友怀着几十年的遗憾来到妈的病床前，喊着妈——也没喊妈的名字，只是"喂，喂，还认得我吗？"地喊。

妈后来睁开了疼痛糊满的眼睛，恍恍惚惚地望着俯身看她的这个老头。这个老头因为一点点激动口里呼哧呼哧的，肺里咕噜咕噜的。

"你还好吗？"老韩韩伯说。

妈望着他，像认识，又像不认识，就那么望着或者说没望着他，望着这个世界上仅存的一点光明的声音、一点阳光。

老韩韩伯就去掏钱。他可能真的有点激动，手颤抖着，搜索着，拿出了所有的钱，几个荷包搜空了，放到妈那不能动弹的、瘦骨伶仃的手里。老韩韩伯抓着妈的手，快要哭起来，脸憋得通红。

"你怎么平时不注意一点呢？……"老韩韩伯说。

老韩韩伯的嘴和鼻子神经质地搐动着，脸也扭歪了，很难看，很难受。

"好好的治。"他说。

妈"啊啊"着,像给他说话。人到了这个地步,说和不说都没有意义了。

老韩韩伯就走了。像偿还了良心的欠债一样,空了荷包就走了。

"我再来看她,好好治,好好治……"老韩韩伯对几个孩子说,临走时还握了大哥的手。就是这个坏小子,可老韩韩伯还是握了他的手。大哥躲着,最后也握了老韩的手。大哥已经老了,有高血压。老韩也老了。一下子,青香看老韩韩伯,就老了,一进医院,一与病入膏肓的妈捱近,他就遽然间苍老了。他们的时代过去了,完了。

四

这一天,医生来会诊了两次,还拉来了一个老中医。他们认为,妈可能是结肠炎,也说可能是胃有问题。他们说,你们不配合检查,我们只能猜了。加了许多消炎的药、保胃的药、通便的药。到了晚上,就开始拉了。妈不得动弹,几个子女就把她抬着,底下放便盆,拉得臭气熏天,拉得妈直哼哼,却不叫唤,上上下下,下下上上,拉了有七八次。就去找医生,说,行了,行了,拉不得了。医生不以为然,说,还疼不疼呢?子女们说不疼。医生说,这就对了,这就对了,再观察。拉到十五次,医生只好又开了止泻药,和在葡萄糖里输进去。嗬,不拉了,人也像一坨稀泥了,彻底不拉了。第三天,还是不拉,又山摇地动地叫唤起来。又打止疼针,一针大几十元。还得针灸恢复妈的知觉,一次三十元。

钱成了不可逾越的大山。

一家人在镇上吃、住，都要花钱，而且是连续花钱。这就像从未出过门住过店的一家人全家出门旅游，就像个暴富的承包大户，可事实却正好相反。到旅社登记了两个最差的床铺，一个十块，一个床睡两个人，另一个轮流晚上在医院照看妈。

为了让妈不疼甚至调理好肠胃——即屙还是不屙，正常屙，就一晃过去了五天。五天里大家都臭熏熏的。好在老韩韩伯的那几百块钱，又加上他后来提了一挂香蕉，还让他老伴（后来找的）提过两次鸡汤，撑到第五天，钱又见底了。青香的存折上还有妈那八百块钱。这是妈一生的积蓄，准备给她的第三代的。可青香没这么规划。这钱一定是妈的，妈享用的，妈哪一天走了，给她办后事用的，办后事不用，烧在妈坟前！青香就是这么想的。当然，万一不行，救人要紧，拿出来交住院费。但不到万不得已，她不会拿出来，也不会给哥哥姐姐弟弟们说。

二哥已经十分愤怒了。有一天他对着护士的背影说，我好想把医院炸了，把医生捅几刀，还有护士。

护士来每天给妈量三次血压，收十二元，说是电子血压计，说这只是县医院一半，说这是省卫生厅定的物价局审核批准的，又不是我们自己乱定的；量体温，一次两元。每当护士又拿着东西端着盘子进来，他们就心跳加速，冷汗直冒，就像看见抢劫犯进来了一样。就像看见钱被洪水卷走一样。

他们要护士不要量体温了，妈不烧。"请不要量了！"

"这就是抢钱啊！"二哥跺着脚喊。

"这样不行啊，还是抬回去，给韩伯说一声，咱们走了，掮不住啊。"二哥看着那温暖的鸡汤，喃喃地吼诉说。

那天是个赶集的日子。二哥要大哥去碰碰他们村长，看村里能不能接济一点。一触到钱的事，大哥十分敏感，就像触到了炭火一般。

村长碰到了，也来了，背着背篓，卷着裤腿，是卖了漆树籽的。

村长看了妈，说，我碰到乡里的民政干事，也讲了。你们的妈不是五保户，咋个补助啊？村里没钱，如今三提五统都取消了，税也取消了，种田还倒给农民补贴。其他补助你们也挂不上号，儿孙满堂，还是自己解决，想法孝顺吧。

不是村长心狠，村长也是个好人，也姓牛，本家，也年轻，通情达理。叹息几声，也属于苦劳村长，不能扭转乾坤，说，村里的牛三秀，也是没钱，子宫癌早期拖成了晚期，转移了，还在家里疼得撞墙哩。牛黑子的爹还不是没钱治瘫痪在床，屁股烂出碗大一个洞，烂出骨头，全是蛆，就这么死了。你们的妈要这么瘫痪了，得时常翻动，免得也那样就惨了。唉，农民就像无娘的娃子。无娘的娃子天照应，无灾无病最好。俗话讲得好啊：穷人不害病，就像撞大运，唉唉……

村长来了虽没给一分钱，可大哥高兴，大哥是个胜利者，这证明大哥说的"咱村里穷死"的话是真话。村长走了后，大哥高兴着又帮村长的腔，说村长说得对。

二哥对大哥与走掉的村长一唱一和遥相呼应很有意见，加上憋着一肚子气，就与大哥争了起来。二哥说：

"你们村里不是咱乡有名的小康村吗？前年就跨进小康的门槛了，人均收入达到一千九了！"

大哥最怕人说他有钱，特别是妈病后，当即就回辩道：

"鬼鸡巴扯，全是村长和县里去的一个干事鼓捣出来的！青河你相信我一家一年有五六千块钱的收入啊？有这个收入杏儿的病早给治了！来统计的干事和村长帮我填表说我一家粮食收入一千八百块，我说一分钱都没见，那干事说，你吃的粮食不算呀？一个人打一年吃五百斤，一斤按一块二算，好家伙，就是一千八了。我说我就收的那几个烂洋芋，一年大部分时间吃洋芋，那也算？还有猪，算了八百一头。我过年杀了自己吃，又没卖，也八百。这样算，一头野猪一年也得吃上两千斤的食——那算粮食！一头野猪的年收入也有两千，那山里的畜生也个个达到小康标准了，我的个天！……"

说钱是一个敏感的话题。大姐也说，她们村也是这么算的，都人均一千五了，哪来的收入，我十年没做一件新衣裳了。

都是冲着二哥来的，好像二哥来查他们家里的账似的。二哥就作出了决定，"闪"医院一竿子，连夜逃亡。

算下来，逃亡的那天晚上，他们还欠医院七十多块钱。二哥是不打算交了。二哥观察着医院的动静，不过两次住院已经摸到了医院的一些规律。

晚上是青香守夜，好在病房里就妈一个人，这就有了逃亡的条件。窗户打开着，窗外的山坡上是菜地和树林，树叶飒飒，枯草飕飕，有了冬天的气象。可以看到那微弱灯光下的许多墓碑和坟包，这住院部的窗外敢情是一个墓地。看着妈，一片阴森心情，死亡离每个人都这么近。青香将妈两边的被子披了披，将脚头也扎严实，看到妈是在睡着，就在妈的旁边靠着床头，盖了大哥留下的那件蓝大衣打个盹儿。她梦见了妈，妈在吃草哩。妈为什么吃草呢？二哥就拍醒了她，给她说，医院住不得了，连夜走，在三四点钟时，已给其他几个讲了，他们都在旅社等着，就开始收东西。

青香无语。是呀，药都停了，针也停了，因为欠费。住在这里，那又怎么样呢？不就是图了个名声，让村里人以后不骂他们这些子女，可每天的钱大江东去，也没个盼头，只好将妈弄走。二哥是对的。

"不是我们狠心。"二哥说。二哥以后还要多次说这句话，来宽慰自己，宽慰冷漠的、无情的、具有犯罪企图的自己和这群无可奈何的儿女。

凌晨三点钟，住院部空无一人似的，妈也没叫唤，万籁俱静。一干人像窃贼，将妈抬出了医院，顺利穿出小镇，走上了上山的路。二哥见没人追上来，吐了一口气说，你做得初一，我做得十五。

山里冷着哪，初冬的早晨百物噤声，抬妈的人淌着汗，大家都流着汗，只有妈在大哥那件蓝大衣里冻得如死去一般。突然一声惊天动地的叫唤就响起来了，这一声，把在山道上疾步行走的大家唤醒，滑竿就停下了，找了块平整的地方放下。

"怎么办？"大哥说，"怎么办？"因为这是抬往他的家，抬往妈的家就是抬往他的家，其他人不在妈身边。抬回去，都走了，那不又是把这个妈甩给他一个人了吗？

"我已经去问了——镇福利院，"二哥说，"他们只收孤寡老人，能自食其力的五保户还要特批哩，现在是，人丧失了劳动力，村里不管，乡里也不管，只有儿女管。"

"儿女管那是当然的呀。"青香这么插了一句。

"那就你管啦，你怎么管？"大姐忽然来了这么一句，对妹妹青香。

"我管就我管嘛。"青香不知怎么说出了这么一句话，想也没想，就果断地说出了这句话。

"要管还是大家一起管，现在是回去怎么管的问题了，"二哥说，"大哥一个人管也是不妥的，他有高血压，以后也得注意，还有杏儿也帮不了手。"

"那怎么管？"大姐问道。

没了话了。沉默。清晨的风凌厉如刀，割在人的脸上生疼。风一吹，人冷了，感觉到山里冬天的深切寒意。天边亮了起来，是在东面的山冈上，有一线瓦蓝色的静悄悄的光，被沉睡的、疲倦的山影衬着，森林和山冈荒肃无垠。

"先走吧。"大哥这么说。

妈的叫唤一声紧似一声。可他们还是抬起了她，往家走，往村里走。不可能往回头走了，就是疼死，也不可能回医院去了。剩下的未来也许就将是叫唤陪伴着她，在床上，这是一定的！

五

到了家。二哥说，我们要心平气和地讨论妈的事了，就这个样子，悔也悔不转来了，只能面对现实。二哥的深明大义，二哥的家长风度，让青香一阵好感和感动。她说："妈身边肯定要有个人。"也等于是说妈要靠一家。

"那就轮流来，"大哥说，"妈一家待几个月。"

"我没个家哩。"弟弟说。他是指他没个房子，跟她老婆娃儿借住在林场的油毡工棚里，就一张床。

"那你就回来照顾，不行出钱也可以，请个人照顾妈。"

"我哪有钱？"弟弟说，鼻涕都流出来了。他就是个半傻子。

"妈是最心疼你的，青留。"大嫂这时在一旁插话了。也暴露了她——她为这事暗暗着急着哪！她害怕妈留在村里，丢给她们一家。她说：

"我嫁过来时就看到一到夏天你好长疮，妈给你用口吸疮……"

"那是因为我没看见过爹哩!……"弟弟抹着鼻涕嚷道,快哭起来。

青香看到当大嫂插话时,在旁边不做声的杏儿在暗中拉了一把她妈的衣角,可大嫂没理,倒是把衣服拉了回来,还瞪了杏儿一眼。

这时猪圈里的猪也叫了。大哥说:"就妈这两头猪,每天要打三背篓猪草,我不在家,都饿得皮包骨头了,把猪栏都啃了。"

大嫂接过话头数落大哥说:"我没给它们吃吗?都是你割的草吗?"

二哥说:"不要争了,再过年,我们带肉来。"

大哥说:"瞎说,过年未必没肉你们吃吗?"

如果他们真正都不想要妈的话……青香就要果敢地做出决定了,她要亮出个姿态,还要说几句话。她就说:

"妈就让她到我那儿,我照顾一段时间。"

大家把目光都投向青香,投向只有一只眼善良亮着的青香。

"你是嫁出去的人哪!"大姐说,也是在说她自己的身份。

"妈又没有财产,哥哥弟弟又继承不了妈的财产,分什么男女,都是我们的妈,都是在她怀里抱大的,一样。妈这个样子,日子已经不多了,我去照扶一段时间,算我尽的一点孝心,以后等她死了我不留遗憾。"

大哥不干。大哥真心诚意地说:

"青香不行。你那儿养不了。"

"以为我养不活妈找你们要钱啊?"

"不是,你又忙,你那儿吃没吃的、喝没喝的,哪叫学校,就像个破庙,再说,你也可怜,太难了。"大哥说。

"那就我吧,"弟弟青留说,"到我那儿去,给妈搭个棚子。"

二哥说:"你这个叫花子还养娘。"二哥对弟弟是心疼,也是不屑。

"算了吧,到我那儿去稳当些。"二哥说。

这时妈突然摆起手来,哼叫起来,拍打起床沿来——用那只稍微能动的手。

大家凑过去,研究妈的意思。这才发现,妈在听哩,妈全听见去了,妈又是摆头又是点头又是用手指指戳戳,后来他们终于弄明白妈的意思了:妈哪儿也不去,要死就死在这屋里,死在这老屋里。

"妈不想离开,她住惯了自己家,到别个屋里搞不好的,还是自己家里安逸、自在……"

"可妈没有生活自理能力了呀……"

"还是放这儿我们来慢慢照看吧,咋办呢,你不适合,他不适合,妈也不愿走的。"大哥说,他没朝大嫂看。

青香知道,至少杏儿是不会反对的。大哥这么冷静,可大哥是个暴躁的人,不暴躁不会得高血压,若大嫂反对,他会给她发老火的。大嫂其实也是个好人,善良之辈。

"那我就一个月出一百,妈的药我包了。"青香说。

"我也得出一点钱。"二哥说。

"我没有钱,我一个月回来一个星期照看妈行不?"弟弟说,"还有给妈喝蛇血,我包了。"

"我也是没得钱,我也抽些时间回来照看妈。"大姐说。

"算了算了,不要你们的钱。几十年都是我照顾妈的,你们只是逢年过节回来走一遭。几十年都熬过来了,老大当缠绊了,么法呢。"

大嫂走了。

大哥立马止了话。一会儿,大哥说:"你们都走吧,都走吧,各有各的家,各忙各的去吧,我说了,有我一口,有妈一口,会好好待妈的,你们不要管,杏儿也会好好待她婆婆(奶奶)的。"他用眼光去征求杏儿的意见,杏儿在那儿点头。

大哥是往外吐痰去的,大哥点着烟,跨出去却突然哭喊起来:
"妈呀,你跟我的命一样,咋是这么苦哇!都是个苦命呀!……"
他这一哭一走,其他人都惊呆了,问杏儿:"你爸是咋的啦?"
杏儿说:"你们别往心里去,晓得触动了他那些伤心事。爸的心肠蛮软的,婆婆这么躺在床上,都伤心。"杏儿说到这里,也喉咙发硬,眼圈就红了。
"那会让你辛苦啊。"青香拉着杏儿的手说。
"没事的。"杏儿低着头说,拿手去揩眼睑。

先是大姐说家里有事,走了。接着弟弟走了。二哥说,他回去了会马上来的。留下青香在这里,可想着学校,想着那些住宿的大山里的学生娃子,想着儿子亮子。但妈的疼痛还没消,还时不时清汪鬼叫。给她吃药,按摩。还要端屎端尿。坛子里没米了,菜地里没菜了。过去,妈自己种苞谷,收苞谷,种洋芋,收洋芋;自己擂苞谷,自己磨面,自己种菜。现在,粮食要吃大哥的(大哥拿来了一些),有时就端来面和糁子给妈吃;菜也要吃别人的,什么都没有了,什么都要子女们承担了。过去搞公社的时候,妈可是学大寨的标兵,优秀社员,还得过一些奖的。现在单干了,承包了谁都不理她的闲。收款的还找上门来了。

村长找上门来,见妈躺在床上,问好了些吗,跟会计一起来的,就叫来大哥说:现在虽然税不交了,村里的事乡里的事,还不是大伙办,全靠国家也不行——这修路的集资款你妈还得交啊。

大哥一听就火冒万丈,说:
"她快死了,又没找你们的麻烦,她还交什么!"
青香也恼火,说:"我妈不能走路了也交修路费?这是哪家的王法?"

"乡里头规定,按人头交。"

"那死了交不交?"大哥问。

"死了就不交了。活一天交一天。九十岁一百岁也得交,谁叫她是村民呢。"会计说。

会计是个不讲情面的家伙,有点酒鬼风范,一只鼻子通红,上面全是坑坑凹凹,两只野猪眼,一对狼耳朵。

"她瘫痪在床啊!"大哥说,"她快死了,等于死了。"

"可还是没死。"会计说。

"青海哥,"村长拍着大哥道,"到了时间,乡里只找我们结账,说是领导不力,希望大家配合一下,不然扣我们的工资。唉,都是本家亲戚,哪个为难哪个,希望理解,理解,青香妹也在这里,是国家干部,老师,对政策比我们还清楚……"

青香说:"村长,那不还是三提五统?"

村长说:"没有了,没有了,早就没有了,你妈不是最后一年没交吗,还不是没哪个追了。"

青香说:"就是五统中的公路养护费,一样啊!"

村长说:"不一样,不一样,哪一样呢?这不是公路,是我们乡通往外面的致富路、光明路、幸福路……""就不能免吗?"

会计说:"除非是烈属、残废军人、老红军、老革命、退休干部……"

"就没有老农民?就没有像我妈这样得了重病的老人?"

"人家只讲那是给国家做过贡献的人……"

"农民就没有给国家做贡献?一到老了就像棵烂白菜帮子扔了。扔了也好呀,还不想扔,还想抓住榨出二两油来!"青香气愤得不行,话像嘣豆一样地往外喷。

"牛老师可不能这么说，牛老师，我们哪想榨牛妈的油！"

最后说缓交，缓交，因为村长是本家，村长还有个娃子在乌云堡住读，在青香的手里。村长说，只有我先垫了才不扣我的工资，可我已经垫付了一千多块啦！……

妈疼得凶，喊得凶。喊得青香心慌如鼓，心烦意乱，坐卧不安。怎么都喊叫。青香就给大哥说只怕还是得到医院去。大哥却说：是你在这里，妈这一病就像个娃儿了，返老还童了，就像见了大人讨吃的，撒娇，你不在可能好些。青香就试，就给妈说她走了，过几天来看她。就躲在屋外头听屋里。果然，喊了几声，妈就不喊了，屋里安静下来。妈是不是真正的老年痴呆像小娃儿了？这么就等了一会儿再回屋去，果然，妈一见到她，就又叫唤起来。

青香决定回学校，学校就一个老师，不知乱成啥样了。青香给妈屋里收拾好，给妈洗了个澡，给妈剪了指甲梳了头，把妈床上的全换洗了，又在村头会计家开的小卖部买了两包点心（防妈饿了或者吃不下饭），就火忙火急、归心似箭地回到了她的乌云堡小学。

六

一场灿烂的大雪过后就放假了，就是腊月，就是春节。因为老是请假，乡教育组来考核青香不合格，扣掉了半年奖金。小年二十四时准备回家赶快去照顾母亲，不想那该死的前夫来了。

前夫来了把儿子关在门外就把她拖上床强奸。青香为学校的事为妈的事已心力交瘁，任由前夫蹂躏。前夫干了她还抽了她一耳光，说你妈死了还好些，生下这种女儿没一点情趣，人家的女人会一百零八种姿势，老子跟你在一起总是你下我上，无滋无味，这次来老子是来找你赔青春损失费的。

男人找女人赔青春损失费，算来也是天下奇闻，整个神农山区怕是头一桩头一遭听说此事。可事情真真切切。这个流氓加恶棍加施暴狂说他做木材生意亏了本，一车木材被没收了，听说你是全县优秀教师年终奖金很丰厚，赔我几个青春损失费——老子的青春断在你手里了。

哪个的青春断在哪个的手里了？我一只眼睛被你打瞎了分文没赔，儿子抚养费你分文不给还要我赔什么损失费，你咋就这么狠心狗肺恁歹毒啊？不让我们母子活了啊！青香想到娘，想到自己，一时突然绝望，拿起刀子来就割腕。那前夫一看见血，这才慌了，溜之大吉。

学校还有两个因大雪封山不能回去的学生。儿子亮子喊来了那两个学生，给他妈青香包扎，才捡了条命。青香收拾好东西，带着腕子上的伤，牵着儿子走进了茫茫雪野、皑皑山路，一路哭着、痛着，痛着、哭着。

摔了无数跟头带着伤和一双哭肿的眼睛回到牛家坳子，兄弟姊妹除了大姐外都在，都说在等你回哩。

他们没有发现青香的异样，看见她就像看见了救星一样。

妈还在，还没死，可已经瘦成一把干柴了。脸上已经痴呆了，牙掉了，差不多全掉了，脚却肿得像个大浆包馍，赤脚裸露在被子外面，屋里有更浓郁的屎臭味。

"妈不行了。"他们说。

妈叫得厉害，声音还是那么有力，还是那么肯定，还是那么惨痛，仿佛每日都是这样，仿佛阎王故意要她不死，每天遣了小鬼拿钝刀子割她，折磨她，不晓得她前世做了什么恶人。可怜的妈啊！可怜的妈啊！人活到这步田地还有什么意思啊?!

二哥手拿着一份报纸，是县里的报纸，让青香看，也给她说。青香就看明白了，说县中医院名老中医门诊专治瘫痪，可以将人治得坐起来，下地行走并能生活自理。二哥说，已打电话咨询了，一个星期就会有效果，一个月保证可以下地活动。二哥说一个月大概要一千五。说是他们村一个亲戚介绍的，听说这老中医有治瘫的特效药，宜昌、十堰，甚至武汉的也来找他治，每天排好长的队。

青香说，广告不要轻易相信啊，广告治病骗人的事太多了，如今这个世界骗子横行。把瘫子治起来走路，若真有这个狠，那不要获诺贝尔医学奖。大家问什么是萝卜医学奖，青香说是目前全世界最高的科学奖。弟弟说，特效药还不是像这号羊角七、雷公藤治瘫的大药。弟弟拿起一个他在林场挖来的羊角七说。——这药是给妈泡药酒喝的。弟弟挖了不少，但因为有大毒，每次只能放一颗到酒瓶里。这药是神农架治风湿瘫痪的大药、王药。

"那我去问一问，我去看一看。"青香说。

其实青香知道，妈的生命已经快走到尽头了，她就是个半只脚踏在阳界的死人。哪怕有这种神医，也不可能把妈这样的人医起来，可她依然抱着一线悲哀的希望。因为妈已经长了褥疮，屁股烂了。她给妈擦洗着疮，她还要给妈开一些药来，包括治褥疮的药。

"三个疗程四五千，你们有钱你们出啊。有这个钱，杏儿的病早治好了……"大哥在那里算计，嘟囔道。

是啊，这让青香和其他人都犯了踟蹰。是救一个老人，还是救一个年轻人？是救一个死人，还是救一个活人？就算——就算能治好妈，救活了又有什么意义呢?

"效果肯定是有的,"二哥沉吟说,"妈不起来那就会在床上烂死了。——就算坐起来也好啊。这件事,大家看着办吧。杏儿也遭孽,杏儿也是得治的,不能拖了,都三十了……"

"我只是看一看,去县里,给妈买点药,也给杏儿带点药回来。我们可以报销一部分的……"青香含含混混地说。其实她在说假话,理不直气不壮。她们的药费包干了,一年两百块钱,门诊开药。住院要县教育局批准才能报销百分之七十,而且两千块封顶。

青香先上了公路,再拦车去县城。县城热闹非凡,一派过年的气氛。她先是去医院看了看自己的那只坏眼,处理一下割腕的伤口,给妈和杏儿开了些药,还给大哥开了降压药。给自己和亮子开了点常用药,就按地址找到了那个老中医门诊,果然有几个瘫掉的和骨节变形的人在那里面。青香细细地咨询和观察了一下,情况并不如广告上说的好,甚至完全是欺诈。也有拖着半边身体行走的中风患者。青香决定还是开些那老头吹得天花乱坠的神药"治瘫灵"。买了五大盒半个月的药,看那粗糙的包装,明知无用,但走出来,总算了却了一份心事样的轻松,就去搭车。

雪下得像鬼一样,路滑得像鬼一样,天气像鬼一样。回到家已是晚上九点多钟了,村里有稀稀落落的鞭炮声,有深深的狗吠。

当即给妈吃药。给大哥和杏儿把药拿过去,再一想,索性把给自己开的常备药都给了大哥,也算是对大哥一家对妈照料的一点心意。她到大哥家,发现其他几个也给大哥家拿来了不少东西:二哥给大哥提来了一只整羊,弟弟给大哥提来了他在林场晒的各种稀奇古怪的好吃的山菌。

大哥拿着那么多药,把青香叫到火笼屋里,烤着火,给她说:

"大哥我硬是搞不动了,有时候我想死。想到妈和杏儿,就想死。"

青香说:"大哥可不能说这种话。"

"妈要把我们拖死的。"大哥含着烟杆,这么说。他松弛的眼泡里泪汁浑浊,一副肮脏的老绵羊相。青香这时骤然想到,大哥翻过年就五十八了,快一个花甲的老人了。把妈的担子让他一个人承着是不道德的。大哥还说,他总是整天心慌,心跳得就像要快死过去一样。青香怀疑大哥也染上了心脏病,高血压和心脏病是串通的。她要大哥戒了烟酒,大哥说,我都快入土的人了,戒个屁。

春节没有春节的气氛,因为妈。因为妈叫得慌瘆,像有无数鬼魂挤在这个昔日儿孙满堂、四室同堂欢聚的屋子。现在这个屋子,鬼魂肆虐。

好在大家都能体谅大哥的苦处和妈的痛处,首先是弟弟接揽了照料妈的任务。他说开过年来有两个月林场没事,工人们都在帮农民干活,他就回来照顾妈,自己背粮食来。大姐说,妈的端屎端尿问题和洗澡问题怎么办?

弟弟说:"我是她生的,我给她洗怕什么呢。"

大哥说:"有些事你们大嫂和杏儿可以来帮帮忙的,你们不在,这些事还不是她们母女俩做的。"

大家就给大嫂和杏儿敬酒。

二哥说:"我有点对不起了,你们二嫂有意见,为妈两头跑,羊没照顾好,你们二嫂干事儿又弱,羊被狼巴子叼去了几只,还饿死病死了几只,损失大了。她过年不回来,其实是为这事,不是她娘家有啥事,我还得去接她。"

哪家都有难处。

不过,都尽了心,妈还是应当满足的。青香想。

七

不久，有搭信来的给她说弟弟疯病犯了，青香只好又往牛家坳子跑。

弟弟这一次全是因为妈。大哥大嫂说，因为妈整夜整夜叫唤，弟弟就承受不了了，头痛和疯病就犯了，头疼得去撞墙，撞得头破血流，然后在妈床头跪下一跪一天，求妈不要叫了。他媳妇把他接走，去了医院。

大哥说，青留很细心的，每天给妈翻身，擦洗身子，你开的药每天给妈擦，褥疮没有扩大，他还捉了许多蛇加羊角七给妈泡酒喝。大哥说他的心脏病加重了，每天心慌，杏儿的病也犯了，再不给治只怕也要完了，大嫂的眩晕症也很厉害，这个家本来就她一个正常人，太劳累，里里外外，已经晕倒了几次，看医生说是低血糖。大姐有事又不能来，妈咋办哪？

妈现在因为无人搬动，大哥只好在她床上的屁股那儿挖了个大洞（剪掉垫絮和床单），底下放了口破大锅，里面垫的是草木灰，任由妈拉屎拉尿。青香回来时就看到了，妈的褥疮又烂了，身上、屋里更臭，就像个猪圈或是厕所。青香心里有些愠怒，再怎么病大哥大嫂和杏儿总可以抱妈在便盆里拉，不能仍由她这么像畜生拉了没人管，没人擦。妈呀，妈张着被病魔死掐着的、痛苦惶惶的眼睛望着青香，望着那屋顶，像望着虚空。可青香看到，妈却胖了，白了，脸上白里透红，头发好像返了青——至少有返青的征兆。一打听，妈还能吃，能吃能拉。

过去只吃点稀粥的,现在能吃一大碗,肉啊,青菜啊,洋芋啊,逮着什么吃什么。这都是弟弟青留悉心照看调理的功劳。

青香照看了妈两天,学校的消息就过来了,她们班一个住宿生(都是十来岁的小娃子)做饭,烧开的水泼了,烫伤了两个同学,送去医院,等着她回去处理。

她若一走,妈又没人管了,大哥家仿佛是乱了套。给二哥搭信,回信的人说二哥还得两天。她就硬着头皮等了两天。两天后,来的是一个大妈,六十多岁,说是二哥村里的,来让她照看几天,说二哥的羊春天走瘟,到处找人在治哩。

大哥不放心这个请来的大妈,另一桩,这大妈来了摸头不是脑,大哥还得给她吃的,等于是来了个客人,就让那大妈走了。大哥说,只好我上阵嘞。

青香到了镇上,乡教育组的领导对她大为恼怒,扬言要她提前下岗。青香也不示弱,内心火山爆发了,说,我妈快死了,瘫痪在床,我就不能尽尽孝吗?我常年在那高山上最远的学校教书,有关系有路子的谁在那儿教书?十几年了没调下来,跟住读的娃子们吃住一起像叫花子一样,自己种菜自己吃,甚至没菜吃,遇到大雪封山就盐水煮饭,吃的粮食自己爬几十里山路下山来背,好几次差点被虎狼吃了,被泥石流埋了,被山洪卷走了,被摔下悬崖了,领导体察过我们的困难吗?如今还有没有比我们更苦的老师?您也有母亲我也有母亲,十几年里我没照顾一天母亲,母亲中风瘫痪在床没人管,我为什么就不能请几天假照看一下?!

一番义正辞严、入情入理的话把那领导说得哑口无言。

处理好学生烫伤的事,本来是要去学校的,可放心不下妈,加上在医院打盹时做了个噩梦,梦见妈让人给乱石砸死了。上了路,还是趸了个弯儿,踏上了去牛家坳的路,顺便也把给妈开的药送去。

一路心里惴惴的,老像有什么事心神不宁,并且有幻觉妈让乱石在砸,森林里到处是砸石头的恶狠狠的声音。回去,就感到气氛不对。

大姐来了,弟弟也来了,二哥也在。他们告诉青香,杏儿的病犯了,很厉害。

去看杏儿,躺在自己的床上,脸色青紫,嘴唇乌黑得像嚼过煤炭似的,正张大嘴巴大口大口地喘气。她妈在给她揉胸。

"这都是妈吓的。妈见你们来了,就喊得更凶,"大哥说,"杏儿一听到喊叫嚎闹,就不行了……"

"要治呀!"青香坐在床沿上说。

"哪找钱去!本来是想搞点事的,准备搞点养殖业,学学青河养些羊和牛赚点钱了给杏儿治的,妈这一病,什么都没搞,什么都搞不成了,我该死呀!唉!……"大哥捶打着自己的脑壳。

二哥说:"还学我哩,妈这一病,我准备今年繁殖到四十只的羊,死了十多只,我算完了,只有二十只了,我一来,羊又没人管,只好放了野。国英(二嫂)跟我闹离婚,实话说了吧,给妈治病前后花的这一千多块钱,全是准备去买种羊的,上次回去,哄国英说是让人半路给抢了,为圆话,把自己的脸抓破,拿石头把自己的鼻子打破,血糊淌流的才蒙哄过了关……唉!……不过杏儿的病一定要治了,不能拖了,就是砸锅卖铁也要赶快去宜昌治,杏儿还年轻。"

杏儿这时说:"你们不要管我,把婆婆管好,把她治好。"

大姐说:"瞎说,先顾小的,再顾老的呀,你日子还长,你婆婆还有几天!"

弟弟青留说,他请到了一个郎中,别人介绍的,说是治好过手脚不便的病人，也有瘫痪病人，来给妈治治。二哥说医生看了不少，药也吃了不少，青香开的县医院的药，也没一点效果，不要相信了。青香问多少钱？弟弟说他没说钱，说治好了再说，介绍的人说每一次五十块钱总是要的。"行。"青香说。死马当作活马医吧。

不一会，果然来了个人，不像个医生，是个老头儿，穿得黑咕隆咚脏兮兮的，就像个逃难的。从那潲水缸浸过的布包里拿出了些针不像针、刀不像刀的东西，说是要把脚筋挑活，脚筋挑活了，脚就能动了；手筋也是一个理儿。那老头说得嘴角白沫成堆，眼睛乱眨，拿起妈干肉一样的脚就扎。刀口出现了，——就是在割，血就一线一团地往外鲜红地流。妈还有这么多血啊，流了一脚。青香她们拿卫生纸来给擦着，垫着，妈哀哀地号叫。

"扎不得了！扎不得了！"青香看得心直缩，胃里翻哕，就制止老头的暴行。

可老头不依，抓住妈的脚还要扎，说："不流瘀血，筋就不活。"

青香给了那老头三十块钱，让他走了，要他永远不要再来。大哥二哥大姐都说青香不该给他那么多钱。

当下妈的脚就肿了，肿得像个大青瓜，且依然没有知觉，不能动弹。二哥就说弟弟："你找的什么巫医啊！"大家都说是巫医，是骗子，弟弟青留给说得快哭起来，说："我也是好心，我还不是想让妈站起来别害我们呀！……"

关于杏儿的病，大家讨论了半天，也没个子丑寅卯，砸锅卖铁也筹不到这些钱，要是找个好婆家，婆家肯出这笔钱就好了。但这是说说，不是现实。

妈是不可能站起来了，照看的人也没有，二哥抱怨说，每个人都要脱一层皮的。大姐说，钱我没出，妈就抬到我那儿去咧。大姐说话根本不肯定，大家听得出。她还说了一通什么"就是三个孙娃，我还喂六头猪，大孙娃今年要高考，妈这么叫唤怕影响他学习"之类，大哥二哥就顺坡下驴说那是不行，咱牛家几辈子人第一个有希望上大学的莫让妈给搅黄了。弟弟说还是他来照料，可大家一致反对，怕又把他的病搞犯了，他两个娃子怎么办。青香说，那就带到我那儿去。她说话很轻松，就像带一件东西，可心里很犯难。而且当时的情形好像只有她站出来了。她又那么孝顺，对妈投入得那么多，其实其他几个都清楚，妈最喜欢的也是青香，前些年，没事就抽几天空时到乌云堡那儿去小住几天（当然了，猪草都剁好了，只是要大哥大嫂按时喂食）。这一次没有谁说青香不行，没有谁替她说话，好像她是最佳人选。青香说带去，大家都松了一口气，等于是把妈这个包袱交给青香了。这些人还催促她赶快上路，给妈准备东西，让弟弟青留陪她去，路上背妈。

就这么，青香自告奋勇一句话，把自己推上了又一次漫漫苦刑。

她背着妈，弟弟背着背篓，沉沉一大背篓全是给妈装的用品，也没啥，两床被子，这是要的。再就是妈在尚好时去山上扯的一大包车前草，晒干的，煎水降血压的。衣服没几件，妈本来就没什么衣服，身上穿的裤子两个膝头还补着补丁，两块与裤料不同颜色的补丁，是妈身体好时自己补的，补得一样大小，补得平平整整，补得像工艺品。过去，青香他们还没成人时，穿的补丁衣服，都是妈一针一线补的。新衣当然也是妈一针一线做的。那补丁衣服外人看了不但不会笑话她们家穷，还会夸奖，说妈的缝补手艺真是好啊。妈是个干干净净的人，就是穿着补丁衣裳，也比其他老人看着干净利落，仿佛天生就有一股子鹤立鸡群的气质。可现在妈身上脏了，臭了，叫唤声皱皱巴巴，就像塞进儿女牙缝的一颗沙子。妈是个从不麻烦别人的人，这些年与大哥分家后,从来不到大哥家吃饭,倒是自己做了好吃的,会盛一大碗去给大哥大嫂杏儿吃。只是来了客,大哥喊她,她才会拉三扯四地去那边端个碗。现在,她身不由己要麻烦儿女了,且是无休止地麻烦。

"妈,你不哼哼了好不好啊,你累不累啊?"青香气喘吁吁地说。她累了,有些烦了。往哪儿背啊?真往学校背?可分明是往学校的路。

弟弟说:"姐,我来背。"

青香偏不,没理。她是个倔人,心想就这么背,背到死,背到趴下算了。

路边林子里斑鸠咕咕地叫着,天上杜鹃"豌豆巴果"地叫着,山上和灌丛里的杜鹃花红了,满山的红火烂漫。"妈,你看看山上的花呀,这么好的花你看不见吗?"妈耷着眼皮,不朝山上的美景看。山上的美景与她有什么相干呢?是啊,春光虽美,青香的心里却是苦的,美好的世界不属于生病的人和他们的子女。

山坡上干活的女人又唱起了《女人歇不得》,还唱着"春季开花满山红,没得啥子妹相送,三两金子打金簪,四两银子打花红……"天气热了。他们歇下来。太阳汪到妈的脸上,就像给死人涂了一层胭脂。青香想到旧社会穿行在川鄂密林中的赶尸人,背着死尸,口念咒语,死尸就能行走,走得脚下灰尘扑扑,日行千里。连死尸都会走路,妈没死却不能走路。现在她听到《女人歇不得》时,只有疲倦,没有感动。仿佛世界把天下的女人都逼到了墙角,让她们身心两销,神魂离体……

山路好漫长啊。

八

到了学校，妈的住成了问题。乌云堡小学就是一个在土匪的寨堡上改建的学校，孤零零地蹲在山上，石瓦（不是石瓦会被大风卷走），瓦缝里常爬着乌黑的毒蛇。可寨堡太小。妈与青香母子住一张床上，隔壁的老师学生两个夜晚没睡好觉，听到的是青香妈长号短嚎的鬼魂似的叫唤声。第三天，升完了国旗，唱完了国歌，另一个老师就来给青香说了，学生们也害怕，晚上睡不好，白天上课打瞌睡，还说牛老师家关了个鬼，亮子也受不住。那老师就跟青香商量，在堡子下面不远有个山洞，又经人凿过的，很有些年头了，可以住下一个人，把它整理后再修一扇门，铺个床，把她妈安到那里去。

青香知道那个山洞，洞里有学生拉的野屎，还有路过的野兽避风雨拉的粪便，有虫蛇爬过的痕迹，又臭又潮，里面淌着水。几年前有人来考察过，说这就是寄窑。寄窑就是很早前鄂西北有过的风俗，人老了，不得动弹了，重病，就将老人放到这洞里，定时送饭来，直到死去。这是残忍的风俗，就是把丧失劳动力的老人抛在荒郊野地。什么时代的风俗呢？反正有过。可我的妈就成了住寄窑的老人吗？她被子女们抛弃了？

哭是没用的。哭了一场，还得收拾。边哭边收拾。只叹自己命不好，在这荒郊野地教书，寄人篱下。找了个学生的家长来做了门，又搭了个床，自然的，床上挖一个大洞，好让妈屎尿自流，因为妈大小便失禁。我的妈哟！我那时读书，是想日后报答您的，您对我太好了，我如今就这么报答您啊，妈！……爹死后，有人念她们家艰难，有个无儿无女的人家，就想把青香接去做女儿。来人已经给爷爷奶奶谈好了，在族人的劝说下妈也糊里糊涂地答应了，那家人家还给青香买了新衣服，青香那时才几岁，坚决不去，打死不去，每天抱着门框哭。妈在来人领青香走时突然改变了主意，一把拢住她说："不能的，不能的！"妈那时头脑并不清醒，成天恍惚，可说出话来却字字如铁。她说："我不能接了，接过去青河，不能让牛志常又丢个娃儿，他在那边会怪罪我的。"青香不仅没过继给别人，因她成绩好，乡下的女娃子一般只读个小学就下学了，可青香读了初中妈还让她读师范。妈经常步行百里，穿过深山老林去县城，给她送粮食。有一次，妈给她送去了粮食，青香问妈吃没有，妈说在路上刚吃过了，连口水都没喝就走了。青香觉得过意不去，等下课了赶去送妈一程，她看到，妈在街上的垃圾箱里寻吃的，青香跑过去抱着妈就哭。妈说，别哭，等你读出来了，咱家就有吃国家粮的了，以后妈就会跟着你享福……

　　妈就这样子跟我享福——将妈搬到了山洞里。这里凉着哩，妈盖着被子还发冷。给妈生火，烟子出不去，妈熏得又是流泪又是喷嚏，只怕要把妈熏死。又是哭。妈还叫着，就哭着发脾气：妈，不叫了，把鬼叫来了，把野牲口叫来了，把你吃了！

　　唬住一时，唬不住一天。

　　管了学生管儿子，管了儿子管妈。

　　妈这样叫唤，夜里还真唤来了野兽。一天晚上，一头老熊来抓门。门是被青香反锁着的，那门被老熊抓出好多道槽子，还留下一泡熊粪，知道的人说这就是老熊抓的。妈若是让野兽吃了，传出去该遭多少人骂。青香只好晚上来与妈同住，备了一把猎叉，用石头抵门，还点了一盏灯。晚上果然有野牲口抓门，青香就一阵高喊，又用木棍敲打脸盆,才把那东西吓走,以后再也没来了。

青香给妈细心调理,找人弄了些偏方和草药。妈不吃药,还是怕花了青香的钱,青香就说是不花钱的草药,像哄小儿几经劝说才吃;每天给妈按摩四肢,一按就是一两个小时,上一堂课后就来给妈翻动身子,端屎端尿,褥疮就慢慢愈合了。实在忙得头昏眼花,神疲力竭,就听说隔壁红岭乡的福利院可能收费低些,经人介绍,利用星期天去那儿看了看。想若是两三百拿下来的话,咬牙就交给福利院照看。

到了红岭乡福利院,福利院就像个老坟场,杂草丛生,几个死去活来的老人,也像被抛弃了一样。而院长虽说优惠,在四百元上高低不松口,还说还得研究,因是瘫痪的,工作人员不肯做。再看看工作人员,有一个女的正在与一老头吵架。老头说那女服务员偷了他的衣服和钱,那女的不承认,口带脏字吼老头。青香感觉不对,不舒服。再一想,妈一生的积蓄八百元,也就只能住两个月福利院,无限悲哀,回头就走了。

青香忙里忙外,忙上忙下,消瘦得厉害,吃不香,睡不沉,有一天上课时竟昏倒在讲台上。没几天,又昏倒了一次。在妈住这儿第三个月时候,她到山下的一个村子去磨苞谷面,那磨面坊的师傅看着她,看了半天,眼露惊恐之色,问:"你真是牛老师吗?"青香很纳闷又吃惊,回答说我是牛老师呀,乌云堡小学的牛老师。"你只怕有病吧?要不肚里有虫?要不一个月没吃饭?"那师傅说,就猜她只有七十五斤。青香踏上磅秤一称,七十六斤。她突然记起自己去年称过一次是一百零五斤,这几月咋只剩下七十六斤?掉了三四十斤!再一照镜子——就是个鬼,骷髅!两个颧骨像两个枪刺,牙龈外露,眼窝深陷,瞎掉的那只深得像个无底洞,从里面能看到地狱。

——我怎么成了这么一副样子?!平常她不照镜的,眼瞎后就不照镜了，也不化妆，早上起来，头发用梳子挞两下，算是梳了头。

心想把自己怎么办啊，把妈怎么办啊？那个讨要青春损失费的前夫跑来了。前夫来了，又摆出一副强奸她的架势在教室门口喊她。可当她一出现在门口时，前夫看着她，看着她，突然一声惊天动地的"妈呀！"，扭头就跑，在下坡时绊了一跤，一直滚到坡底下，爬起来又跑得没影了。——前夫以为碰到了个鬼，女鬼。

二哥来看妈，一见到青香，也直摆脑壳，说，青香你咋啦？你病了？

青香说没病，就是瘦了。

"这绝对不行，你太辛苦了，还是把妈搞回去！"二哥看着这个妹妹，心疼得不行，嘴唇直打颤，说，我回去了叫他们来把妈抬回去。你这样，妈没死，把你累死了，这又何必呢！青香不干，说行，能挺住的，到了秋上再说。

弟弟也来看妈了，他好多了，神情比较自然，拿了好些东西来给妈吃，还有蛇。见了妈，哭着说妈胖了，姐姐你成猴子了。坚持要把妈背走，背到他那儿去。青香也拒绝了。

大姐来看妈，期期艾艾的根本没说妈好坏，只说自己的大孙子没考取大学，跟家里不辞而别，去贵州打工去了，现在联系不上，要家里寄几千块钱，不知是何事。青香知道些外面的事，一听就知是传销，到贵州打什么打工，姐的这个孙子只怕落入了传销陷阱。大姐忧心忡忡，听青香一说后更加着急，连给妈说几句话也没说，就连夜赶了回去。

转眼到了秋天，新学年又要开始了。

大哥、二哥、弟弟都来了，他们这次来就是要把妈抬回去的。因为青香多次昏倒的事都让兄弟姊妹知道了，妈有好转，青香体重只剩下七十斤，风都吹得倒的样子。

几兄弟抬走了妈，青香好一阵轻松，又一阵惆怅，也一阵伤感。妈没死在她这里，没死在"寄窑"里，这就是她的欣慰。她所做的一切，都是为了以后不后悔。她也是做给亮子看的，她想到她也会老去，只有一个孩子，以后的老人会更加孤苦伶仃，她要让亮子照着她学，以后对她孝顺。从这一些苦心看，她瘦去几十斤肉，昏倒几次又算得了什么呢。

抬妈的滑竿在山道上消失了。分手时她看到妈望着她，眼角的泪水往下流着，手虽无力，可青香还是感到了妈的温暖和依依不舍。不是妈的手温暖，而是妈感到女儿青香的手温暖。妈不能说话，无法言语，无法紧握，那浑浊的老泪代表了一切。天高云淡，有了寒意，妈下一站该在哪儿享福、哪儿受苦呢？

九

时间过得很快，秋天过后是冬天。山里的冬天来得早，雪一下，就要放寒假了，就奔年关了。

这期间青香回去看过妈一次，妈依然住在她自己当年飒爽英姿亲手带着几个孩子建造的老屋里，三兄弟轮流照料她。

春节回去的时候，大哥的女儿杏儿去医院抢救刚刚回家。大哥说杏儿差一点死了，说是给妈翻身的时候，一用力，一口气没上来，心脏病就发着了。

坳子里有喜庆的鞭炮声。她在学校就想着今年过年要让妈给几个孙子孙女外孙压岁钱,去年妈得病忘了这事。妈每年过年都要给孙子们压岁钱的,虽然是挖药材、捡漆树籽换来的,一分一毛积攒的,可妈没有挪下过一次。今年,就用妈的那些钱。死了就用不上了。青香已经将钱换成了一块一块的新票子,每人六元,比过去多一块,六代表大顺。希望大家顺顺利利,平平安安,妈顺顺利利活着,平平安安,这是大家的福气。听到了鞭炮声,心里就有了一些暖意,就与亮子加快了脚步。

除了杏儿外,大姐的孩子孙子没来,二哥的孩子没来,弟弟的孩子也没来,且他们的老婆都没来。二哥显然是与人打过恶架的,眼睛充血浮肿,耳朵上缠着浸血的布带,颈上满是抓痕,头发零乱,神情凶狠悒郁。

妈叫得天翻地覆。这一次有三天水米没沾了,一个星期拉不出屎来,是真的疼痛。通过按摩和摸索,青香知道妈身体哪个部位都在疼,是真疼,可能各个器官都衰竭了。妈号叫着,张大着嘴巴,黑洞洞的嘴巴里有几颗没掉完的牙齿,就像大山洞里长的几个钟乳石。大哥这时突然向妈跪下了,惨兮兮地哭喊着说:"妈,你不叫了好不好,我也有高血压,搞得不好我要走到你前面的,妈你做做好事!"大家把大哥拉起来,看大哥鼻涕眼泪一大把,怪可怜的。

村长答应拿止痛片来,拿来了,可找他们讨要妈的修路集资费。妈这么叫,他是来交换的,是趁火打劫的。大家看着他手中的止痛片。为给妈止痛,青香还是交出了村长要的九十块钱。村长给青香戴高帽子说,还是牛老师深明大义,基层干部不好当呀,净是得罪人让人骂祖宗的事。又说乡村合作医疗上头在说这事,也不知何时到咱老山旮旯里来,听说一个人交十块钱,那可就好了……

妈吃了止痛片,声音缓下来了,可嘴还是张大着吼气,是吼,往外吼,好像要把最后一口气吼出来似的。几个儿女站在她床前,看着她这副下地狱的样子,揪着心不作声。

大家看着,突然有一种送别的意绪。这种意绪很奇怪地升到青香心头时,她突然听见二哥说:

"这样下去都受不了了,我看只有把妈搞死算了,让她轻松地走去。"

当二哥一说出这句话,好像正好说出了大家想说的,大家都准备好了,好像这是大家预谋的一样,好像他们终于看到了一线光明,找到了一条化解之路,说出子女们心底的话。人人的脸上都有一种久雨初晴、豁然开朗的感觉。这层迟早要捅破的窗纸,被二哥捅破了。

青香心头一震,她听见自己的心脏停跳了。

搞死妈?搞死生我们养我们的妈?搞死待我们恩重如山、给我们生命和一切的妈?搞死对我们牵肠挂肚、愿意献出一切的妈?青香突然心寒齿冷,突然看到天变了色,地翻了窝……这种念头我也不是没有过啊,当我背着妈去乌云堡的那天,我想妈若在我的背上滑下悬崖……当老熊抓妈住的那个山洞门,我也曾心头一闪念想过若真的老熊把妈抓吃了,或许是个好事……不,不,不能这样!她看到其他四个兄姊已经交流了眼光,有一种默契,有同意这种方案的表情……我要反对,否则妈真会让他们搞死的,他们早就有了这种念头,只是没人敢说,现在说出了,开弓没有回头箭,一比四,他们就敢动手了!

"不!不能搞死妈!"她喊,她高喊,她大声喊。

那四个人神色稳定,像吃了定心丸似的,稳定中透出铁似的凝重,凝重中透出狼似的诡异……

"别喊,青香,别让外人听到了……是这样的,"二哥过来抚着她激动得乱颤的瘦肩说,"你看你,你瘦得还有人形吗?妈走的是顺路,她反正也不是个好人了，人总会死的，人活百岁是一死，妈身体好时，妈这两年，咱们五姊妹，哪个不孝？都抢着尽孝，你二哥我的表现你也见着了，良心扪在中间，没一个不尽孝的。妈，妈已活到头了，不能再害我们了，我们都是可怜人啊，种田的啊，再这样下去，一家家都要家破人亡！不是我们心狠，情况就摆在这里。莫非妈不死，我们死几个，她就高兴了？妈不是这样的人啊！妈若能说话，妈若清醒，她自己也不会活了，喝了药寻了短尽——这样的事在咱们农村多着哩……呜呜呜——"二哥说到这里，呜呜地哭了起来，流的是红泪——他的眼跟二嫂打架打伤了。

"不！不！妈活着一天就是个人，活着我们还有个妈，死了就是一把灰！"青香哭着说。

"青香妹，"大哥这时查看了一下门闩转来后说话了，"你冷静一下，二哥说的是条出路，我们给妈治不起病，也拖不得了，都脱了一层皮，为妈，咱们家家的盐罐子都涮干净了……儿女是父母的讨债鬼，前世父母欠了我们的，可今日个，我们给妈倒找了……"

"妈没有死罪！她一个人含辛茹苦当牛做马把咱们兄弟姊妹拉扯成人，咱们不能因她有病就弃了她！这是罪该万死要进地狱的事！"

"妈这个样子她活着就是受罪，"二哥说，"妈走了，我们把她风风光光地送上山，咱们兄弟姊妹还是像往常妈在时一样往来，过年时还是一大家人，还是到妈的老屋来过年……"

"不可能的，妈一走，这个家就不存在了，维系咱兄妹的纽带绳子就要断了，都彻底地各奔东西。这儿，妈这儿，这老屋，就只是记忆了，晓不晓得？！偶尔回来一下，那会相隔很长很长时间。再说，看哪个呀？"

"我呀，大哥大嫂杏儿呀，青香妹妹，你冷静……"大哥说。

"二哥你说得出口,"青香还是把矛头对准说出这话的二哥,她有话要说,她说,"二哥就是妈没把你养大,你耿耿于怀。"

"瞎说!"二哥发脾气了,这触到了他的痛筋。

"就是,二哥你过继给赵家,是爹的主意,妈在你去赵家后,偷偷流过多少泪?经常到你们村去偷偷看你,塞给你吃的你忘了?那一年你去潭里炸鱼,被吓了,高烧一直不退,病得不行,瘦得皮包骨,妈说你是把魂吓掉了,妈在家天天哭你知不知道?妈爬到这屋脊上去喊魂,喊你的魂你晓不晓得?为你喊魂都是半夜三更,妈说把你的魂喊回来了你就好了,足足在屋顶上喊了七个晚上,说爬到屋脊上头声传得远才能把你掉在山里的魂喊回来……"

二哥哭得厉害了,二哥说:"青香你别说了,这事我记着,妈死了我会天天跪在她坟前磕头的,妈的确是天下难找的最好的妈……"

"都不说了,二哥说下步怎么办吧?"弟弟说话了。

"你也想搞死妈哪,青留?!你为什么搞死妈?"青香一把拽住了又一个目标,"都说不保你,妈是死活要保你这个遗腹子你才生下来的……"

"我就是没看见爹哩!……"青留哭着说。

"妈又当妈又当爹把你喂活了,你今天咋恁毒呢?比虎狼蛇蝎还毒啊?前几年妈能动时喂三头猪,有一头是专为你这个幺儿子养的,你背走了屁都没放一个。高玲(弟弟老婆)前年去武汉打工,把两个娃子丢给妈,带了大半年,过年的时候你说感谢,给妈五块钱扯罩衫,你说妈不需要钱,又不出门,吃穿都在屋里——五块钱扯罩衫啊?!……"

"那是高玲那狗婊子做的缺德事,说是我给妈的,不是我!二姐你搞错了!"弟弟哀哀地申冤,"我不想搞死妈的,可不想搞死妈我们都要被妈搞死,没个活路,唉嘿嘿!……"弟弟哭喊得呛咳起来,弯下腰去。

　　..........

　　说了半天，青香也无话可辩了；她放了一通，憋了许久的怨气也散了，最后被架到廊檐的草堆旁，最后她妥协了——不妥协又怎样，达成一致看法，妈这么活着是活受罪，让妈早一点解脱是好事不是坏事。

　　五兄妹统一了思想，于是磨好羊角七粉，让妈喝下去。

十

　　三个男人，三兄弟，到猪圈里去磨粉。

　　不是掺在酒里，而是兑水喝了。兑水喝来得快些。

　　剧毒的羊角七水已经兑好了。二哥青河说，妈若不想走，说不定这药过量了，把妈的手脚治好了也是大福气啊。二哥因此说这也等于是一次试验。羊角七，这药若适量泡酒，能治风湿瘫痪；用多了，人喝过后，浑身的皮肉就会一块块炸裂，最后悲惨死去。

　　三兄弟来到黑暗中的廊檐草堆旁，会大姐青梅和青香。

　　二哥说："哪个去？"

　　"青河你就去嘛，有劳你了，反正是一下子……"大哥青海的嘴边有火星一闪一闪。

　　弟弟青留已经躲在墙角里了，青香刚在哭，哭过一阵，昏昏沉沉偎在草堆里。夜风呼呼地吹，在山冈上，在树林里，在屋顶。

　　"那得签个字，每个人画个押。我是过继给别人的，以后传出去，让我一个人背骂名。"二哥说。

"绝不会的，大家都同意的，这事说好了，千万不能传出去，只有我们五兄妹知道，哪个传出去了，我们就说是他！青河，我们等着你……"大哥在黑暗中把那装满了羊角七水的碗捧递给老二青河。

很大一会儿，门终于推开了，屋里电灯摇晃了一下，昏黄的光线像浑浊的溪水荡漾起来。

"……把娘摁紧一点……别让她喊啊……"大哥颤抖的声音。

妈正在叫唤，喊，哭诉……

二哥青河闪进去了，可又踅转来，在门口对其他几个说：

"你们……不能帮我进去摁……都不进去送妈一程？……"

风汩汩地吹着，像流着浮冰。二哥青河的声音趴在浮冰上滚动……

他进去，好像他下不了手。他哭了，身子乱抖，他把那碗抖抖索索地放在桌子上，出来说：

"还、还是青留去，我、我心跳得慌，快泼洒了，青留年、年轻些，手脚利索，劲也大、大些呀……"

可是青留畏畏缩缩在草堆里，嗫嗫嚅嚅不出来。二哥就说：

"青留，求求你、你了，这样吧，青留代、代表我们去给妈灌了，这房子就、就给他算了，我、我表示不要……"

看着他哭，都哭起来。有人要大姐去，大姐哭着说：我是嫁出去的人了，又不孝，妈死妈活只当我没见着……

大哥哭得凶，说青河说的可以，房子以后给青留，要他去……

青留要青香去，说姐妈相信你，不防备你去灌毒的，一下子妈就喝进去了……青香说你们想杀就杀啊，你们快杀了你们过好日子……她已经冻得浑身冰凉，四肢麻木。她很疲倦，很累，只想睡一觉，暖暖的……

青留听说这房子归他，还是有诱惑力的，他居无定所，如今还借住在林场的油毡棚子里。他本来也已经冻得不行了，几个兄姊的怂恿撺掇甚至半推半逼的就将他撺进了屋里并且把门带上了。青留去拉门，已拉不开。

妈在号叫着，在里屋。桌上的那碗羊角七水搁在那儿，像桌子长出来的一个巨大的瘤子，发布着厚重的阴影。

……妈呀，他们让我来毒死你，说你活到尽头了……妈呀，不是我没有良心，这两年我照看您我把老病都犯了，为给您捉蛇也差点咬死，老天是看在眼里的，妈呀！……

妈用眼睛望着他，望着他，把他记着，颧骨硬邦邦的，嘴唇黑黢黢的，眼眶到底了，可眼里有着热望，那是求生的热望……

"妈呀，您不想死是吗？您告诉我，您是不是不想死？您不想死就摇摇头……"

他看见妈摇了摇头，——沉重的头颅好像晃动了一下。

"妈，可你活不了了，他们不叫您活了，没有钱来治你，谁叫咱们是乡下人咧，要我来喂您喝这个汤……妈，都说您最疼我，我是您幺儿子，从小没见过爹，您就最疼我……"——他想起来，想起妈给他用口吮吸腿疮的情景——"妈，我小时喜欢玩粪堆，腿上长疮，您就用口吸，吸得我疤痕都没一个。您吸了毒疮嘴却肿了，肿得像两块火烧糍粑……我还记得我骑在您头上去镇里看戏的情景，看的是《牛郎织女》，织女被王母娘娘抱到天上，一阵烟雾就上了天，人就升了老高，不知是什么机关，至今我都没弄明白……我被我那流氓舅子棒打后昏迷了五天五夜，都是您守在我病床前，唤着我的名字，终于把我唤醒了……妈呀，我好不孝啊……妈，您疼着我是我没见着我爹，现在我又要亲手搞死妈……哇嘿嘿……"

青留哭着，说着，可他仍下不了手，他端着碗手抖得像筛糠。他想捏住妈的鼻子，一下子就将碗倒入她的口中。但他仍然在那儿踟蹰着，碗沿在妈的下巴前停住了。妈望着他，看着他，像看一个陌生的人。在那昏暗得像下雨的傍晚的光线里，妈突然伸出一只手来，一下子就抓住了那个碗，青留没想到妈会抓他的碗的，妈不是瘫了吗？妈却抓住了碗，青留反应过来去与妈夺碗时，他发现妈的手劲真大，比他的还大，比健康人还大。青留与妈争夺着，可妈已经将药往嘴里倒了。青留拉那碗，碗被妈的牙齿紧紧咬着，就像碗长在妈的嘴里，他撼不动。

妈咕噜咕噜叽叽呃呃三口两口就喝了下去，那浑浊的有凶狠药味的水流进了妈的喉咙和身体。因喝得猛、喝得急，药水从妈的两边嘴角往外流，一直流到颈子里，流到枕头上。

"妈！妈呀！"青留嘶声大喊。

碗掉落到地上，哐啷一声，碎了。

接着他听见，他们听见，五个子女听见，他们的妈身体发出噼噼啪啪的声音，就像果实炸裂的声音，就像美妙的秋天的声音——他们的妈，皮肉像干裂的土地，一块一块地炸开了。像大火嘣豆一样地炸开了，像鞭炮一样地炸开了。

过年了，村里响起此起彼伏的团年的鞭炮声。

这时下起了雪，晶莹的雪片像纸花一样纷纷落下来。风住了，只有雪，在无声地落着，白得耀眼，白得温暖、遥远……

这时候，他们的妈死了。

十一

清明的时候,青香回到了牛家坳妈的坟前。妈的坟是新坟,爹的坟是旧坟。妈的坟上新立了一块碑,碑上刻着:

故显妣梁讳秀英大人之墓

墓的上方刻着四个大字:

万古流芳

这就是妈的墓碑。
"妈,一路走好。"青香在心里说。

太平狗

一

程大种烦乱得直吼。自家的狗不知怎么跟上了他。他是出外打工的,可他带着一条狗。嘿嘿!哭笑不得哟!

天气还好,路上净是尘土,头上、身上裹着一层磷矿粉;他搭上了磷矿的一辆顺风车,走过了两个县的地界,根本连想也没想到狗会跟着他。他那时站在远安县苟家垭的岔路口上——汽车把他甩下往另路走了。他看天空,舒筋骨,再拦车,就看到后头远远地向他奔来一条紫铜色的狗,溅起一路灰尘,鼻子里喷着糟气。

"太平!"程大种惊叫起来。我咋没见着呢?一路在车上往后看哩,"你,你是怎么?!……"

几百里地,离家已有几百里了,它就这么在汽车的屁股头跟着?我上车时它藏在哪个旮旯呢?

"快回去!快回去!"想起自己前脚才踏出门槛,后脚就有家里的东西跟上来了,这不是不让你走嘛!这鬼狗,比人还讨厌。幺儿还能哄，说我再回来给你带糖回来吃，幺儿就不赶你的路了。

可那狗不服撵，一脚踢去，踢走了两步，又依依回了头，还向你摇动着谄媚的尾巴。狗不跟着主人跟着谁呢？这让那狗有点迷惘。狗是条神农架的纯种猎狗，当地叫赶山狗，嘴头粗，尾巴直，下巴上两根箭毛，是同村的蔡三爹捉来给他的。蔡三爹过去是个打匠（猎人），最多家里养八九条狗。狗通红的鼻子，从小就很好看，腿长，眼像镀了层金子似的，炯炯有神；每天睁着警惕的眼睛，对着山、鸟、虫子、老鼠狂噪，连虱子也不敢进他家。它就是一百把安全锁，所以就取名太平。话又说转来，咱丫鹊坳的哪条狗不是太平狗？没有野牲口咬伤人畜事件，盗贼闻见了它们的气味，一泡尿百分之九十撒在裤子里。可我现在不要你，太平，你这哑糊苕！我这不是走亲戚，是去城里找活干的！滚滚滚！滚！回去！

试了几下，一来二去，赶不走，黏上了。就火了，怒从心起，操起路边小卖部门口的一把锹，劈头就照狗砍去，那狗哪晓得主人会对它下如此毒手，防都没防，腰椎就咔嚓一声断了，打落尘埃，发出悲怆的惨嚎，爬不起来了。

主人准备继续赶路，懒得理这狗了，别人把它拖去剐皮煮肉那是别人的事，与他无关。狠心了结了一桩事，还一阵轻松。人在外，心就狠了，像毒蛇。可狗在后头哭泣着，挣扎着，那小卖部里的老倌子还出来心疼地观看，一个陌生人打一条陌生狗。看狗时，狗又晃晃悠悠地爬起来了，狗很怪，怪模怪样的，一看就是深山里的怪物，与野兽们一起长大的。那怪狗岔开四条长腿站起来，平衡了一下身子，用舌头舔了一下鼻子里流出的血泡——鼻尖通红，不是血。这狗就又向那个陌生的施暴人撵去，夹着粗壮笔直的尾巴。可那人依然不依不饶，一双山魈眼横竖看不惯它，又跑过来操起那锹，又是一锹。这一下，是尘埃落定了，狗再也爬不起来，呜咽着悲愤和绝望，听那时断时续的哀鸣，是在喊痛哩，或者还有什么，控诉一般的。那个施暴人在路上暴躁地走着，拦车，什么车都拦，自行车也拦。后来拦到了一辆长途客车，跳上车去。车就被自己轮子搅起来的漫漫黄尘给吞没了，就像一条沟里的鱼搅浑水藏起自己一样。

一团黄尘在蜿蜒起伏、颠簸如浪的公路上渐行渐远。

半夜时分，昏昏沉沉的程大种从梦中醒来，感到一个暖热的膀子挨着他，这是卧铺客车，心想着旁边的人是个男的，不会离自己这么近，各自在臭熏熏的毯子里睡觉嘛。一睁开眼，一张狗脸在黑暗中闪现。狗，太平！这狗何时爬上客车来了？半路上是停过几次，人上上下下，还拉尿、加油，狗就窜上了车？狗不是已经给打死了吗？

程大种心像刀子割，这狗可是只异狗，狗皮膏药粘上自己啦。就势一掀，将那狗掀到走廊里，还踢了一脚。狗嗷嗷大叫，好不委屈。一声狗叫，吓得那在半夜漫游的司机从鸿蒙中惊醒过来，差点撒了方向盘，只见车一个尥蹶，在路上闪闪失失几下，满车人也都给惊醒了，从毯子里伸出头，一双双通红的眼里全是遭劫般的觳觫。这时就见一条狗从人的头上越过，撵狗人在走廊里高挽着袖子，咬牙切齿，骂骂咧咧。这激怒了一车人，司机在民意的支持下动了怒，将人与狗双双驱逐出车，将他们丢在了荒郊野地。

两天以后，程大种与他的狗才到达汉口。

他是把狗装入一个蛇皮袋子里，紧紧扎着，像装一块石头一样，怕狗乱叫，又将狗两脚踹昏了，这才上了另一辆汽车。

到了汉口，那叫太平的狗还没能吸一口城里的空气，还蜷在自己的屎尿里，在黑暗憋闷的袋子里煎熬着。但从车上下来后，它已经醒过来，浑身疼痛难忍。一阵冷水，浸到心中去了——那是主人程大种在一个自来水管前浇它——是怕它有股子臭味。这样就背到了程大种的一个姑妈家里，可是亲姑妈。这姑妈是随自己在神农架林场的丈夫进城的，在省林业厅一个下属的木制品厂做技术活，那男人——也就是程大种的姑父早死了。姑妈住在一栋灰不溜秋的老房子里，从楼房外一个砖石砌的楼梯上去，进黑咕隆咚的走廊。找到姑妈家，就说：

"姑妈，我给您背一条狗来了。"

那意思是说：您杀了吃吧，神农架的特产，肉狗啊。程大种倒出那狗来，那狗像得了软骨病一样，已经快不行了。哪知姑妈误会了他的意思，以为是让她养这条狗，这只巨大的、长相怪异的猎狗，立马变了脸色，大怒狂呼道：

"还不甩出去！"

狗像一床破棉絮扔了出去。这神农架赶山狗太平趴在楼梯口那个露天平台上，费了好大的劲才清醒，一看是异乡世界，心里火烧火燎，几天没吃没喝啊。

又站起来了，狗的生命力是顽强的，特别是猎狗，野兽只要不把它的身体吞吃，只剩下一块肉，这块肉也能行走。现在，它急切地寻找它的主人，他踅回去，抓门，啃门，无济于事，就趴在了门口，依然不吃不喝。不见到主人，它是不会吃喝的。这狗倔。

半夜之后，城里的风渐渐加大了，喧嚣小了，冷得不行。水泥地忒冷，像趴在冰窖里一样。太平就用两只前爪垫着自己的肚皮，也就垫了自己的身子。肚子里咕噜咕噜地乱叫，嘈嘈切切，吵吵嚷嚷。它就站起来，想松松筋骨，又疼痛难忍，在黑暗中嗅看着这走廊里有没有可吃的东西。一个洋铁罐里有一些臭水，太平喝了几口，不对味，还烧心。一只老鼠从蜂窝煤堆里探出头来，又缩了回去。太平在那儿守了半夜，没见到老鼠再出来。东窜西窜，竟在一个塑料袋装的垃圾里寻到了两块骨头。因为害怕，又吃得急切，骨头没嚼碎就吞进了肚里。那骨头就戳着它的胃，戳出肚皮，用爪子一摸就能摸到，可难受了。太平真想把那骨头抽出来重新咀嚼一遍，没什么危险嘛，何必这么慌里慌张呢？

再趴下来时，胃更难受，就像吞进去了一堆碎玻璃。三月的风蛮横无理，比神农架的风大多啦。话又说转来，神农架再大的风它也有一个草垛呀，有个狗窝呀。在城里它没有。

二

早晨程大种从门里出来的时候，一脸被姑妈数落过的痕迹，眼肿肿的。姑妈被那要死不活的狗惊吓过后，就在侄儿程大种的面前完全变了个人，像个泼妇，像公安局的，对他大加斥责。具体归纳起来有如下几条：

一、你太野蛮不懂事了，弄一条活狗来让你七十三岁的信佛姑妈剐，你是个神农架的野人？

二、自你姑爹（父）死后我就不喜欢别人到我家，逢年过节我也不让儿子媳妇回来。我骨质增生，长了骨刺呢，我这大年纪了伺候哪个吃？我自己都吃不来了。

三、你作为一家之主，丢下老婆娃儿到城里来寻快活，地不种了，娃儿不管了？老大狗儿读初中，正要人管的时候，你不辅导他的学业，丢下不管了，他学习上不去到时考不取大学又像你一辈子在神农架挖山不止，把自己弄得没一点教养没一点出息，你失职哩！

程大种想解溲问姑妈厕所在哪儿？姑妈说在楼下往西拐走三百米再靠左进去，有公共厕所，不要在屋里屙。程大种竟不想出去，没了一点尿意。在城里，连尿意也没有，人只有一个大脑和嘴，嘴以下没了知觉。姑妈丢给他一床旧毯子，还是姑父当兵时用过的，就这么在沙发上对付了一夜。

早上起来的时候他下楼去找厕所，带着自己的狗，那狗（又活过来啦！）找了一棵蔫不拉唧的树撩起腿排泄了几滴。虽受了汹涌的斥责，东西还是放在姑妈这里去找工作，在没找到工作前还得厚着脸皮在姑妈这儿蹭个沙发。人到了城里就没个尊严了，就把脸皮取下来让人当茅厕板子踩。自己的亲姑妈都这样对待自己，还能指望城里人个什么。也是，她怕个甚！她还怕得罪你不成？她七十多了又长骨刺，还指望重回神农架那老山里让你这侄儿好吃好喝招待她？她也不在乎你拿来的那两包木耳香菇，这东西贱哩，程大种知道城里到处都有买的，比不得过去连白糖肥皂猪肉都要票。

程大种一脸苦相黄着脸去找工作，后头跟条狗，一肚子火气，稀里糊涂地上了一辆电车。

"呀！狗！"

一声女性受虐的疯叫，一个女子就扑向了一个男人的怀中。这女子正坐在程大种的旁边。

狗在自己腿缝里夹着，狗又没惹事，低着头，让形象缩得很小，可一个男人保护女人的豪气就冲过来了，胡睖着两只眼，说：

"把狗搞下去！"

"这狗……"程大种分辩。

"狗啊狗，这是条乡里的狗！这狗多脏，这狗定有狂犬病！"

一听说有狂犬病，车上的人纷纷挤到车门口拍着门要下车，有人打开窗子就往下跳。一时间电车乱了，电车的辫子也掉了。程大种惶恐不已，知道自己闯下了祸，在城里这乡下人就很敏感还自责，连连说：

"这狗没病，没有病！它是条猎狗，赶山狗！"

他的意思是说这狗雄壮能干着哪，不是条病狗。可几个不怕事的男人就要来揍他了。因为有几个女人开始哭叫，这是男人大显身手表现自己的好时机。

"没有病！"他喊。程大种喊。想找个能支援自己的信息。目光搜遍了车厢也没有，全是仇恨和冷漠的眼睛。那狗此时也不争气，因为主人在与人争执，就像主人在山里遇见了野牲口，它当然要跳出来，虽被主人夹紧了，可头高昂着，舌头拉长着，牙龇着，猎狗的威风出来了，只等一声喝唤，一阵风，就咬住猎物，拼个鱼死网破。

"没有病的！"

程大种急中生智就将手塞进了太平的嘴里，紧挤它的两排牙齿，让它咬自己。那狗的上下颚被程大种狠狠地挤压，像压一副磨子。程大种的手指终于凿穿了，血从指头流出来，狗嘴里全是红津津的血，人血，乡下人的血。

"不要紧的，没有狂犬病。"程大种高兴地说。

程大种吮着自己的鲜血，走在大街上。黄碜碜的天空根本分不出是早晨还是傍晚，红尘暴土，人流匆匆。他来到了武圣路劳动力市场。那里聚集着黑压压的找工作的人，操着不同的口音。也游弋着一些坏人，眼珠贼溜溜地围着一些年轻的乡下妹子看，不怀好意；那些乡下妹子护着自己的各色背包、款包、旅行包，表情落寞，就像赶集时牛市场那些站在粪水里等人看牙口膘色的牲口。几个卖馒头和豆浆的老太婆穿梭在人群中；一些招工的人站在一块预制构件上大声地宣传着他们的优惠条件，以吸引人跟他们走："……包吃包住，每月五百元，每天工作八小时，加班另记工资！……"可说破喉咙，周围的人也无动于衷，一副害怕受骗上当的警惕神情。招工的人只好无奈地丢下烟头，啐了一口痰，骂骂咧咧地走了，再去找另一处的女孩。

带着狗的程大种在找工作的人群里，立马就被好奇的人包围了。"这狗好怪啊？是什么狗？""你想卖狗？""这狗脏。""烂狗。"有人捂着鼻子，避之唯恐不及。但还是有许多人要问个究竟。程大种不说话，巴不得别人把这条狗牵走。狗身上有血，有脏屎，有苍蝇一阵阵向它袭击，而且因饥饿使肋骨四现，走起路来有点喝醉的样子。等有人问清情况后，就给他指点说：带着狗是找不到工作的，又是条老山里的猎狗，不带狗如今都找不到工作。这狗伤痕累累，一看就是条疯狗，你说不是没人信。如今城里人很难信别人说的，报纸上的都不信还信你！

看狗的人多，雇他的人少。谈了几个，没谈拢；有的言谈时旁边的好心人还给他递眼色，意思是不言自明的。

整整一天，程大种徜徉在市场上，有时看着这狗，狗也可怜巴巴地看着他。没有结果，程大种只好回姑妈那儿去。

他走到姑妈门口敲门没有应声。他姑妈发誓不给这个山里的侄子开门。昨天晚上，她无端梦见了老头子，老头子变成了一条狗，狗头，而身子还是人。那狗就是侄儿牵来的那条狗，老头子说：你把我剐了，腌了吃，炖汤喝。她不干，老头子就朝她一口咬来。老头子唉老头子你咋变成一条狗了？姑妈怀着绝世的仇恨在屋里保护着沉默，并且准备着那个乡下的侄子破门而入。好了，总算这样的结果没有出现，那个敲门声消失了，走远了。老妇人揪着心，终于吐出一口长气，丢进一颗防心脏早搏的药，人紧张啊。

三

程大种原路踅回大街。

黄昏的城市发出冷灰色的光芒，马路牙子上到处是油腻腻响当当的呛人声音，到处蒸腾着炒菜的热气和辣味，到处是泼出的脏水和冲出来的碗筷声。从煤气管里喷出的蓝火发出呼呼的轰响，炝锅的节奏就像是一种嘲笑，对程大种这种人不顾一切的嘲笑和抛弃。乞丐正在沿街乞讨，拿着碗，斜背着用绳子当背带的蛇皮袋子；民工正在啃干馍馍。程大种想起昨夜姑妈数落他的话：不读书就像你们一样，男的出来当苦力，女的当鸡，不是死在城里就是伤残在城里。

程大种吃了一碗热干面，讨了一碗开水喝，然后将碗（一次性的纸碗）装了些残水，让太平舔。太平舔着热干面碗，又瞅准桌底下半截面窝，飞快叼起来就吃了。又跟着主人在马路上游荡，又捡了几个乱七八糟的可食东西如梨核呀、灰裹的硬馍呀，还有一泡小儿的干屎。

天已经黑了，风加大了。狂怒的寒风趁着黑暗肆虐，横扫着街道和路人。一些店铺的牌子和雨阳蓬被吹得啪啪嗒嗒乱响，风沙弥漫，人睁不开眼睛。寒潮下来了。

程大种没想到会遇上这场寒潮，倒春寒，让他一点准备都没有。老山里都已经暖和了，老婆陶花子给他准备所带的衣物时，他坚称别带这么多，硬是把毛衣绒裤放家里了，身上就一件老婆织的旧毛背心，轻装出行。城里的风像刀子,因为你没地方可去,没有一个可躲的茅棚或山洞。到处都是人,到处都是房子,可你进不去。高楼高得望断颈子,无数个窗口和门,那不是你的。背着一个山里的背篓的程大种,带着一条与他一样冻得瑟瑟发抖的狗,彳亍在街头。今夜到哪儿去投宿呢?

狗望着默默无语的主人。程大种没看那狗,他的目光停在了高架桥下的一块地方,那儿避风。有几个拾荒人或者乞丐或者傻瓜聚集在那儿,围着一小堆半燃不燃的火。火很好,柴烧的火很好,很接近神农架。冷了,拾一抱柴,架上,点着,人就暖了。在石崖下,在山洞里,也是几个人围着。

程大种就走过去了。

一个犬牙交错、头发深长的流浪汉对着不肯停息的北风正窝着一肚子火,见一个人牵了条狗走过来,是想避风的样子,找到了挑衅的对象——在黑暗中突然使了一个绊子,程大种就一个踉跄。

"狗!狗子!狗!"

流浪汉恶躁地吼叫着,操起一块砖头就砸那狗太平。一砖头砸在太平的头上,太平顿时天旋地转,嘴里发出哀叫声。程大种见人砸自己的狗,就拿眼找挥砖人。

"狗又没咬你。"他查太平的伤,太平浑身颤抖着。这时一个老者拦住了撒泼的流浪汉,并向程大种示意他可以不管,可以坐在这里,坐在他们一堆,可以烤火——假如他不想走开的话。

程大种因为整个的表情跟他们一样:无家可归。从装束,到神色。那些人就以十分遥远的、敌意的目光接纳了他,有些人还在咕咕哝哝,估计是喃喃自语。火很小,狗和人很大,程大种挤不进去,也没想挤进去,坐在可以伸出一只手去取暖的外围。因是高架桥的下坡,很矮处没有风，几乎没有，还有一扇水泥墙，程大种就慢慢靠上了那堵墙，屁股下也悄悄塞进了一个草垫。

一个遛狗的人横过了马路——被一条苏格兰牧羊犬拽着。那狗看到太平，就要来嗅嗅它。狗嗅着狗，不管它脏不脏。一条是干净的喷香的狗，一条是肮脏的发臭的狗；一条精神抖擞，激情澎湃，一条神情怠倦，要死不活。可两条狗都十分高大，差一点就一见如故，一见钟情，但被那城市狗的主人给呵斥住了，并下力地把那城市狗拉开。两条狗以狗的语言吠叫时，太平就显示了它喉咙的粗壮，是一只喊山的嗓子，胸腔有积蓄，气流洪大，吸海垂虹，可以产生坚定堂皇的回音。它还在吠，好像是在继续与城市犬交流，表达自己的礼仪，也表达着自己的存在。以太平的见识，它没有见过这种苏格兰牧羊犬，还有一股奇异的香味，这香味带着令人沉醉的高贵，这是神农架所有的狗没有的。多香啊。太平回味着那狗身上的香味，突然身体有些回温苏醒了。

风依然在残酷无情地吹，太平还在叫着。它的叫声听起来像是对这个城市的一种警告。至于它让城市小心什么，那是不知道的——它确有一种震慑力。

那些烤火和聚集的城市流浪者们这时都不敢出声了，都缄默着，抱着膝盖，不敢再对程大种怎样。那个想给他和太平一点颜色的男人也不再发难了，闭目养着神，并躲着太平。程大种这才回过神来：有一条狗多了个胆啊！这跟咱山里一样，在山里砍柴采药、出坡干活，跟上条狗，就啥也不怕了，坏人不怕，野兽不怕，迷路也不怕。

狂风依然在马路和人行道上狂吼，行道树被风吹得东倒西歪像患了癫痫，发出受虐的呼叫。寒冷和凄伤此时像双剑刺穿了山里汉子程大种，他唯一可以抱着的就是那条狗，太平，被他几乎置于死地的狗。

现在，太平是他唯一的亲人，是唯一散发着神农架深山丫鹊坳家中气息的东西，它的那从肚子里发出的温热一阵阵安慰着程大种，并且暗暗帮他抵御刀割般的寒冷和心酸。在家千日好，出门时时难哪，他在想。不出来又咋办呢？娃子要上学，老母亲好在死了，可自瘫痪之后，加上办丧事，亏了一笔债。收成少，人又没什么本事，不出来找点事干怎么办呢？出来之前，瘫痪叫唤了三年多的老母亲终于闭气了，到天堂享福去了，他也舒了一口气，就想到山外透透气，挣几个钱，然后再打理这个家。希望总是有的，特别是当老一辈的累赘卸下之后，人的担子好像遽然轻了许多，心中有一种隐隐的愉悦。这一点不假，久病床前无孝子啊。我程大种这三年来为妈端屎端尿，擦澡洗身，尽到了一个儿子的责任，病得这么久，也该走了。

可是，我却走到了这里，出门不易哟！

有一种鼻酸。这时那个和气的老者要躺下来睡觉，也示意要程大种躺下来睡觉，还从自己背下拉出来一张草垫给他。程大种这才看到，老人家只有一条腿。程大种看他缩紧身子，把自己钻进一件黑黢黢的棉大衣中去。那些人也一个个钻进桥洞更低矮的地方，默默地躺下了。

火差不多熄了，夜往深处刺去，风越来越大，气温越来越低。程大种枕着背篓，半躺半卧着，狗像一个乖娃子偎在他身旁。他睡不着，看着城市夜空璀璨的灯火。光亮还是有啊，日夜不熄，可就是冷，阒静无人。无人的大街何必点亮这么多的灯呢，还有会跑的、会闪的、会变幻的霓虹灯；霓虹灯在大楼的顶上，孤零零地向天空传情。丫鹊坳的家没有这么明亮，可温暖，家中四壁被烟熏火燎像刷了一层黑漆，特别是厨房旁边的火笼屋。火笼屋啊，火笼屋。他想。火笼屋。火笼里总是有未燃尽的火屎，壅在那白灰里，什么时候再烧，把火屎拨出来，架上柴，火笼就又燃了，发出噼噼啪啪的声音，火光撩人，人就从寒冷中回到了人间。那壅在灰烬中的火屎，早晨起来总是燃的，那就是灰中埋存的火种，跟庄稼地里的种子一样。有火种，添两把柴，一天热气腾腾的生活就又开始了。冬天我们并不害怕，火一燃，将那铜炊壶的隔夜温水倒出来洗脸，再续上水烧茶，给娃子烘热衣服催他们起来去上早学。然后喝茶，煮汤汤水水的饭吃，门外的雪与风那不是咱关心的事了。反正是冬天，反正是要下雪和起风的，冬天就是这个屌样。可城里的春天比咱山里的冬天还冷啊！……对了，还有那挂在头顶的一排排腊肉，陈年的，熏成黑炭色；新鲜的，也不几天就熏成了板栗色，透出一股子松针木脂的香味儿。走进火笼屋，全是那腊肉香味——肉是吊在楼梁上的，在楼板上——其实只是用细竹稀稀织成的楼板——炕着因山里过早下雪还来不及成熟的苞谷棒子，靠火笼的火热慢慢炕干，就叫了"火炕籽"。这火炕籽苞谷磨出的粉做的糁子，跟腊肉一样，也有股松香味儿，吃起来那个香呀！……鸡笼也在火笼屋里，农具也在火笼屋里，猫、狗也在火笼屋里；打盹儿、唱山歌子、逗娃儿玩也在火笼屋里；咳嗽也在火笼屋里。这火笼屋总像个碉堡，坐在厨房旁，与厨房相通。它不是火塘，火塘在堂屋。小火笼屋让咱家人、畜禽度过山里漫长寒冷的冬天。一坛苞谷酒一到冬天就搬到火笼屋了，吃饭时，取一杯酒，鼎锅煮些懒豆腐或者洋芋煮腊肉，一家人围着火吃饭，火就是桌子，满头覆盖的木柴白灰就是幸福……

太平与主人紧紧地挤着。主人在半夜迷糊冻醒过来之后，摸摸那狗，突然想到要把狗弃了，找个活干有地方睡。

太平在主人决定坚决弃它的时候，因伤痛和饥饿而悲伤着。主人的两锨已让它大伤元气，无法恢复过来。主人如此凶残让它闻所未闻，至今还大感不解。这条狗还有一些没想明白的是：主人为何没一点笑脸？为何睡在桥洞里？为何在城里吃点东西喝上一口水有这么难？饥饿像北风一样呼号在它的体内，折磨着它的梦境。它想到了丫鹊坳那个芭茅草垛的梦境，还有在向阳的时候屋檐下木柴堆上的梦境。它自己在芭茅捆里掏出的洞，把整个身子蜷在里面，通红的鼻子从草里懒洋洋地伸出来。它会经常梦见一个叫火笼屋的地方。梦着梦着，它就会从火笼屋的火堆边醒来，不知道是谁把它弄到火堆边的，毛给火烤得嗞嗞地响，散发出一种焦灼的恶臭。它与猫拼命地打着架，猫是懒猫，一年四季懒，它看不惯它。它在火边喵喵地叫着，以求得人的同情。可狗是不可能懒的，在冬天，闲得无事的主人会很早唤醒它，带着猎叉和挠钩，奔向雪野和森林。你吃着骨头，你身子暖暖的，没有从早到晚的无望行走；你在森林里狂吠，捕食着毛锦鸡、野兔和竹溜子（竹鼠）；森林滋养你，让你豪气冲天。一只几百斤重的野猪又怎样？只要主人一声令下，你就会将它从刺丛、山沟里咬出来，与它展开绝命的厮杀！肉搏和噬咬，狂吠和奔驰，伤痕累累。可这无法阻挡你内心的狂喜，赶山狗的生命本应是这样的啊！……为什么在城里无法狂吠和奔跑呢？为什么不敢撕咬？……

四

　　太平在没有弄清这一切的时候，就被主人程大种带进了一个乱糟糟的集贸市场。

　　鸡鸭在以各自的声带拼命嘶嚷着，鱼在砧板上血淋淋地跳跃；活扒鹌鹑的人从鹌鹑的颈子那儿下手，像撕一张纸就把鹌鹑的皮毛给扒下来了，像脱一件羽绒衣，剩下光溜溜的、紫红色的肉；那鹌鹑可怜怜还站着,还能站稳行走,还在叫着,咿耶咿耶……;割羊头的先抓着羊头,一刀下去,羊头就掉了,羊四蹄踢蹬着;买新鲜羊肉的妇女们站着队,手上攥着人民币,嘴里流着哈喇子。只等新鲜羊肉扔到案板上,那羊肉还因为疼痛在一跳一跳,一个妇女就机灵地抓到了一块,扔进篮子里,羊肉依然在一跳一跳。

踏着一地鲜血往深处走,就是一个剖狗市场,十几个刽子手拿着刀在研究着屠狗方案。每一条狗因性情、大小不同,屠杀方式也是不同的。满地的狗血、狗毛、狗头、狗屎。笼里笼外,净是些各种各样的狗,一边,狗与狗在调情;一边,狗在屠刀下被精心地杀戮;狗在笼子里吼吼着,不停地走来走去,像狼一样发出阴森的嗥叫;有的狗沉静地看着笼外走过的人和屠夫,对身边不远处被宰狗的惨叫声和喷出的狗血无动于衷。没有绝望和恐怖,仿佛永远与己无关。

太平被牵着走到一个戴着一顶帆布旅游帽子的男人那里,那个男人是个秃头,叫范家一,从小喜欢屠狗,靠着一剑封喉的绝招,在肮脏的血水与惨嗥中煎熬的生活来养活在乡下的一家人,并建造了村里最高大、用钢筋最多的房子。

太平看到范家一从他胸前挂着的一个小帆布包里掏出一百元钱给主人程大种,程大种说:

"别找了吧,就一百嘛。"

"九十就是九十,找十块钱来。"

程大种面露不情愿的神色,在他的口袋里左抠右掏。范家一就不耐烦了,用一副比狗还不耐烦的嗓子说:

"谁知道你在哪儿逮的条疯狗,不是疯狗砍我的头!"

程大种说:"这是条猎狗,你杀狗的人不识货啊!"

"猎狗也疯了。"范家一说,手就伸了过来,十个指甲缝里全是乌黑的狗血，非要程大种找回他十块钱。

对范家一来说，他眼里不分猎狗与什么狗，都是狗，都是一块肉，只有肥瘦不同、大小不同而已。

一个人就将太平牵去，关进了一个铁笼子里。太平本来看着程大种与范家一在争钱的，不知怎么就被关进了一个大铁笼子里。这是太平放松警惕后犯下的一个错误，也可能导致了范家一认为这条乡下犬老实，对它下手迟而留了条命的原因。

太平关进了大铁笼之后，它的主人程大种连看也没回头看它一眼，就莫名其妙地消失了。太平进了笼子，笼子里关着许多狗，一下子置身于那些千奇百怪的狗中间，让太平无所适从。那些狗有狗味，却没有狗形——太平认为它们没有狗形，脏——全是街上抓来的流浪狗；怪——一个个长得奇丑无比。你看那没毛的沙皮，毛都没有那叫狗吗？太平还以为是范家一将它给拔了，拔净了呢。这秃狗，光光溜溜的好恶心，城里人爱无毛的狗，还爱没有尾巴的杜宾狗。太平看见一条大约是得了狂犬病的狗，没了尾巴，以为是它惹事给手痒之人剁了呢，心中想笑，但一看，又看到了还有一条。这杜宾狗，生来无尾，莫非是与人类交配的后代？可太平在山里看到的狗都有粟穗一样蓬松的尾巴，那是在追逐奔跑时的舵，随时校正着它进击的方向。狗尾竖卷起来就是一股英气，是一根让野兽望而逃遁的旗杆。更丑陋的是腊肠狗，就是狗中侏儒嘛，这狗日的狗，无腿狗，狗为何没有腿呢？腿为何只半柞长呢？可一条赶山狗要的就是四条好腿，翻越千山万岭，追捕飞禽走兽，赶撵着一座又一座山，没有高高的健壮的四条腿，凭什么在山野中生活？狗腿是在山中奔跑的枪刺啊；如果狗是一支箭，狗腿就是箭镞。可城里的狗不需要腿，主人不让它长腿，宁愿让它变态、残疾——城里人爱的就是这种千挑万选、一代代劣胜优汰、残疾繁殖的烂狗滥狗！

巨人：一条苏格兰牧羊犬，超凡脱俗的阴森相，一张尖鼻子脸像一把挖锄，可怜只剩下一只眼睛，另一只眼老瞎了——它是条被主人遗弃的老狗，站着像座山，可太平看到了它虚弱的部分，那色厉内荏的独眼你可以忽略。巨人犹如巨人站在笼子的最中心，以它苍茫的阅历还没见过这么一条紫铜色毛、红色鼻子且下巴上有两根箭毛的高腿厚尾狗。这狗一副响当当的士气，嘴里喷着石头的气息，一进笼就把一条叫乖乖的拳师犬给踩趴在粪泥中了。乖乖两个鱼鳃一样的下巴就像两片破抹布固定在太平的脚下。这又怎么，这无意的一踩莫非不是一种宣示？

八格牙鲁：一条长毛西施犬，因为烧伤被做小贩的主人扔在东湖里，它顽强地爬上岸，还是没逃脱一个专拣湖边死鱼的人抓捕——这条屁股溃烂的狗，给换了二十块钱。八格牙鲁想到那炉火的烫伤，无数的狗舌头就像是蓬勃燃烧的火，正向它漫卷——它又患上了肺炎，眼睛红红的，喘着粗气。如果洗去它身上的污粪烂泥，治好它的伤口，就会发现这是一条纯白色的美犬，它的脸小巧可爱，性情温驯，连哼叫也细声细气。

门槛：一条黄毛獭犬。

还有一条像狐狸的不声不响的金色沙米狗。

"扑——哗——"一盆铺天盖地的脏物从笼顶上泼进来，狗们顿时一个个淋了个五花八门，呜呜地躲着不知为何、受何东西的打击，再一细看，狗身上、头上都挂着一根根的鸡肠、鱼肠子。就像是被猎物唤醒了，加上置身于一堆陌生同类中的警觉，太平已经初步判断它不惧这些城市玩物狗。这些狗来自各地，还没有团结起来以对付一条乡下狗的自觉。何况，它感觉到，这些城市狗根本不懂团结，它们没有团结的概念，除了咬对方，就是向对方示出赤裸裸的性欲。它们自私，矫情，依恋高楼大厦，失魂落魄，疾病缠身，只有等死的份。在看到美味的禽鱼下水后，太平虽然睡眠不足又旧伤未愈，可饥饿驱使它向那些食物扑去，胃口极好，被森林、大山和野兽磨炼过的残缺不全的牙齿，恨不得掳进天下的美味，连那些小小的玩物狗也差一点被它的大嘴给吞进去了。巨人这时结结实实地踹了它一腿，乖乖挣扎出两片腮皮后也向疯狂争食的太平咬了一口，可太平没有感觉。

"吃呀，吃呀，这些狗东西！"

"扑——哗——"范家一又一桶连毛带水的脏物泼进来。太平与巨人苏格兰犬展开了搏斗——这是乡村巨人与城市巨人的一场搏斗。无外乎牧羊犬看不惯太平，加上在抢夺食物时太平的牙齿无意间碰到了巨人的那只瞎眼。两条狗在铁笼中代表着各自的尊严展开了血淋淋的较量。两条在屠刀边缘的狗，无视着共同的命运。虽然，苏格兰牧羊犬有着高贵的血统，也有着伟大的基因和英雄的气质，但它垂垂老矣。太平虽然没有城市生活的经验，可对巨人来说，它同样也没有在一个铁笼里像关鸡一样湮埋在一堆污七八糟的狗中间生活的经历。老狗、疯狗、伤狗、白痴狗、残狗、饿狗，大家共同要学会的就是在生命的最后日子里如何显示自己的自私和暴虐。

两条狗扑向对方撕咬着。一个年轻的叼着烟的屠夫就喊开了：

"范家一，你的狗打架啦！"

在太平与巨人对仗时，其他的狗汪汪叫个不停，这引发了周围笼中的狗和拴在北风中的狗的回应，整个屠狗场一片啸叫之声，百狗狂吠，世界恍若末日。

太平已经听不见狗叫，它的牙齿在愉快地撕扯，哪是同类，分明是野兽！在那些狗的纷纷退让与叫喊声中，太平突然感到它又懂了不少：只要你拼命，城市犹如大山，没有什么能够抵挡得了你。

但是，面目狰狞的范家一气歪了鼻子和帽子，手拿着一根把狗皮打松的铁条，朝笼中一阵乱捅，巨人的唯一一只好眼给捅瞎了。太平看见那根捅条刺中巨人的眼睛，再一猛力地拔出，那喷起的鲜血刹那间就布满了笼子，好像笼子里在下一种红雨。这"红雨"救了太平——太平本已被范家一刺中了几下，几次都刺进了体内，好在太平的皮因狩猎传承了它祖先的厚度，又未刺到动脉。就在它无法躲避时，巨人的血遮挡了范家一的视线。范家一见巨人因瞎了双眼趴下了，还发出老人般的号啕声，就更烦了，大喊道：

"把你宰了！狗日的！宰不光你们！"

那范家一要与巨人斗争到底的样子，人犟了比狗还犟。范家一就用一根极像猎人用的挠钩，打开笼门一钩一个准地钩住了瞎眼的老巨人。老巨人知道了自己的死期，就张开那所剩不多的牙齿去咬挠钩，牙齿又在挠钩上碰掉了两颗。其他的狗这时不是趁机跑出笼门，而是缩向笼子深处，给巨人让路，那老巨人就给钩拽出来了。可是老巨人不会束手就擒，一阵垂死挣扎，又刨又咬，似乎知道自己是被打入地狱去的。在被摁上台板时一口咬着了一个挥刀的十五六岁的年轻屠夫，那年轻屠夫吮着自己的手指，就势一刀屠去。狗软是软了，只见抽搐，却不见出血，甚是痛苦地在台板上挣来挣去。范家一骂骂咧咧，夺过徒弟的刀，在自己的裤子上荡了几下，再一刀捅去，再抽出来，那血终于通了，喷泉一般往外飙涌。徒弟拿盆去接狗血，那巨人也就平静安详地了结了一段尘缘，回苏格兰它的故乡草场去了。

笼子又重重地关上。

五

程大种捏着那卖狗的钱出来,没敢朝后头回看一眼。虽然一阵轻松,毕竟悲伤多于轻松,为自己的那狗。狗千里迢迢跟他来到城里,却被他卖给剐狗人剐了。那是一条灵犬呀,甚至有点灵异。他伤心着,吃了一大碗红油的湖南米粉,还加了荤。辣出了几天未出的汗,把伤感赶跑了一些,又去了武圣路劳动力市场。

昨天他还要求解木——只拉大锯,今天他就不这么坚持了,甭说昨天,昨天的昨天在此游弋的人,数天在此游弋的人,都没找到工作。

市场旁的汽车们正在灰蒙蒙的大街上飞速驰行,喧腾有如涨水时的河谷。一辆大卡车撞瘪了一辆小汽车,死人血淋淋地从车里拖出来。刚才还是个活人,瞬间就成了死人,比山里的野牲口吞噬人还快呀!一溜的红色救火车催逼人心赶往一个地方;两个在人行道上行走的男人无缘无故地打了起来,打得头破血流,看热闹的人刹那间围了过去,像一群见了甜的山蚂蚁;一个挑担小贩跑黑了脸要甩掉一群城管。城市里充斥着无名的仇恨,挤满了随时降临的危险,奔流着忐忑,张开着生存的陷阱,让人茫然无措。

可是我已经没有了狗啊,没了累赘。

一无所获的程大种晚上找到了专为找工作的乡下人准备的仓库旅社,两块钱一个铺位。空气污浊,臭不可闻,可没有寒冷的北风。在这两块钱一个的铺位上,程大种躲过了这一夜更加凌厉的寒潮,心中涌动着对"床"的感激膜拜。多好啊,床和被子、磨牙声、打屁声、紧跑慢行的哼叫声，在半夜里恣肆横行。程大种好好地睡了一觉，醒来天还没有亮，上了一趟厕所。再一闭上眼迷糊，那狗太平就向他奔来……

狗死了，可我得找工作啊。睡了个好觉，就早起了，第一个来到劳动力市场。风依然很大，吹得人清鼻涕直下。有两个招工的早候在那里了，缩着脖子抽烟，看他背着个背篓，就知是从大山里来的，就问他挖不挖土？二十块钱一天。程大种说干，干。就跟着他们走了。

城市新的一天又在喧腾中开始，大车撵小车，小车撵行人，来的，去的，车大喊大叫，人不言不语。城市比起那每每天天安静如初一模一样的山里，还是满有活力的，像七岁八岁狗也嫌的男娃子。

程大种来到的是一个修路工地，在几丈深的泥水里挖稀泥埋涵管。程大种不知道，是两个死人给他们腾出了空缺——昨天这个深坑旁的挡板垮塌埋下了两个民工，再把他们挖出来时已一命呜呼；这事儿惊动了电视台，还有一个什么领导也亲临现场指挥挖人。程大种他们没有看电视，对这儿的事一无所知。因死了人，挖土的民工跑了大半，工程又叫得急，包工头只好去招了程大种等五六个新民工。

别人给了他一把锹，他就和新来的民工跳到昨天死人的泥坑里去挖泥。那泥坑少说一丈深，两边有人在锤打着安装护泥板，但泥巴还是簌簌往下掉。赤脚站在刺骨的泥水里将泥挖进一个筐中，升降机就将那筐抬升到地面倒掉。

在城里的第三个晚上，太平就挤在了一堆待宰的城市病狗和流浪犬中间，挤在屠笼里。范家一暴虐生气戳给它的血洞除了灌满疼痛外别无其他。狗们堆叠着来抵挡寒潮中的北风，因为饥饿，体内的热量所剩无几，一条条狗都有气无力，像一群难民，在黑夜中张着无望的眼睛，或是闭目如死去一样。这些自私的城市狗都各自顾着自己，巴不得削尖身子往深处钻，就像钻进自己曾经十分温暖的狗窝，就像太平钻进那个丫鹊坳的草垛。

　　害着狂犬病的无尾杜宾狗本就肮脏，它淌下的口涎散发出恶臭，不停地滴到太平的身上。太平嗅出它的病，这十分危险；它因为口渴，不停地发出求水的呻吟。太平必须躲开这条狗，它就干脆让出了有利的位置——因为它身坯大，那些狗都贴它而卧，这为它阻挡了寒风。现在它从狗堆里爬了出来，更多的狗就顺势挤占了那个空间。太平出来，可这又很危险，离笼门太近，就是离死亡和屠戮更近。范家一不会认谁，反正都是野狗，开了笼子，抓钩钩出来一条就杀。但是此刻是深夜，离天亮后的杀戮还早。它钻出狗堆，寒冷是寒冷，就像从火笼屋抛身旷野。屠宰场腥臭的风没遮没拦地恣意横行，数十个铁笼子和拴在墙边的狗们在绝望和苦难中吠叫呻唤，好像是在呼唤着亲人们来解救自己，或者向无边的黑夜申诉。

　　太平因疼痛而清醒。它在狗们那待宰的状态里突然获得了一股强烈的求生期许——逃亡！这种意向紧紧地攫住它，或者说它紧紧攥住了这根生命叛逃的绳子。对主人愤恨还不是这条狗所能具备的，它只是渴望着逃出去，与主人汇合——那个在城市的街头，背着显眼的山背篓的人，那个程大种，时常对它喝吼，还给了它致命两锨的人，过去却对它很好很好给它吃喝还时常要抚摸它的人。逃出去！逃出去！向那最广大的世界奔去，在渐入昏暝的城市灯火深处，海洋一样幽深的陌生世界，那无尽的神秘和诱惑，突然给它旷世的激励！

　　因为寒潮的到来，狗肉火锅火爆起来了，这是屠宰场的屠夫们没有料到的。凌晨四点多钟的时候，屠狗声就撕心裂肺地在这个城市的角落响起来了。太平打了一个盹，梦见了神农架的森林，睁开眼睛一看，影影绰绰的屠宰场已经有了叮当的快刀声和将狗们抬上厚厚的台板过刀的闹吼。那些城市的狗在生命的最后一刻，只是可怜巴巴地叫着，虽然十分凄惨，但并不愤怒悲壮，没有多少像狼一样的叫声，没有穿透力，仿佛这种赤裸裸的杀戮是很正常的，不是一场罪恶。一块活着的肉与刀亲吻时总会那么浅浅地叫上一声，就变成了一块无声的平静的死肉，血糊汤流地扔进肉筐。再一块活肉再叫上那么几声相同的调，在刀下又平静了，分解了，即将变成寒潮来临时餐馆的美味，说，大补啊，御寒啊，提气啊。狗肉不过是一种菜，一种时令菜，这个大家都清楚，除了狗。

太平醒过来之后，就开始拼命地往狗堆里扎，虽然饥饿、寒冷和疼痛缠住它，但它有着足够的力量，把那些沉睡的狗掀往两边，劈波斩浪地躲进了范家一的铁钩钩不到的地方——至少第一钩抓不到它。因它的奋勇冲击，笼子里突然闹嚷起来，好在范家一没有听到，他在与徒弟剥另一些狗的皮。太平扎进狗底，那些狗用爪子、用身子践踏着它的痛处，并用牙齿咬它。太平蜷缩着身子，以减小目标，可那些狗爪狗嘴仍持续地、尖锐地制造着它的疼痛。后胛有一处非常痛，像被人用刀在里面搅。太平看到那条叫门槛的黄毛獭犬用尖齿咬着它的皮肉不放，就像在夺一块咸肉。太平回睃了它一眼，可那獭犬十分机灵，一双贼眼似乎还带着神秘的嘲笑，在晨光中明幽幽的，仿佛看透了太平的一切。太平想用腿踢打它，但这獭犬堆在狗的最高处。好在这条狗只是条流浪犬，没有病。太平费了好大的劲一点一点地把自己的皮肉从它的嘴里拉开，又拉出了一条口子，太平恨得牙痒痒。机会是在吃鸡鱼下水的时候，借助混乱抢食的那一会儿，太平瞅准了时机，一口咬住了獭犬门槛！它的噬咬野兽的牙齿插进门槛的皮肉犹如梭镖插进敌人心脏。那门槛在争食的吵闹声中，一阵悲惨的汪叫一点都不引人注目。也许是太平的肆无忌惮和狠厉，先来的那些狗虽然见识了太平作为一条山里猎犬的优秀品质，但是后来者矮三辈，这条粗野的山狗不仅咬了先来的狗还抢夺笼里少得可怜的食物，于是，那条极像大狐狸的金色沙米狗终于站出来对太平呛声，双爪伏地向太平张开了怒斥的大嘴。一时间，无尾杜宾狗、乖乖、连八格牙鲁等高烧得糊里糊涂的几条病犬也一起向太平发动了进攻。为了争夺食物，这些城里狗也焕发出从未有过的英雄激情，大不了决一死战，反正死到临头了。与其死在异类范家一手上，不如死在与同类的战斗中。与其冻饿而死，不如捞一口成个饱死鬼！

昏黄的太阳此刻已经露出来了，在一片低矮建筑的屋顶上，雾霾在阳光里呈现着迷蒙的灰蓝色。范家一正在屠板上喝早酒，脸上笑眯眯的。太平抢占了一个有利的地形将尾部和右边的身体紧靠在笼齿边，以防四面受敌，又能看清范家一的一举一动。然后，它向领头的金色沙米发动了空袭，先是一嘴将它掀成侧身，再快速咬住它裆里的睾丸——这是对付野牲口的绝手，这样的速度也只有在与野牲口搏斗时才可能出现。现在，伤痕累累的它实现了，在没有主人也没有枪支作后援的情况下，在笼子里，它又一次出猎，并且飞快地躲过了一条狂犬对自己的张嘴偷袭。太平咬住金色沙米的睾丸，它只是想教训一下它的，可不知怎的，当它抬起头来去看范家一时，发现所有的狗都睁大了狗眼望着它，就像看一个异物。它这才发现，它嘴里是一个腥臊的东西——那沙米的一个睾丸。它把那东西吐出来，看着沙米在那儿汪汪地抽搐，就像犯了病一样。太平猛然发现自己已变得不可理喻残暴无情了，它变成了一只野兽，不是来到城里，而是没入了大荒。可这分明是城里。

太阳在悠扬地上升，在血水成河的屠宰场。一个范家一的徒弟牵来了几条狗，这几条狗没有被立即宰杀，它们因为有绳子，就被拴在了墙边的木桩上。大小狗的宰杀是搭配的，拴在墙边的几条狗因为胡喊乱叫，被范家一烦了，一个不剩拉去宰杀了。太平它们的笼子一直到范家一宰杀第二十条狗的时候，一直到下午五点，还没打开过笼门。虽然那条被太平咬掉了睾丸的狗嘶叫了一整天，也没有人光顾它们的笼子，对它们的死活痛苦不闻不问。

　　五点钟过后，又是一阵鸡肠鱼肚加上烂白菜死鱼臭虾的降临。太平津津有味地抢食着，对于它来说，这就是美味佳肴。在山里，这些年出猎越来越稀少，它除了自己去撵一两只老鼠外，其余就是主人给它的残羹剩菜；骨头不多，最多的是在猪圈里与猪一样咽糠菜。现在它吃着，那些城市狗虽然本能地去抢了一两截肠肚，可对于它们来说，是难以消受的。这些曾养尊处优的狗，这些曾在主人的呵护下过着奢华生活的玩具狗，就算流浪过，就算重病在身，还是无法适应这笼中的环境。在这人间地狱，它们依然显露出它们的矜持，但饥饿很快会狂扫尽它们的尊严。面对下三烂的食物，它们只有适应并吞下去，才能保证悲惨生命的苟延残喘。

　　吃了一些或者没吃饱一些之后，又一阵冷水来浇透。范家一的自来水管就势将笼里的狗一个个清洗了一遍。狗们趁机大口地舔咽着冷水，又躲着冷水的冲击，一个个像落汤鸡，被寒风一吹就像进了冰窟，狗们奋力地耸着身子，想把那水抖落干净，但这是枉然。狗一个个打摆子般地抖着，大汪小叫，每个笼子都在重复着同样的骚动和命运。

　　又一天就这么过去了。

六

早晨到来的时候，太平拿眼睛去搜索那哼叫了一夜的金色沙米，看到有两条狗趴在它的流血的裆里，正呼呼大睡哩。当太平站起来想伸个懒腰时，看到那金色沙米的狐狸脸朝它愤怒地瞪着、瞪着。太平没有防备，也没有想到那沙米狗还会有一跃而起的力量，带着复仇的狂怒向它扑来，与它一决雄雌。太平本能地狂吠起来，赶快迎敌，可那沙米狗估计也是野性未泯，或者在难耐的疼痛中磨砺出了斗志，反正一口就咬破了太平的皮肉。那太平也是个伤病狗，在与己拼命的狗面前没几下就露出了自己的软肋。两条狗在笼子中撕咬着，其余的狗都夹着尾巴嗷嗷求救。太平看到魔鬼范家一向这边跑来了——他听到了打斗声和满笼狗的叫唤声。这下要遭罪了！太平想停下来，要那个"狐狸"不再发怒，否则将是它们共同的末日——末日在早晨时就突如其来了！

提着大棒的范家一这次不是拿捅条，而是拿大棒，拉开笼门就朝里面一阵乱打。那笼子是个大笼，棒子有挥舞的空间。太平只觉得头上、身上落下了雨点似的棒子，整个就打蒙了。一笼的狗都被打得汪汪直叫，一条从棒缝里逃出来的狗当场被打死了，口鼻流血。狗们被打着，趴着，跳着，窜着。也就是在这时，太平的命运发生了奇迹般的变化。

范家一嫌还打得不过瘾，就把太平和那条沙米狗牵了出来（太平脖子上已套了截绳子），再一顿好打。两条狗被打得奄奄一息，鼻子上冒着血泡。范家一又大声地骂着指挥徒弟要他们来帮忙把这两条狗趁早宰了。

太平在棒下想寻找逃生的路几乎是不可能的，它想躲闪也不可能，只能在棒子砸下来时以瞬时的扭摆来保护致命的部位。可它也在奋力地上蹿下跳，想一口气挣断那根绳子。

"住手！住手！"

一个年约五十、头发花白的男子一把拉住了范家一的手，并狠狠地拽住太平颈上的那根绳子。

"这狗休得要打，老范！"他喊。

气极败坏的范家一一看，是住在不远处的徐汉斌，徐汉斌用武汉话愤愤地骂道：

"个板妈，我信你的邪！这狗是么事狗你晓得啵？这是赶山狗，神农架的赶山狗，哪个送来的？"

范家一平时对说武汉话的人是不敢马虎的，他是个粗人，乡下人，在城里占了块地盘杀狗，还不是武汉人的地盘，虽拿着刀子，对武汉人还是毕恭毕敬的。

"拐子，你说么事呀！"范家一别着一口不成形状的武汉腔说。

那徐汉斌就蹲下身来摸着被打得体无完肤的太平，说：

"你还不如这条狗，姓范的，它叫赶山狗，连山都赶得动的！你看这一身的紫铜毛，哪里找得到？我都三十年没见啦！你不识货呀伙计，个板妈这是真正的猎狗，咱湖北最好的猎狗，咬得死狗熊和老虎的！守家防盗那也是最好的！熊都咬得死强盗咬不死？！哪个送来的？"

"我也忘了，"范家一说，"病狗嘛。"

"没病。个板妈，从哪儿搞来的？神农架离咱汉口两三千里，这狗平原地区见也不会见着的，生就是山里的狗，昨天晚上我刚好梦见我那条赶山狗，今日就见着了，怪呀！……"

"拐子，你喂过这种狗？"范家一问。

"我是下放到神农架的老知青你不晓得?! 老子是知青！"徐汉斌拔下台板上插着的砍刀猛力一剁，"我把它带回去！"

"一百五给您啦！"

"个板妈你杀肥羊啊！送条狗我死了人！"

"我买来两百，拐子啊！"

徐汉斌见这人不爽快，想了想，好难受地从他的陈旧羽绒棉袄里深深地掏着，掏着，掏出了所有的钱，就是百把块钱，塞到范家一的手里："行了行了，个板妈不懂味，小气得像打屁虫子。"

"我如何牵回去？"他又说。这老知青捡起范家一的大棒，突然向太平的头上敲去，敲了两下，这两下，太平就晕了。等它再清醒过来，就已经到了徐汉斌的家里。

"……一九七六年的时候，粉碎四人帮，我招工啦，我说，大刀啊大刀，再见了，我不可能把你带到武汉去。怎么办呢？我把大刀托付给了康大爹，我说我马上就回来看它的。可是大刀咬断绳子跟上了我，我不能走啦，个板妈，这狗恋我啊。我招工了，要飞出神农架，心里甭提多高兴了，如脱笼之兔，哪能带条狗。我想啊想啊，走了二十多里快出山了又带狗回来了。我想了想大刀是条好赶山狗，我没吃的它给我抓过好多锦鸡、竹溜子。我一定要让它没痛苦死去。我回来后就晚上下夹子夹了三只竹溜子，打死，提着，再走。走到野竹崖，我嗖唤大刀，扔下第一只竹溜子下崖，大刀是极听我的话的，我想它去抓我扔的竹溜子，就会冲下百米悬崖。第一只它没冲，对着崖下狂叫；

第二只我又扔了，拍打它，要它去抓，它还是没冲；第三只，最后一只啦，我就高高地一扔。大刀看着我，它似乎知道了我的心思，是要它永远地留在神农架，它眼睛湿湿的，恋恋不舍地看着我，就义无反顾地往崖下跳去了……"

这个人在讲另一个赶山狗的故事，太平不懂，它只是虚弱地看着他老泪纵横。可它被这个人打了两棒，现在，他蹲在它对面，给它好吃的火腿肠和猪骨头，哭着，喊着一个它似乎听起来熟悉的名字——叫大刀的狗很多，在神农架。他唤它道：

"大刀，你是我那大刀吗？"

它不是大刀。它叫太平。这个人不知道。

"大刀，呜，喔，大刀，大刀……"那个人不厌其烦地唤它，给它摆弄那骨头上肉多的地方让它看清。

可这个人的老婆并不欢迎太平，这人的老婆是个个子矮矬、说话尖声的女人，极度害怕狗。

"哎哟，哎哟，你把它捆紧没有，死东西！"

"个婊子养的，哪儿拖回的一条疯狗哟，你发狗疯？！自己都没得吃的，一个下岗工人还给这大条疯狗吃火腿肠？你是发神经是吧？"妇人说。

"它是神农架的赶山狗，我下放在神农架你晓得啵？！"那个人吼。那个叫徐汉斌的人，一吼，额上、颈上的青筋就像蛇一样鼓胀起来。

"赶山狗，你没看它的架势？你在武汉见过这样的狗？！"

"别人还不是把它丢了。"

"偷的！这样的狗你会丢？咬得死老虎的狗！"

"你看见过老虎吧？你看见它咬死过老虎吧？在汉阳动物园？！"

"滚！"那个男人说不赢那个快刀嘴女人，气得喉咙里滚动着无边的恨意,咕噜咕噜直响。

"把它扔走,莫让它咬着我了!"女人把一个桶往门口一蹾,发出清脆的爆破声,桶一定裂了口。太平一惊,太平已经服帖了,两棒就被这个男人打服了,任何一点尖锐的响动都会要它的魂。

武汉的老知青男人是不会屈服女人的,他给太平洗毛刷毛,给它伤口擦药,还给它颈上安上了一个皮套一根链子。这样虽然皮肉之伤还未愈合,但狗的架势就雄赳赳地出来了。这真是一条与众不同的狗,它很怪,似狗非狗,似狼非狼,洗过飘柔二合一的紫铜色毛像森林一样蓊蓊闪闪,高挑的腿,紧巴巴的腹部,竖起的耳朵,就算它十分虚弱疲惫,就算它眼中充满了恐惧忧郁,它站在那里,它出现在人们面前,也会让人大感讶异。

这是一定的。

"……汉斌,好呀你,你的狗?!"

"这狗,老徐,这狗!啧啧……"

"徐师傅,好狗呀!牵紧点,不是狼吧……"

徐汉斌走在大街上,认识他的人争相向他打招呼。他只往有熟人的地盘上走,就是要的这个效果。

"吃皮蛋?它不吃皮蛋!你给火腿肠……"

"个板妈,不认识,神农架的赶山狗。纯种猎狗,专咬老虎豹子和狗熊的,它咬死过三头老熊!……"

徐汉斌坐在有些阳光闪出的小巷口的店铺板凳上,翘着腿,抽着烟,接受着人们的赞赏和议论。许多人给太平投来食物。一个年轻人还将手上提的一块牛肉完整甩过来,太平三口两齿就给吞进去了。它不知道它为什么会得到这么好的食物,被这么多人围着观看和议论。

这个晚上在一个风沙弥漫的大排档里,几个当年的知青抱着太平,高唱着"大刀向鬼子们的头上砍去"。他们唱着:"亲爱的江城,我的故乡,我哪年哪月才能回故乡?雄伟的大桥,横跨龟蛇山,想起了故乡我泪水流……"

这几个人有一个是刚从牢房里放出来的;有一个刚割了瘤子;有一个坐在助动车上,是个瘫子;有一个是刚做了奶奶的女人;还有一个当了青山区某街的城管队长。他们喝着白酒,眼睛红红的,有的还从眼里挂出了两串泪水。泪光闪烁在高楼传递过来的霓虹灯光下,风掀动着他们无力的、花白的头发。太平望着他们,听他们在说:按神农架的喝法,敬一个,回一个。徐汉斌一面前堆了一大堆杯子。太平知道这种喝法。它还闻到了苞谷酒的香味,这多熟悉啊。

"汉斌,这狗是从哪里来的?"从牢房里出来的男人两眼凶巴巴地问。

"实话说了吧,从屠宰场救出来的。"徐汉斌说。

"那屠宰场又是从哪儿搞来的呢?"城管队长正正威武的大盖帽问。

"还不是收来的。"徐汉斌说。

"这狗来路不正啊,"那个当了奶奶的女人用婆婆嗓说,"莫非宜昌、十堰就没有吗?这狗一看就是恶斗过的,满身抓咬伤,性恶啊。我那嫂子会答应你养吗?"

"哪让我养,欧阳,你牵去帮我养几天?"徐汉斌说。

坐在助动车上的欧阳卫东大嚷:"我自己都养不活,还养条狗啊!嘿嘿!"

"那你养。"徐汉斌指另一个。

刚从牢房里出来的凶巴巴的人说:"鬼!我还找人扯皮呢。"

大家问扯什么皮。那人说:"老子出来就是要报仇的。"

大家就劝他忍了，好好安心过日子。

"这狗难上户口，还得去打防疫针。这狗恶，我在神农架时最怕的就是狗。"女人说。

"你那时才十七岁，见什么都怕，小女生啊。"大盖帽声音怪怪地说。

"你们把什么都忘了。"徐汉斌失望地说。

后来，太平听着徐汉斌以哭似的、绝望的、怪异的声音唱着"大刀向鬼子们的头上砍去"，一路晃晃悠悠地回家去了。

七

"两百？啊?！两百?！"

"一百。"

"人说的两百。"

"把我砍了我也没两百，我荷包里何时捂过两百块钱啥?！我是天下最可怜的人。"

"这狗也不值一百，你竟敢花一百，还请客……"

"我的狗回来了我不请客？"

"你的狗?！"

"我想了三十年！"徐汉斌"啪"的摔碎了一个杯子，这就镇住了他的老婆。

一个人想了三十年，你是拦不住的。他老婆愣了半晌，打开门就冲出去跑了，不回来了。

徐汉斌看着狗,狗看着他。

"个婊子养的!"徐汉斌骂。

"我又不想搞女人,又不想赌博,又不想抽烟喝酒,我就想一条狗!……个婊子养的!……"

一个内心枯竭的人,突然因一条狗,泪腺像干涸的泉眼复活了,许多感情复活了。一条狗,就像一场甘霖。狗的到来打乱了他的生活。回忆像魔鬼,缠住他不放。

"我于一九七三年一月十九岁插队落户到神农架野马河……"

"我响应伟大领袖毛主席知识青年到农村去,接受贫下中农再教育,很有必要的伟大号召,如今,我已老了,一晃,就老了……"

回忆像海潮,不可遏止,铺天盖地。像一场大病,高烧不退,谵语连连。

老知青徐汉斌为了弥合、敷衍与妻子的关系,偷偷地把太平牵到了八楼顶上,在一个角落里撑了张雨布,给它安了个家。

到了晚上,思念主人和故乡的赶山狗太平终于发出了凄厉的长鸣。这是寒潮加深的某一个晚上,太平的脖子上勒着短短的铁链,它无法习惯这么一根链子,在山野,在它的丫鹊坳,它是自由的、奔放的、散漫的,脖子上除了毛就是吹拂着的村风,还有温和的阳光。它在链子里紧巴巴地睡着,虽然没有了同类的觊觎和争斗,没有了大棒和杀戮,可从楼顶望着满城迷离恍惚的灯光,它悄悄地淌下了眼泪。这是孤独的时刻。它想念山冈。黑沉沉的森林。奔流汹涌的峡谷。到处柔嫩的苞谷茎秆。它想念日落时分。早晨。这是什么地方啊?主人程大种为何要将我带向这儿,让我遭受九死一生?暗无天日的日子。孤独。离别。无法交流。灯火像星空一样,带着诡异和狞笑,无声地跳动在大地的深处。更远的地方是什么呢?于是,太平像一只狼一样嗥叫起来。它哭泣似的悠长的声音在夜晚的上空刺入城市的心脏。连它自己也说不清为什么会有这样的声音。是呼唤，还是哭泣？是长叹，还是悲号？

那一夜，汉口前进纱厂宿舍区里，听到一阵阵毛骨悚然的狼嗥，就像一种十分阴暗的东西直往人的榻枕而去，在人们睡梦的边缘固执地游荡，犹如阴魂。

第二天晚上又是如此。第三天愤怒的人们找到了那个楼顶上的声源，一起手拿棍棒来厉声质问徐汉斌。这些人都是他的左邻右舍同事上级。他于是牵着太平逃也似的离开了这个厂区，将狗交到了瘫子欧阳卫东手里。

欧阳卫东是一个自己的生活都无法料理的人，老婆自打他无缘无故地下肢瘫痪后（一觉醒来就这样了），带着女儿离开了他。徐汉斌虽振振有词说给他找个伴儿，可欧阳卫东被生活压榨得几近绝望。他去摸那狗，狗就对他虎视眈眈，极度不信任他似的，那阴森森的眼睛里藏着一万个野兽和森林，并且，在晚上发出狼一样的嗥叫，使他想起几次迷路山中饥寒交迫的知青岁月。

欧阳卫东说：狗啊狗，我没法养你，我给你找个好人家吧。他就把太平绑在助动车后面（因车内太小，装不下这狗），发动车子，带着狗往江南的青山区而去。

太平跟在一辆冒着黑烟的呛人的助动车后面，昏天黑地地奔跑起来。助动车的机声异常刺耳，车轮像峡谷的流水一样急遽。太平系在这么一个比鸟飞得还快的家伙身后，四条腿只好没命地跑动。它知道，稍有闪失，它就会完蛋，被这水泥大马路拖成一副骨架。

车上了长江二桥，宽阔的大桥上几乎没有汽车，只有它在铁链的牵带下奋力奔跑着，既不能跑得太前，也不能太后，那链子的长度让它吃过几次苦头,一个趔趄跪地,腿关节就会被路面锉开一道口子。它跟着车子跑啊跑呀,来到了长江南岸的武昌,车还在发疯地前行。不知跑了多久,车才慢慢停下来。那车上的人将它牵到一个楼房里,上了楼梯,去拍门。门半天才开,原来是那个戴大盖帽的城管队长。瘫子欧阳卫东拄着拐杖在门口说:

"二毛队长呀,给你送大刀来了。"

那叫二毛的城管队长没让欧阳卫东进屋,拦着门说:

"给我送狗?我何曾要过这×狗?"说着就唤出了一条狗。那狗扑上来就要咬欧阳卫东和太平,那狗毛耸耸的,像条大狼,嘴里发出空旷凶恶的叫声,好在被城管队长拽住了。

"这是条什么狗啊?"欧阳卫东惶惶地问。

"藏獒,纯种藏獒,全国就三百多只。"

"这要多少钱啊?"

"十万。"

"你买的?"

"我只要歪歪嘴,就有人送上门。"队长得意地说。

欧阳卫东拄着拐杖下楼来,坐上坐垫,掏出下身向城管队长的楼门射了一泡尿。摸着太平,摇着头,几乎快哭出声。边淌泪边给太平丁零当啷地解链子,说:"大刀大刀,你向贪官污吏们的头上砍去吧!"那助动车发动了,突然一个急转弯,便自个往回路一溜烟地开走了。

现在,太平的身份是一条流浪狗。跟那些范家一笼子里关着的狗一样,身上布满了灰尘,四个爪子上全是黢黑的煤炭——那是在垃圾堆里刨食弄成的。

对着滚滚的长江,对着长江对岸灯火阑珊的汉口长吠着,它是从那里来的。在长江边上的一个破棚子里，是它跟一条破脸狗的家。

是破脸狗把它带到这里来的。破脸狗也是一条乡狗，高大正常的身体，不像城里的那些怪模怪样不成器的玩具狗。可只因为它脑门子上有一撮雪白的毛，乡下叫破脸狗，好哭死人。也就是说，这种狗的叫声像半夜的哭诉，于是这条可怜的狗就被它的主人带到城里给扔掉了。第一个晚上，太平和破脸狗在一家餐馆的大门口，在一个冰冷的石狮下，互相依偎着度过了寒冷的一夜。它们不知道，这家餐馆的大字招牌就是"狗肉火锅城"。太平第一次尝到了友谊的滋味，一个真正向它示好的同类。它们流浪在青山、武昌的大街小巷，共同啃着一块骨头，共同寻找着栖身之所。因担心危险，两条狗来到长江边，那里荒草稀疏，沙滩野静，在月朗星稀夜风如刀的深夜，太平向着汉口的灯火长长地吠叫着，破脸狗也莫名其妙地号哭着。江水在无声地东流，灯火的波影把城市的梦境拉曳得妖娆奇诡。两只狗嚎叫够了，又找到了一具被波浪送到滩头来的死猪，为了填饱肚子，在黑暗中撕扯着吃了起来。

可它不能留恋，太平。有一个影子、一种气味正在向它招呼，那就是主人程大种，狗的本性使它没有能力恨抛弃并殴打它的主人，它依然要向他的气味走去。在某一个夜晚，对那个气味的依恋最强烈的时候，它从寒冷的梦中被唤醒，悄悄惜别了破脸狗，沿着长江二桥，跑向了汉口。

它穿过无数的街道、小巷，在一个高架桥头，它看到了来城里的第二夜与主人一起躲避寒潮的桥洞。那个独腿的好心老汉正一如既往地蜷缩在大衣里，无声无息。它迎着那渐渐强烈恶心的血腥味，找到了那个屠宰生灵的集贸市场，又听到了它的同类们在笼子里发出的撕咬声和在屠刀下的惨嚎声，在深夜，那声音悠长刺耳，让它闭上眼睛就是一连串的噩梦。

主人，你在哪里？

它期望着主人程大种重现，重现在那个集贸市场的门口——他就是从那儿消失的。

尽管狗的嗅觉异常灵敏，能嗅辨出成千上万种气味，可是，森林中的气味是单纯的、冷静的，连风也不会无缘无故地乱吹。在这里，在这气味大混杂的城市街头，气味稍纵即逝，要抓住一种气味并跟踪它，牢牢地把握它，这是根本不可能的。太平躲在隐蔽的角落几天守候主人的出现失望之后，它决定在这个浩大的城市里去寻觅那微小的、像一粒蚂蚁般的气味，主人的气味。它必须行动，坐等是不行的。赶紧趁空气中那一丝气味还没有彻底消失时（谁知道呢），尽快抓住它。

那天晚上（最好晚上行动），它从下水道里捞出了一些腐烂的下水（有狗的，也有其他生灵的）吃饱了肚子，就开始了搜索和寻找。

八

城市道路改造的部门，为了不破坏城市的美观，将施工现场用塑料布严严实实地包在了里面；现场其实泥泞不堪，大小土堆像山一样，挖土的民工像一个个活动的泥塑出现在深坑中，机器杂乱无章，电线像一团乱麻；民工们住在工棚，吃饭、拉屎都在塑料布里，塑料布外写着"我为城市增光添彩"等鼓舞人心的标语。两个民工还专门用水管子冲洗着塑料布外面的道路，使之光亮如初，让城管人员看不出塑料布里正在施工的乱象，以避免污脏了城市而罚款。

程大种开挖之后便秘了三天,三天里他认识了与他一起来的两个老乡,讲着与他近似的土话,一打听是宜昌兴山人,这就攀了老乡。晚上,他用卖狗的钱买了三瓶啤酒,就着工地食堂的榨菜肉丝(肉丝占十分之一)请他们喝酒。下工后,他们还在一起斗地主。民工们的工作异常辛苦,晚上十点了还在挑灯夜战,一双脚已经被城市深处挖出的脏水泡出了一个又一个大红疙瘩,奇痒难耐。工地包工头后来给他们一人发了一双深筒套鞋,但必须扣除他们一天的工钱。三个人用家乡话骂着穿皮鞋的包工头和监工们。那两个老乡一个叫大嘴(只因嘴很大),一个叫王长清。三个人年龄相当,经历相近,都是为了给娃儿挣钱读书,都是在山里。对喝啤酒不太习惯,想喝地封子酒,就是苞谷烧。说,最好是有党参酒喝,那才提热气哩。

三个老乡有时在深坑里挖土埋涵管,有时在上面拉葫芦(提升土筐)和往土山上运土。其实这样的劳力活很容易适应,摆正心态是很重要的。程大种想着每天的二十元钱,刨去吃喝和那双套鞋,每天可以落个十多块,一个月就是三四百元。可恼的是不出五天,坑壁又塌了方,又埋进了一个河南人。等大家把他挖出来,双腿都断了。河南人在医院里上了夹板,就拖回了工地的工棚,每到晚上,就凄凉地悲号。大家每晚不能睡觉,白天又是繁重的劳动,就想把这个河南人赶出去,并要求包工头发发善心把他送到医院去打止疼针。可包工头骂骂咧咧道:"我这段工程转了三道手,还死了两个人,又伤了一个,我哪有钱让他住医院?如今住一天医院抵老子们一年的吃喝,我亏了血本啦!"

这个河南人慢慢地开始发臭,两个露在外头的光脚都变黑了。程大种为不让他悲号,给他买了瓶"驴子尿"(啤酒)。但是他喝了依然高亢地悲号,估计是疼得受不了了。没几天,便头发深长,口腔溃烂,人已瘦成一副骨架子。等到他的双脚开始流脓，包工头才把他弄到医院去，听说双腿都要锯掉。这才让大家舒了一口气。就在这天晚上，喝了一顿好酒的程大种起来小解，在工棚门口，看到了一条黑影庞大的狗蹲在那儿，那狗呼哧呼哧地喘着气，身上散发出一股恶臭，脏得就像那个要锯腿的河南人。

"这不是太平吗？太平！"

太平把夹了多天拖地的尾巴吃力地、一点一点地翘卷起来，向主人摇动了两下。

"你不是被宰了吗？你是怎么找到我的?！"

太平抬起沉重的头，眼角里挤满了眵糊，嘴巴脏得像一个下水道，牙齿上沾着血，估计是与什么东西搏斗过。

"你还活着？爹爹！"

狗的一只腿骨外露了，白瘆瘆的，可狗还是靠着这可怕的伤腿行走，终于找到了主人。主人给狗包扎，给它清洗，看着它，泪水哗哗流个不停。狗哼哼着，很轻很轻，很压抑，想把许多只有它知道的东西，轻轻地表现出来，或者是藏着。狗静静地舔着自己的伤口。主人望着这条狗，狗却眼里像没事一样，就像刚刚离开主人一会儿，懒懒地看了主人一眼。

"狗啊！"程大种说。

三位老乡吃着烟，决定保守秘密，暂不说这条狗的来历，只说是收留的一条流浪狗。这条狗回到程大种的身边，这让他感到匪夷所思，也让两个兴山人啧啧称奇。"狗是这样的。"他们后来承认这个现实之后说。大嘴说："赶山狗赶山狗，就是有名。"他说他们村有个打匠，就是在神农架买的四条赶山狗。那赶山狗不仅记路，还英雄啊，跟豺狼虎豹斗起来，没有服输的，咬得脖子断了肚子穿了也不服输。有一次两条赶山狗追一只獾子,那獾子也烈,追得走投无路了,就跳下了天坑。天坑几百丈深啊,那两条猎狗也不怕,也跟着跳下了天坑,两狗一獾,在落下的途中,还死命追咬哩,你说那狗性烈不烈?!大嘴说,这事之后,那打匠跪在天坑口足足哭了三天三夜,比哭自己的亲娘老子还凶,没见过这样的赶山狗啊!瘦瘦的王长清也说,他舅子一条赶山狗,白滋滋的长毛,是个白化种,在从神农架回来的路上捡的,别人说不吉利,他不在乎,这狗长大后,常从山里拖回来麂子啊山狸啊大飞鼠啊回来吃。有一次他舅子去镇上赶集,搭的是林业站拖树的拖拉机。坐上去了,那狗就把他咬下来;坐上去了,那狗就把他咬下来,不让他上车。他就没上车。结果,到晚上听说那个车半道上翻了,一车人全死了。你看这狗,不与神通是什么!这么说,大家一致认为把这狗养着,又听说狗被程大种打了,卖了,可狗还是找来了,就说着包工头的坏话,说包工头不是连狗都不如吗,一点人性都不讲。

说这些话时他们是在下雨的塑料雨棚里,三个人身上湿漉漉的,雨棚很矮,只能让人坐着,棚顶上汪着水,雨打在顶棚上,包工头要他们干活哩。多了条狗就多了份粮食,那狗嘴比人嘴还大啊,三个人商量要包工头先预支点工资。程大种卖狗的钱也花完了,三个人斗地主,输了的就输了,赢了的买"驴子尿"。他们去给包工头说,连抽烟的钱也没有了。包工头很烦,朝他们鼓着眼睛说:"别带着狗来一起吓唬我,你们快把狗赶走!"包工头说:我已经忍无可忍了!在这个工地上,一条这么大的高脚狗吊着一两尺长的舌头在我面前晃来晃去,我还有威信不?是你们的工地还是我的工地?

程大种又得想着怎么处置这条狗了。城里容不下一条狗,可狗费尽千辛万苦找到了他。狗跟他出来,是没有罪的,先挨了两锨,又给卖了，让人去剐，但不知怎么又出现了。这未必是太平的魂吗？程大种总是盯着他的狗看，越看越陌生。他摸着太平，摸着它身上的累累伤痕，不是他的狗是谁的！他只有一阵阵心疼和忏悔。如果回去，讲给老婆和娃儿听，他们会相信吗？如果我讲给包工头和负责的监工听，他们会相信吗？不会说我是在说谎，诓骗他们？

我只求他们把这条狗留下，就是讨米要饭，也把这条狗留下，最后，完完整整地跟我一起回了鹊坳。

程大种牵着歪歪倒倒、一走一瘸的太平在半夜里去找食。狗已经很会找食了，对钻垃圾桶有着丰富的经验。城市的垃圾堆得各种各样：有的是垃圾堆，太平几拱几拱就能拽出一块骨头或鱼刺，在黑暗中嘣嘣大嚼；有的垃圾是在烂竹筐里，有的是在铁皮桶里，有的是在高高的塑料桶里。有时候塑料桶冒着滚滚的浓烟——那是未烧尽的煤点燃了塑料。但太平却能毫不畏惧地、神速地从火堆中扒出一块食物来，而不致身上和爪子烫伤。程大种看着太平的寻食本领，十分惊讶和敬佩，他感到这条狗真有能力在这个大城市生活了，完全能在茫茫人海中找到他。这狗在城市似乎比他多生活了十年甚至二十年。它的老到、它的生存能力和生存经验，已经让程大种望尘莫及。真是士别三日啊。

狗吃饱了，就跟它回来。

有时候，他不用牵它出去，放了链子太平也会自己离开工地去找食。有时半夜他担心这狗，去找它，突然从暗处跑出太平来。这狗为何躲在暗处呢？程大种看到垃圾箱那儿有个捡破烂的，再仔细观察，太平总是躲着捡破烂的。但只要他们在垃圾箱翻箱倒柜过后，太平就会神速地冲过去，去找食物。捡破烂的都拿着一种两齿耙，估计会对着与他们争垃圾的流浪狗狠狠一耙，两个耙齿洞就会留在狗的身上。程大种观察，这些捡破烂的常常有着怪异的举止，衣不遮体，或是身上挂着几十个塑料袋——都是些神经有问题的人。但是，面对其他流浪狗，程大种看到太平总是英勇无畏的：它先是两只前爪伏地，喉咙里像闷雷一阵滚动，然后，发出城里狗们没有听到过的恐怖瘆人的狼嗥。就是狼嗥，夜半山冈的狼嗥！宽大的尾巴紧紧拖着，拧满了警惕和决斗的意志，然后，扑上去用牙齿驱赶它们，把它们远远地逐出垃圾堆。程大种看着太平的觅食表演，真是赏心悦目，惊心动魄。但面对走路颠三倒四、动辄向路人乱咬的狗，太平总是让着，并在程大种身边保护他，防止那些狗咬到主人。那些狗是有病的狂犬。

尽管如此，太平还是饱一顿饥一顿，甚至可以说基本处于饥饿状态。因此营养不良，面目全非，瘦骨伶仃，紫铜色的毛没了一点光泽，像一堆发黄的茅草披在身上，全身的骨头都尖削突出，肚子瘪得像一张纸，随风飘扬。加上它必须不停地与其他饿狗争斗，耗尽了所剩无几的脂肪，最后只剩下皮包骨头了。

工地的伙食差得不可再差，程大种自己都吃不饱，还要进行高强度的劳动，没有一口饭给这条狗吃的。道路正在向前延伸，可修路的伙食却越来越差。有一天，太平终于犯了一个大错误。就在那天，一个叫马二剪的工友吃饭吃到一半，气胀肚子，想去厕所解决问题，就把半碗饭放在了一个土墩上，回来见程大种收留的那条大狗正在代他舔碗呢。马二剪是先来的，底气足，气得青筋暴暴就拿砖头劈狗。

这条可怜的狗已经被人打够啦，程大种见了，就大声说了几句。可马二剪正在气头上，要程大种赔饭和碗——碗让狗舔了那还叫人碗吗？两个人不知怎么就动上了手。马二剪的同伙就去劈狗，狗在工棚内外，被打得东躲西藏，落荒而逃；两个兴山老乡将程大种拉开保护了。并且在情急之下说出了这条狗是程大种从神农架带出来的，是只晓人世的猎狗。可愤愤不平的那些人一直要求把这条狗宰了煮汤喝，工地上天天萝卜汤，这狗就算光骨头也总有狗肉味。包工头早就烦了，听两个兴山人这么一说，就对程大种下了最后通牒：有狗无程，有程无狗。要不，把你们赶走。

马二剪的人都在斥责这条狗的不是，说这条狗还是什么猎狗，就是条癞皮狗，扰乱了大家的生活。这么大的骨架子，眼里全是腊月的冰块，半夜时还有事没事像狼一样嗥叫几声，听着都骇人。

已经与马二剪打得鼻青脸肿、衣衫破碎的程大种在工地尽头的一堆木板缝里找到了太平，它正躺在角落里呜呜地舔着被砖头劈开的伤口——臀部破了两三条口子，流出的血被它自己一点点地舔干净了，可是伤口却不能舔合拢，依然悲壮地裂开在那里，像无声抗议的嘴巴。程大种说什么好呢？恨它？爱它？都没有了。他只想着怎么办，可有一种意绪是：不能让这些人宰了，范家一都没能宰，这些狗日的民工更没资格宰。他们跟他一样面黄肌瘦，口叉黄土背朝青天，真说起来比狗还不如哩，狗还能在垃圾堆里刨到骨头吃，他们跟他一样，一个星期吃不到一次荤。也不能让裆里满是恶疮的黄牙包工头宰这条狗，不能！这条狗大难不死，必有后福。这条狗一定要坚持住，跟我回去，回丫鹊坳去！

程大种扪抚着太平的伤口，太平看到主人的眼里在黑暗中有闪动的泪光，在城市的灯火下。因为疼痛，寒风挤着伤口，伤口似乎在无限扩大，要把它的身体扒开，扒一条能走汽车的大缝。其实，它拥有许多，当它泡在疼痛中回忆的时候。那深夜的山风正在森林中呜咽蹒跚，草垛吹得飒飒直响。那只因为没有主人在家而安然熟睡的狗太平，细匀深沉的鼾声正应和着一阵阵山潮哩。它攫花栎林中的社鼠。它吃猪槽的食。它梦见峡谷尽头落日的余晖。它狂吠不已，那是因为它想吠，没有任何原因。早晨的山冈上满是露水打湿的鸟声和牛铃声。它还有一个家徒四壁的屋子。它有着两头哼哼哈哈的猪，有三只羊，有一只黑白相间的猫。有两个娃儿，一个叫狗儿，一个叫毛丫；狗儿大，毛丫小。它与他们一起上山割猪草，挖柴胡，剥杜仲，下菜园。它还有主人老婆，一个整天忙里忙外吆三喝四的勤快女人，她害着鼻炎，鼻子不停地抽气，发出悦耳的响声。深夜，优美的深夜，一无所想的深夜。夜太长，在柔软的草窝里，它强闭着眼睛一次又一次地进入梦乡，日子一天一天美美地过去……

可它已经来到城市。它已经误入城市。它的眼里滚出了大颗大颗的泪珠，没让主人看见。

它听见主人说："唉——"

主人说："我们走吧。"

九

这一次，主人为了狗而离去，使他自己最终遭到厄运。对于太平来说，也当然不是一桩什么好事。

天气转暖了些，程大种已有了些经验敢再一次回到武圣路劳动力市场撞撞运气。他是想能找到更好的工作，不再在泥水里，在深深的泥坑里挖泥、两只脚都泡得稀烂，十个趾缝里流着臭水。他尽量想修路的坏处，包工头和马二剪那一伙人的坏处，想有一个能让太平存在的地方。这样，他就来到了劳动力市场。

坚称还是要干锯木活的程大种最后被一个嘴上栽花的男人带走了。那男人说："人是活的，活儿是死的，只要工钱对，锯不锯木又有什么卵要紧!"并讨好地称赞他的太平是条好狗,他一定帮程大种养狗。

程大种坐着一辆乱七八糟的车两三个小时后才到一个乱七八糟的地方,一个怪味刺鼻的黑水湖。程大种要去的工厂坐落在湖边,厂子里也怪味刺鼻。进了一个生锈的大铁栅门时,那嘴上栽花的男人就要程大种把太平交给门房的一个哑巴,那哑巴胡子拉碴。程大种把狗交过去后,才看到门房旁的一排平房雨廊里,拴着两条大狼狗。哑巴拿来一条绳子,就势套住了太平的脖子。

太平面对凶险的未来不是没有预料,当它在挣扎着别让哑巴的绳子把自己勒得太紧时,那送走了程大种转来的嘴上栽花的男人此刻露出狰狞的本相,只等那狗脖套进粗壮的绳索之后,挥起一根钢筋,照太平的脑袋就是一下,太平来不及哼喊,就打入了地狱。

为什么这样对待一条狗呢?为什么对这条狗有如此深的仇恨?这些人是不是与它结下了孽,或它冒犯了他们?什么也没有。原因只能说是恐惧,一条太大的狗会横亘在这些人的心上,让他们寝食难安。如果是一条小狗,命运可能就截然不同了。人们恐惧这条怪模怪样、师出无名的乡狗。如今它又因为饥饿与磨难更不中看,简直像从非洲跑过来的一条饿狗,病入膏肓,颇有侵犯人的意图,人们只求赶快了结它的性命。那哑巴也是个天才,刚才还对着电视里的小品咧嘴傻笑的,现在却磨刀霍霍,拿出一把切菜刀来,就地想把太平的脖子切开。这是那嘴上栽花男人的"指令"——这男人是该工厂的老板,他要哑巴"切了算了",同时朝自己的颈子一比画。哑巴没有杀狗的经验,但有杀狗的豪情,一点也不害怕,刀刃在太平的身上荡了两下,又在太平的颈子上比试了两下。太平因躺在地上让哑巴不好下手,哑巴就试着用刀尖去给太平翻身。刀尖一戳着太平的身时,太平这时竟一跃而起，对刀的反抗使它残存的生命得到激活。它是不会死的，神农架的狗有无边的神力，因为它是在深厚的石头上长大的，生命与山冈和森林一样古老顽强，这是它故乡的大地赐给它的神奇力量！

——当它跃起的时候一口咬住了哑巴的手，菜刀当啷落地。哑巴用悲惨短促的号叫来证明这一切，并且捂住流血的手拼命摆动。两条狼狗这时突然像两座黑暗的大山压过来，将苏醒过来的太平制服了，压在地上。太平看到两条大狼狗的四颗卵子在头上雄赳赳地晃动着，它多想跃上一口咬掉它们，可两条狗把太平像钉子钉在地上，顾不得它只剩下半口气，用它们罕见的大锐齿撕开它的皮毛，怀着滔天的好奇，要看看这只赶山狗肉里面的秘密。它们一点点撕扯着，就像在表演拉面。那个哑巴一阵奔跑止痛过后，还是提刀来朝太平的身上一阵乱剁，那血就喷得哑巴满身满脸，两条狼狗也止不住地兴奋呻唤，加上哑巴的快意号吼，几股声音在天空中缠绵回旋，在这清冷的工厂里恣肆穿梭。太平淌着大滴大滴的泪珠，动弹不得，又一次昏死过去。

太平是在夜间逃跑的。因为被扔在地上，它的身子沾上了地气，就会从死亡中活过来。地气有一种让生命复活的伟力，只有在大地和山冈上生长的狗，才能接受到这种地气的灌注，死而复生。对地气的无比敏感和依赖，是那些赶山狗生命力出现奇迹的根本；它们像一株株植物，承接着、汲取着大地的养分，它们的身体里有这种聚集吸收的根须，它们的生命属于遥远的山冈和无处不在的大地。

深入骨髓的持续痛感在一阵哀风的猛刮下苏醒过来，太平看见了链子锁着的那两条狗绿荧荧的狗眼，而它却没被绳子拴着，他们以为它已经死了吧。

太平摇摇晃晃地站起来，大地推了它一把，将它撑持了起来，四条腿,——给了它平衡的力量。大地说:你是不死的,你是罪恶城市中的金刚;大地说:你必死在故乡,安然长眠在阳光的森林里,山冈上的马尾松和清风必是你送亡的见证人。一只蜜蜂在杓兰的紫花笼中为你嗡嗡念着悼词,山坡草地上的芍药是你铺满夏天的白色挽幛。鸟声啁啾,那是天上的香雨,一直穿透你的忠魂,飞入云端……

太平依托着大地站了起来,满眼泪光闪烁。那是感激的泪光。它开始寻找着逃跑的路径。

狼狗开始叫了,它不能再耽搁了,它要逃出去,逃出这个魔窟,这个静静的魔窟!

哑巴因为被太平咬了疼痛难忍不能入睡,吃了三颗安定才进入梦乡,两条大狼狗的叫声一点也没震醒他。加上有很高的墙和带电的铁栅门(一到夜间铁栅门就通了电),所以哑巴很放心入睡了。

太平试着走了几步,刚挨着铁栅门,就被一股力量掼了回来,重重地摔在地上,所有的伤口都强烈地醒了。它又爬起来,一步一步沿着围墙和灯光的暗处走着——它寻找主人程大种时学会的一系列隐藏术又一次用上了。就像在凶险万端的大街上行走一样,它走得慢,走得无声。但是,越接近那嗡嗡作响的车间越让人头晕脑涨,刺鼻的气味像一记记闷棍朝它的大脑打来,比神农架森林里夏天那令人惊骇的瘴气凶悍一万倍,顿时刺进它体内的每一寸地方,把它泡得稀烂,浑身无力。它还是坚定地、固执地找着它的主人,它屏着息,在一个灯光模糊的大房子里,它终天看见了许多人——有它的主人程大种!那刺鼻的气味就是从那里面出来的,里面热气蒸腾,毒气一团团一阵阵向屋外涌出来,里面劳动的人在大池子周围运动着,行走着,一个个像一张张薄纸。两个人看管着这些劳动的人,那两个人脸上戴着一种突出的面罩,就像两只嘴腮突出的野兽。太平看着它的主人,主人好像病了，脚踩着浮云，在梦游一样。当他蹲下去的时候，那两个"野兽"突然在他的头上给了狠狠一棒，主人程大种发出尖锐的悲叫。捂着头站起来的程大种，只好又开始拿起一根沉重的棒子在池子里搅拌起来，那腥黄的厚重的热气一下子吞没了他。

太平心疼地看着自己的主人。就在这时，狼狗突然离它很近地狂吠起来，同时响起了叱喝："抓住他！"荒草密布的院子里出现了奔跑的人影，狼狗向这边奔来了。一个人被打倒了，发出呻吟声。太平赶快寻路逃跑。真是慌不择路，它看见一条汩汩向院墙外流淌的臭水沟，穿出墙洞，那墙洞也就只能一条狗通过。它纵身跳进沟里，臭水滚烫，浑身的伤口如千万把刀割，如万箭穿心，皮肉在嗞嗞地烧灼着、腐蚀着。它游出了院子，吃力地爬上一个草滩，全身的灼疼使它禁不住想狂嚎，可它忍住了，牙齿咬出了血，它知道不能吠叫。

昏昏沉沉中，风把它吹醒了。它逃了出来。疼痛已经使它麻木、绝望，烫热的泪滴也像那奇怪的臭水，淌出时让脸面灼痛。它像死了一样趴在草滩上。天空群星如蚁，银河依稀倒悬。远远的城市灯火依然不舍昼夜地荡漾。这是哪儿？这噩梦一样的地方，主人和我为何会来到这样的地方呢？美丽平和的丫鹊坳为什么把我们推向这样的地方？主人程大种为什么要遭受这种惩罚并且牵累我？

肮脏的大地它也是大地，腥臭的大地它也是大地。太平用肚腹紧贴着沁凉的泥土，汲取着深处的干净的能量。它站了起来，回过头看着那黑魆魆的院子，那蒸煮着地狱沸水的院子，这莫不是传说中的炼狱？

有一片小小的林子，在一个高高的土台上。它向那儿爬去。它爬了上去。在那儿，居高临下，能多少看清楚院子里的事情。太平的眼睛还灵锐，虽然嗅觉已完全被这汹涌的异味破坏了。

它在那儿等着，盼着，盼着它的主人从那个生锈的铁栅门里出来，带着它，回到丫鹊坳去。

十

它晚上出去找吃的，白天，就在自己用爪子刨出来的一个土洞里养伤、休息、避险。有泥土的慰抚，伤口在时间的流逝中慢慢愈合。不过，那被下水道的奇怪臭沸水浸过的伤口，有几处始终不能封口，往深处溃烂，形成窦道，流着黄水。

湖边有许多死鱼，也有扔弃的死猪死猫。为了生存，它必须学着吃那些腐物，刚开始，它不停地闹肚子，但闹过一阵，它挺过来了。再吃就注意吃稍为口感好一点的烂货，或者多跑点路，去寻些新鲜垃圾。等身体好转之后，它就在土台周边、湖边和小树林逮老鼠；这里的老鼠泛滥成灾，而且肥硕无比，一只只比狼还凶，也是吃腐物的，可它们的肉质却十分鲜美。

吃老鼠的事源于有一天晚上，它在土洞里被一股森冷的风吹醒，预感到有危险，接着就听到一阵吱吱乱叫的声音。睁开眼探出头往外一看，我的天！有几十只壮如小猫的老鼠已围在它的洞口。老鼠们缩着丑陋的鼻子，一排排尖锐的啮齿向太平发出了示威——很显然，这些老鼠有备而来，准备在洞里围歼太平以吃掉它。

就算它们凶狠如竹溜子，就算它们是一头头狼，搏斗，与这些不知天高地厚的城市老鼠搏斗会激发它体内的征服激素，求生的意志也使它的牙齿和爪子再一次有了剑吼西风的英气。那些老鼠不知道太平是一条与众不同的狗，是一条神农架深山里的纯种猎狗，在这个小土台上的战斗，简直不值一谈。于是，太平不顾一切地冲了出去，一个一个地咬死它们；先咬死，再吃它们！老鼠们以为这是一条静静等死的病狗，阳气全无了，可一阵狂风卷来，一会儿就鼠尸狼藉，鼠们被咬死了大半。它自己的伤口再次哗哗震裂了，可是，对敌人的杀戮使它获得了自信。它知道自己是不败的，因为它是一条赶山狗。山都不怕，何惧土台！

喝了老鼠青春的血，体力恢复得很快。它常常望着那个院子里的车间、衰草和人，想悄悄地潜进去，救出它的主人。

春天正在悄悄地到来，在这个城市不被人注意的边缘，在土台和湖边，各种绿色的植物被一阵夜雨染绿了，不知名的野花顶着鲜艳的颜色摇荡起来，腐臭的水边也有不知情的水蒿和芦苇的芽子依然娇嫩地窜出，显得尤为壮美，竟然还出现了青蛙的叫声。野蜂和鸟都在各自自由地飞翔，而它的主人却在里面暗无天日地受难。

那些天，到了深夜，终于看到铁栅门打开了，有轰轰作响的汽车开进去，然后汽车再开出来，大门就被那鬼鬼祟祟四处张望的哑巴急急地、重重地关上了。狼狗牵在他的手上，那两条狼狗会在半夜从院子里嗷嗷乱叫，偶尔，也能听见人的惨叫声，其中有它的主人程大种。

害怕是肯定的，那种种的惨叫声会让太平听得阵阵发抖，心有余悸。每当看到那个哑巴，它就会莫名地战栗一阵子，好像患了疟疾或遇上了寒潮。

哑巴守着的大铁门是千万不可进去的。好些天，在晚上，太平围着那个院子长长的、泥沼黑臭的围墙转圈儿。唯一可走的依然是它急中生智随水流出的那个下水道。可是，望着那卷着泡沫、冒着热气、怪味难忍的黄水，它就怵了。它试着把爪子探下去，爪子就一阵灼疼。

最后，它憋足了劲，屏了一口气，还是勇敢地跳入水中，拼命地向洞里游去。

程大种已经病了三天，不知道是什么病，那个嘴上栽花的男人给他吃了几颗什么药片，他就昏昏沉沉地睡了。宿舍没有窗户，难闻的气味凝滞在屋子里。他的皮肤发痒，一抓一个水疮，流出难闻的黄水，跟下水道的水一个样。恶心，呕吐，眼睁不开，呼吸困难，他感到他快要死了。他身上盖着从家里带来的被子，已经很脏了。可是那被子上的红碎花点使他的眼前出现了幻觉，老婆陶花子就在那红碎花点中间，缝着被子朝他笑着，有时又骂着，骂得十分难听。

"陶花子！……"

他冷得不住地打着牙磕，身子痉挛成一团，胸口堵得慌。

"我可能……回不去了……还有一个……躺在那儿哩……"他的手给陶花子指指说，"老板不让、我们走，你只要说走……就有人拿大棒打你……"

稻草角落里爬着一群群大老鼠，对面床上的那个工友的脚趾已被啃了，在那儿成天哀号，估计又昏死过去了。老鼠估计又在啃他的脚趾。程大种抬起头，想去看看，在黑暗中，忽然看到有一排排荧荧闪闪的小眼睛，这么多的老鼠！是不是它们嗅到了这个工友快死了，准备来饱餐一顿？

"老鼠！……"他想喊，可喉咙堵了，声音像从墙缝里发出的一样。

他吃力地够着床底自己的鞋子，终于拿起了一只，用尽力气朝老鼠砸去，一阵吱吱的响声，老鼠不见了。

其实他什么也没有看到，看什么都模模糊糊，头沉得像箍了个铁箍子。

他突然想那些老鼠该不会啃自己吧？我也快死了，还管别人！他感到那些老鼠还待在屋子里，正在伺机行动，它们正向他的身体爬来。他昏昏沉沉地想着这事，手脚拼命动弹着，生怕一停下来老鼠就会张出啮齿来啃他。

就在他本能地舞动着四肢时，手触到一个毛茸茸的东西。

"老鼠！"

他吃力地收回手来，吃力地把眼皮撑开，分明是一个大大的长毛的家伙，狗！是厂里凶狠的狼狗？不是，它舔着自己哩，是太平？是我的狗，太平！

狗像久别的亲人一样用湿漉漉的身子紧紧地摩擦着他，舔舐着他，温热的舌头像故乡的阳光。狗尾巴不停地摇摆着，嘴里发出呜呜的呻吟，并用嘴咬着他的衣服往外拖拽。这狗是在救我，想让我出去！狗啊，它要救我逃出去！一阵感动，接着是一阵虚脱的眩晕，程大种手脚顿时冰凉，晕厥过去。那些脚头等待的老鼠这时候疯狂地扑上来，就啃程大种的脚趾。钻心的疼痛传来了，程大种一声尖叫，太平引起了警觉，嗅觉丧失了，眼睛却一下子逮住了猎物。只见它用极低沉（怕人听见）但很震慑的声音怒吼了一声，就像一只大鸟跃起，朝床上的老鼠罩去。顿时，屋子里飞蹿起一只只笨重的老鼠，纷纷落到程大种的身上、被子上、头上。老鼠在被咬死时，竟发出一种令人毛骨悚然的惨叫，使人知道无辜的死亡是多么可怕。

程大种已无力坐起来。老鼠在屋里疯狂逃窜，叫声一片；它们撞在墙上，撞在门上，撞在天花板上，被撞被咬得鲜血四溅。

"好样的，太平！你真是好样的！"程大种在心里赞叹自己的狗。

一阵狼狗高亢的叫声像风暴在院子里刮过来，还伴有哑巴那含混不清、仇视一切的吼叫。

"快跑，太平！……快！"极度虚弱的程大种在黑暗中摸到狗，用尽最后的力气猛拍它一巴掌。

太平正在亢奋地咬着老鼠,它愣了一下,马上明白了。主人的指令就是一切。

就在狼狗和哑巴赶来时,就见一道粗壮的黑影像闪电蹿出门外,飞进院子的荒草中。两条狼狗马上朝草丛里扑去。哑巴没看清是什么,在那儿正搜寻着想看个明白,忽然一阵狂风,一个黑影罩来,他的腮帮子就被撕掉了一块,发出"叭啦叭啦"的声音。"啊!"哑巴惨痛地叫唤,人竟跳起了三尺高。两条狼狗急急追去,那黑影跳进滚烫的废水中,沿着下水道钻出了院墙。

太平再一次潜入院子是在五天以后,它看见它的主人程大种已经死在床上,七窍流血,骨瘦如柴,老鼠已经啃坏了他的脚趾,两个耳朵也没有了。它躲在那一人多高的野蒿中间,看到哑巴和另几个人把它的主人抬上汽车,然后车开走了。太平潜出来后,追赶着那辆汽车的尾尘,可是到了一个三岔路口,它辨不出车去的气味,空气里的浓郁怪味绞杀了它的嗅觉。

它在城里找了几天,后来它来到了一个火葬场,在空气中似乎嗅到了一点点它的主人的气味,那高耸的烟囱上正飘过一缕缕的白烟,它的主人程大种随那缕白烟飞走了。

"故乡!……"它在心底里大声说。它喊。它,太平,一条狗。一定是回到故乡去了,它的主人。那缕白烟正向遥远的天际飘去,在很远的地方,在川、陕、鄂交界的那一片山冈上,总有这样的烟云,像透明的梦境,从它的眼际飘过。还有一种更醇厚亲和的气味,不是这儿死亡的冷漠气味,那气味突然从很深的地方泛了出来,还没有死去,它蛰伏在太平的心灵深处。那气味使它回忆起过去的一切;那气味拉拽着它，牢牢地拴住了它，让它不可遏止地带着坚定的步伐，向那儿走去！

它跟着飘缈的主人，跟着云端里的呼唤，在星星的指引下，嗅辨着那若断若续的来路，向回走去。

越过了千山，涉过了万水。不停地行走，不停地寻找着那从小就熟悉的气味。它已经走掉了身上的毛，走秃了脚爪，尾巴被围攻的野狗扯掉了半截，耳朵拉开了口子，一只眼睛也被顽童戳瞎了；它见过了世面，伤痕累累，泪流成河，可脚没有停下半步。它死了，又活了；活了，又死了，九条命（猫狗九条命）已经用了八条，还有一条攥在自己手里。它走着，走着，已经不是一条狗，是一个行走的魂。

在一个深秋，在百果摇曳、万树如火的日子里，狗儿和他的妹妹毛丫看到山路的尽头走来了一条歪歪倒倒的狗，狗一走一瘸，浑身裹满了尘土，身子像一个纸糊的架子。这狗熟啊，这不是咱家的太平吗？

"太平！妈妈，太平回来了！"他们忙向厨屋里的妈妈大喊。

听到喊声，那个厨屋里的女人陶花子从里面出来，在抹腰上揩了揩手，揉揉被灶火熏红的眼睛，朝那条远远走来的狗看着。

"真是的！太平！太平回来了！"那狗不紧不忙地走了过来，睁着唯一的一只眼睛望着他们，面色沉静，没有表情，尖削的嘴紧紧咬着，眼神怠倦，好像是从一个深深的山洞里走出来似的。

"太平！太平！他爸呢？大种呢？太平！他没跟你一起回来吗？！……"

女主人陶花子蹲下来一把抱住了它，摸着它瞎掉的眼睛和开岔的耳朵，摇着它问着。狗依然没有表情，一声不吭。这时候，陶花子看到它的眼睛里滚出了一滴一滴的泪珠。

生活还在继续,因为日子还在继续。

丫鹊坳和神农架的人都在谈论着这条叫太平的狗,这条神奇的神农架赶山狗。这件事刊登在二〇〇×年十月的《荆楚日报》上。

报道说:

狗的主人程大种(化名)音讯全无,狗却千里迢迢回家了。

我希望程大种也能像他的这条神犬一样回家,因为他的亲人们在日夜盼望着他的归来——假如他还活在这个世上的话。

滚　钩

　　成骑麻把船停泊在芦苇洲头的一个小汊子里。他没想到，这五月，风乍起，浪接天。风如此寒厉，昨天还是单衣，今天要穿棉袄。江上的风本来就硬，加大到六七级了，雨也有随风而至之势，白呲呲的巨浪向滩头打来，不到人高的芦苇咔咔折断，江水陡然浑黄暴浊，浪渣密密层层漂来。这天气是不能打鱼了，拴好船，想赶快回家添衣服。走上滩头，看到几条野狗在嗷嗷乱叫撕扯什么，凭直觉是死尸。死猪死狗也就罢了，一个黑乎乎的大家伙就是个死人，他们俗称的"泡佬"。成骑麻拿着长钩就飞跑去驱赶野狗，那些疯狂的野狗也是吃红了眼，逐渐向野狼进化，尾巴呼啦啦地摇着，身架奇壮，牙齿尖突。等成骑麻将长钩向它们扫去，硬是几个回合，撵走那些野狗后，看到那个泡佬已经被啃去了半条胳膊、一只脚。

　　是浪把这人送到滩上来的，是死人，成骑麻一个激灵，不由得往四下望望，是看有没有史壳子。这是条件反射。再看那泡佬，天！不是村里的成小安吗?! 小安找到了，小安浮起来了!

应当如何把这消息告诉村里呢？他必须守在这儿，不然小安的尸体会被啃得一点不剩。或者先埋人？但这不是无名野泡佬，无名是可以埋的。小安就不同了，是同族侄儿。你看成小安，蜷着五个白森森的指头，似乎在召唤着他，也像是指着村里，眼睛鼓涨涨地望着天，分明是要成骑麻去喊他的亲人来。前三天，成小安的老婆腊月算是埋掉了，小安是要与老婆同坟的，他们是抱着一起跳江的；小安患了肝癌，治病欠了一屁股债，医院催款，疼得也不行，就这样两口子商量好，一起从成家村堤边的废弃趸船上跳进了长江。

打捞腊月，史壳子要了三千元，谁不说这史壳子黑心烂肝，咒他咋不得癌症的，毒瘾犯了，让车一头撞死也行。这只是背地里说说，见了史壳子，一样点头哈腰。交三千，还说是乡里乡亲的特价。成骑麻没有参加，勾老倌、虫老倌和哑巴三水去了，非族人。刚开始成骑麻是要去的，小安的爹哭着来说让成骑麻帮忙去捞捞。这还用推托吗？钱是不会要的，本来就与小安爹是表兄弟。再者成骑麻打捞了三十年，打鱼，捞尸。他准备好滚钩，史壳子却找上门来，甩给他一句话说："麻老倌，您郎嘎不要断我的财路。"成骑麻当时还嘴的想法也没有。这一说，也是警告，以后他要断成骑麻的财路。这一带，水牛市两岸的捞尸，不知怎么就成了史壳子的一碗菜。有想捞尸挣小钱的，不是船被凿出个洞，就是半夜被扔石头，还有的不明不白船篷失火差点把人烧死。还能是谁干的咧？当史壳子走出戒毒所时，一个因毒瘾快疯的人连父亲都砍得下去，你还不谢他留了一手，让你不死。啥时候他打上了泡佬的主意，只有天知道。也许有一天他看到那些从水里钩出的死尸，看到呼天抢地的人阴阳相隔时，对着茫茫大江无助嘶喊时，那些歪歪倒倒的老渔民，就成了他毒资的输送人。他自己，也许某一天照镜子，看到只剩下牙齿和鼻孔的一张脸，不就是具死尸吗？他咋会捞尸？最后一次戒毒出来，饿得不行就成立了一个壳子打捞有限公司。大家都知道他的诨号，一张纸壳子样的人，或者这个打捞公司，就是个空壳子。他自己，叫史克治。壳子打捞公司，什么都不捞，就捞死人。前几年，捞一个五千，史壳子垄断后，涨到一万二，一口价。这里还有二家吗？找政府，政府不管这事。政府管得多，小贩摆个地摊也要掀的，淹死人了不管，没有公益捞尸队，连在江湾竖个警示牌子也小气死了。这水乡到处是水，伢子们咋能一天到晚读书而不会点扑泅呢？这狗日的教育！水牛市的观音湾，是观音河入江口，那儿表面平静，暗流汹涌，入江的水把江底淘空，深不可测，流沙在水下四处游弋，像一只只巨手拽着你。在这儿游玩的人不知深浅，几步往水里蹚去，以为是平滩，几步就卷进深坑漩涡，就会惊呼救命了，两只手乱抓乱打，几下就没顶了，只好去捞尸。

　　有人说观音湾有冒充观音的水鬼，在水下拉人。水鬼都是屈死鬼，必须拉下两个人才能托生转世。这就造成了恶性循环，一个拉两个，两个拉四个，四个拉八个……史壳子的发财机会就来了，干不完的捞尸活，赚不完的死人钱。史壳子过去经过商，他注册了公司，就堂而皇之"正式"了。然后弄些小伢沿江发卡片、贴不干胶。上有他的手机号码；提供死人信息的，给一百元信息费。有了淹死人的信息，再电话村里的渔民放滚钩捞尸。如他们捞不到人，也有两百元的收入。因为死者家属已经给了四千元押金，捞到捞不到，这押金是不退的。刨去其他的如每个渔民两包烟、一条毛巾、一双布鞋、一瓶二十元的白云边酒，加上给信息费等，史壳子还是赚大头。捞死人又不要发票，税也偷了。捞到了，成骑麻他们每人可得六七百元。一个月平均下来不止一笔，远比打鱼的收入多。这年头，长江上已无鱼可打，三峡建坝，水小了，拦住了上游来的鱼，也没有下游来的鱼，如洄游类的鱼。加上前些年打鱼的多，且是电鱼、迷魂阵、矮围、地笼、陷阱网、抬网、光诱捕网，断子绝孙的炸鱼和电鱼，长江里哪还有什么活物？过去，成家村全部打鱼，成骑麻就是村长，领导两百多号船。还有村集体的机动大渔船，八十匹、一百二十匹马力的渔船就有好几条，在长江里下三千、五千米的滚钩，围捕春季和秋季鱼汛，围捕江上的腊子（中华鲟）和江猪子（江豚）；那时没有保护一说，江上江猪子一群群几百只，腊子从东海游来去上游金沙江嘉陵江产卵，有时候夜里整条江上都挤满了巨大的腊子鱼群，一条大的有千把斤不稀奇。有"千斤腊子万斤象"之说。三层滚钩拦截，一次捕几万斤鱼太稀松平常。冬天也用围网，有一年一网捞上来二十万斤鱼。长江上的四大家鱼青草鲢鳙是大宗，过去天天都可打到几十斤重的鲢鱼、鲶鱼和鳡鱼。但现在四大家鱼全是人工繁殖了，没有了江里产卵之说。现在，村里的人全改行干别的了，或者到各地承包鱼塘，剩下没死的老家伙们，没事可干，就只好在江里打点小鱼小虾，聊以度日……

  成骑麻习惯性的用手指去敲敲小安的手。每个捞起的死尸他都敲一下，看有什么反应？当然不会再有反应，习惯而已，这是跟他的父亲学着做的。所有泡佬两手都是张开的，不会捏着。他们已经把人世的一切全部放下了。看着小安的尸体，成骑麻想，我不能就这么守着。人又离不开，风又大，往后面看，野狗在芦苇荡里伸长猩红的舌头窥伺着。他用手机给家里打电话，拨了几次，无人接听。给儿子？儿子"失踪"了，只要是他成骑麻打，儿子不会接。儿子丢下老婆孩子，与义忠村小学校长的肥老婆私奔了。儿子从小瘦，渴望一身肉，这就找到了一身老肉，校长老婆大他整整二十岁。有一次接通了电话，他对儿子说，我都要叫她妈了，你奶奶啊！有时候也无可奈何地想，你小子也算争了口气，一个半文盲竟能勾引到校长的娘子，咱家祖坟上冒青烟啊。

他只好去船上，找了半截桨片，好在是沙土，拖着小安的腿放入一个沙坑，三把两下将他临时掩埋了，再抱了些浪渣树枝堆在上面防野狗扒拉，就赶快去村里报信。

这里，成家村在长江南岸的沼泽里浸泡着，芦苇、青蒿比房子高。巨大的蚊蚋繁殖得很快，发出震耳欲聋的嗡嗡声，铺天盖地。许多人家的篱园里卧着恶狗和断砖，獾鼠在村子里大摇大摆。庄稼小块地成熟着，阳光有些偷偷摸摸，无精打采。但是从远处看，是绿水人家，鸡鸣狗唱。埠头有蒲柳，屋前有垂杨。旧船半沉水中，破网飘飘荡荡。两百年前的成姓人家在这里挽了个土埝，就成了村庄，以后陆续有江苏安徽的打鱼人避风在此，赖着不走，成为村民。再以后水鸟也看上了此地长出的树和生活的牛；这些奇怪的水鸟，喜欢临风筑窝，平时蹲在牛背上缩着脖子发呆，不吃不喝，精瘦无肉，像一些白色的棍子到处弹动。到了冬天，北岸凶猛的大风直扑这里，黄鼠狼到处挣扎跑动，沼泽里的青麂开始大哭。野鸭如云排空而来，它们以水里密密麻麻的蚂蟥为食，解了成家村人的心头之恨。干枯的长江蜿蜒东去，让对岸建筑丑陋的水牛市暴露在江水的倒影中——全是灰色的屋顶，杂乱无章。加上点小雾，倒影里对岸的城市就像梦中，与他们无关。至少狗没有心理压力，并不以自己是村狗而收敛，发狠地对着城市扭曲的倒影狂吠，以主人自居。这里的一切，依然是祖先带给他们的命运。现在五月涌动，汛水携着长江上游的腥味下来，弥漫在村子里。沼泽深处有产卵的鲤鱼上蹿下跳，异常痛苦。到了深夜，听得到它们重重的扳籽摔打声。

说是叫成家村，但渔民忌讳太多，"成"与"沉"同音，只能叫浮家村，过去成骑麻大家都叫他浮村长，现在叫老浮。叫老浮的老倌子太多，就叫他麻老倌。史壳子也不能叫史壳子，"史"就是"死"，只能叫活壳子，活总。

雨下来了。点子很大，但很稀。这时候，成骑麻抬脚进村时就看见了史壳子的爹，瞎着眼睛在门口摸索，雨点击打的灰尘溅跳上他宽大的裤腿。有一条狗的眼睛是他给戳瞎的。门口一排树上牵了根船绳子，他就顺着绳子每天摸索走路。这条绳子也是捆过尸的，只是史爹不知道罢了。即便史壳子是长江两岸的捞尸大老板，一月少说有一两万收入，可他的家却依然破旧，用水泥砌的矮两层楼房，差不多有三十年历史了，是史壳子他哥没枪毙时用贩毒的钱修的。外墙是水磨石，已经长满了老年斑似的青苔，上面爬满阴险的蜥蜴和滑溜溜的蛞蝓。但在楼顶上还用蓝瓦搭了一间很高的小屋。很有几次，在有月光的晚上，成骑麻看到史家这蓝瓦屋顶上躺着许多鼓涨涨的泡佬。那些泡佬一个个按照出水的样子，有男有女地整齐排列，男的从水中浮出是脸朝水底，女的浮出是脸朝天。老辈子的人说男的脸沉故屁股朝上，女的屁股重故脸朝上。有一天半夜出来小解，成骑麻看到他家屋顶的那些泡佬有的坐起来，有的女鬼在梳头——月光下的头发湿漉漉的；有老人，有年轻人，有小伢。成骑麻以为自己看花了眼，回到床上往窗外望，还是那样，鬼还在他们家屋顶上，影影绰绰，还在梳头。这事儿他跟谁都不能说，包括老伴。他到江边的大悲寺里偷偷化了斋，捐了钱，烧了纸，磕了三十六个响头。菩萨是要念及他成骑麻祖上三代没吃过死人的饭，从他父辈算起，都是渔民，也是水牛市民间慈善组织"义善堂"的成员，专门捞尸葬尸的，不收分文酬金。解放后"义善堂"解散，政府接管，还是捞尸不收钱。"文革"时投江的多，那时政府瘫痪了，但成骑麻的老爹还是一如既往地带着他和村里渔民义务捞尸。一年捞过两百多个泡佬。后来，他九十岁的爹死了，这事儿好像就没人管了。

他可以埋着头走过去，不理会这个瞎子。但另一个成骑麻却停下来。这个成骑麻在那儿踯躅了两三步，看了一眼天上的雨势便大声问：

"活爹，活总在家吗？"

他给了他一条鱼。这是惯例。即使没打到鱼也要买上别人的一条拿来给他，好让他给史壳子说麻老倌子又送鱼来了。现在，拿到鱼的瞎子一阵高兴，刚才像僵尸的脸上变得喜笑颜开，边抖边走说："我来给他电话，我来打电话！"

瞎子过来往他身上一闻，瞎眼一翻，有话了："有泡佬味。"

他是怎么闻出来的？这老倌子年轻时吃喝嫖赌，也在渔船上做事，见到女人又无他人在场时就顺势按到船板上奸了。船家女人赤脚单裤腰里还是橡皮筋，非常容易得手。船板上又干净，好像到处都是婚床一样。村里渔妇意志稍有松懈的没有不被史老倌奸过。好像还都愿意让他戳上一枪，没一个反抗报警。可见"男人不坏女人不爱"的宇宙真理有几十年了。但有一次在外村奸女人时被发现，让人戳瞎了眼睛，从此金盆洗手，改邪归正，在家教育出了两个吸毒儿子。

他帮他儿子拉生意咧。他是看不见他自家的屋顶上有那么多泡佬坐那儿了，但时常半夜会突发头疼，清喊鬼叫，说有人用绳子捆他，到了白天，没有事了。这屋里平时也就他住，史壳子四处游荡，居无定所。史老倌摸摸索索去拨电话，瞎眼狗夹着尾巴打着哈欠贴在他腿边。可怜这狗，一身在路边粘上的苍耳果没人摘，连蹲都不敢蹲。头上、瞎眼边都给粘上了，一颗挨着一颗。

"你死哪儿了？"然后把话筒给成骑麻。

那话筒又黑又脏，还散发出一股大蒜味。从桌子上拿过来时被桌下的一堆瓶子绊了一跤，成骑麻后悔莫及，从这儿走过去不就行了吗？

"……是这样的，我看到小安了，可不是我打捞上来的，他自己浮起来的，在芦苇滩那儿……风浪大，就漂到这儿了……还被狗啃了，我去给他爹说说……"

他这样说是什么意思？他要说服自己。他的意思是向史壳子解释，就是解释，解释后再去告诉小安的爹。绝不是我打捞上来的，我说的是这个意思。是解释，不是告诉。我谁都不想得罪，史壳子是得罪得起的吗？

"你没给他爹说哟？……好！我马上来，在打牌……"

他在江边麻将馆，离这儿不远，再怎么想办法都来不及了。如果他在对岸水牛市，再比如说是另有人发现的，他成骑麻不就撇清了，这就不与他相干了，他害怕什么呢？不就害怕以后史壳子不再给他派工，让他赚不到分文。唉，人贱了。

心里一塌糊涂。看着狗身上的苍耳。狗浑身抖动着，因不能卧，估计它站了一个月。可你这条狗在这屋里也就这个命运了。

不给他史壳子说，会有什么样的结果，都是知道的。常言说欺老不欺少，他再怎么坏，他年轻；我再怎么好，我老了。老村长算个卵，世界是他们的，也是他同伙们的，他们狠，你只能认。这几年你成骑麻添置的沙发、手表、手机、太阳能清华阳光热水器，又修了瓷砖厕所，还补贴那个不争气儿子孙子的钱，从哪儿来的？每个月总有千把两千块的收入是谁给的？到了夏天，一月捞八九具尸是常事，最多一个月拿到一万是谁带给你的？全是现金结算，史壳子从不拖欠，因为捞尸先付款。史壳子这里，一具一结，捞起来就有钱，捞不起来也有钱。肥皂、毛巾、烟酒,给亲戚的不少,用得完吗?亲家那边,割两块稻也是瓶装酒,白云边、关公坊,来这边提的。史壳子有规定,凡在他手下搞事,就是公司员工,不许接私活。有一个老倌子,私接了一单,捞个小伢,收了两千,好,从此史壳子这里没你的事了。老倌子急呀,退钱他,提好烟好酒找史壳子求情,史壳子臭不理他。你干瞪眼。

可是成骑麻感到一阵阵的不舒服。等他回来,等他去给小安的爹说?小安媳妇腊月捞起来要了人家三千,还说是十年前的价,说他还要开工资交税,睡(税)你妈的个逼!还不回来,小安被野狗刨出来啃完了!可他成骑麻为啥就迈不开腿呢?

史壳子摇摇晃晃地骑着一辆无牌摩托出现了。这个鬼一样的人,三块骨头顶着个脑袋,两只寒风眼叮咚叮咚地闪,屁股像被人砍掉了似的,手像鸡爪,鼻孔萎缩,气若游丝。

成骑麻爬上他的摩托上了江堤,风越来越大,老远就听见野狗争食的撕咬声,史壳子驾驭不了这摩托,几次崴在沙子里,把成骑麻摔下来。成骑麻拾起掉地上的长钩就拼命往江边跑,几乎是怀着愤怒将长钩掷去,打着了一条狗,其他的狗才惨叫着逃之夭夭。但,小安已经被扯出来,残肉与沙子混合在一起,粗看大腿又遭噬啃,手指也残了。滩头上弥漫着一股烂洋葱的臭味,那臭味酸腐,尖锐。他呼呼地喘气,年纪大了,跑这一路力不从心。加上寒冷,脖子以上出现酸麻胀疼,心脏早搏,跳两下停一下。

"先把他洗干净,就说是鱼啃了,把这里的沙耥平。再是,把您郎嘎的船划过来,把滚钩拿来,我们给小安挂些钩……"

他都懂。成骑麻做了二十多年的村长还不懂吗?这事能做吗?他极不情愿地去了船上拿滚钩。他回过头看到史壳子拽着小安的尸体往江里拖。

成骑麻钻进船舱，舱里有滚钩，是上了锁的，怕人偷。此外船板上什么也没有。问题是他冷，想加件衣裳，最好是棉袄，最好是睡进被窝里。小安，你咋让我撞上了哩，这真是天大冤枉啊！

那边在喊："麻老倌快点哟！"

史壳子不耐烦了，他就是这么指使你的，就因为你老了。他去解船绳。是个死结吗？老子从来没拴过死结的，一急还解不开。风又大，这能划走的？会翻船的！看到史壳子拖得很吃力。死人是很沉的，而且死人都会暗中使劲。成骑麻磨叽时间让他拖，让他搞去，然后我就说船坏了回家去。这想法很快让史壳子感觉出来了，史壳子高声在那边喊："您郎嘎是不是下不了手？那就回去嘛，把钩拿来我挂。"

成骑麻划不是，不划也不是。船从芦苇汉子里出来，风浪劈头朝他打来。船抛到苇梢，再咚咚地撞上汉岸。成骑麻哪还站得稳，五脏六腑都要簸掉，就像成小安无形中拿棍棒打他。死人是会发怒的，今晚只要船不翻，要在船头点一盏菜油灯。菜油还有，要洒点酒。他要哭起来，你他娘的只拉尸不拉船。全身湿透了，这事小安不会放过我啊。

"划不了咧，浪好大！"他说。

史壳子根本听不到，也没听。这时候，成骑麻看到几条狗与史壳子抢夺起小安的尸体来，狗看准了史壳子手无缚鸡之力，狗都瞧不上他。史壳子只好放下尸体，在沙洲上到处叱狗撵狗，可狗朝他狂扑，恫吓他。风又不顺，声音不达。成骑麻跌倒在船舱里，脑壳磕在船龙骨上，这一阵生疼！快哭起来。小安你莫使坏呀，我可没做什么咧。狗咋不咬住他，让这瘦猴精跟小安一起去了！便朝史壳子吼："划不过来咧！"他巴望史壳子手下留情算了，给小安爹一个顺水人情。

但史壳子撵走了狗跑过来，气吼吼的，给成骑麻导航。成骑麻年老体衰脚步不稳，史壳子要他甩绳子，他来拉船。拉船是可以，此时越拉越翻。

"就这儿了，就这儿了，后头下锚哟！……把滚钩拿上来！"史壳子这一说，等船碰到岸，成骑麻就跳下船，牵绳拿铁锚，把船固定。

滚钩很重，钩呀铅坠呀纲绳呀。都排好了。船上有六十米的、一百米的两种。如果打鱼，六十就够了，上有倒挂须的粘钩上千个。在很久的过去，村里在长江里打江猪子、腊子的时候，用两三千米的滚钩，有两万个以上的钩子。现在，六十米、一百米的滚钩，是专门捞尸的，长江上没有了这大的鱼，用不着。政府也不让用。若是钩人，政府就没话可说了。你自己又不去组织打捞，咱是替政府分忧解难呢。你组织个捞尸队，花点小钱就不行吗？可就是没人做，不知道他们每天上班在干什么，是在吃稀饭还是干饭。社会上的大老板现在也没谁热心此事，没谁捐款，比过去的商会差得远啊。

"动手啦！"

成骑麻听从史壳子的，两个人一个拽一只小安的脚，往江里拖。是太重。这是让小安再投一次水。丢进江里，水溅上来，就像小安戽水，两个人都湿得像落汤鸡。

"活总，你挂钩，我去村里喊人？我老汉扛不住了，快熄火！"

可史壳子滑头，说："你不会骑摩托，我快些。"

不等成骑麻答应，史壳子就发动摩托走了，往后头甩给成骑麻半包烟。

这事怪谁呢，你就算不告诉小安他爹，埋了不也无事了吗？你这不是自讨苦吃？

点了支烟，看到小安张开的大嘴，把烟栽在了他嘴里。

"你可忍着点，小安。"他对小安说。

烟在小安的嘴上燃烧，就像他满不在乎地说："麻叔你挂，我不怕疼的。"

这就好。成骑麻把钩去挂小安的死肉。反正是死了，橡皮一块。这样想就挂了。人肉跟猪肉一样，好挂，皮还薄些，再多挂些在衣裳上。头上不挂。狗吃掉的地方多挂几个。小安呀小安，你咋走这条路呢？别怪麻叔不好，死了还要挂几十颗钩。你麻叔老了，无用了咧……眼泪就出来了。冷出的泪。怎么想怎么伤心。心脏要出问题。

就少挂几个吧。把他往水里拖，摁进水里。就这样了。

由远而近的哭声一窝窝卷来。小安家的亲人和村里来了一大群。喊号着小安的名字，咿咿呀呀好悲惨。小安爹眼泪眼屎糊了满脸，拉着成骑麻就敬烟，连连说："麻哥麻哥，感谢感谢呀！"

小安妈过来见到挂满滚钩的小安尸体就哭昏过去了，各种人，各种哭。有人就给成骑麻递烟、酒、毛巾、肥皂。小安的两个小孩拉过来就在沙滩上给成骑麻磕头。这一下，成骑麻也哇哇地哭了，给两个小孩擦眼泪，却说不出话来。他赶快取钩。这钩大，不好取，拉出肉来。只是呜呜呃呃地哭。后来小安就放在板车上拉走了。

成骑麻浑身一点热量都没有，僵硬的手接过一千元，听史壳子说是"对半掰"。这不就是要了小安家两千吗？小安家哪还有钱？人已经被狗啃得七零八落，够凄惨了。就是因为没钱又疼得不行投江自尽的，肚子鼓胀，肝癌。天地良心，史壳子是要遭报应的。我只是想撇脱关系，不是想赚小安你的钱，你家谁不知道，我这不是黑了心敲骨吸髓？我就算缺这一千块钱，你史壳子缺这区区一千吗？……

村里到处是鞭炮，是乡亲们去小安家为小安放的，大家是同情这家人。成骑麻回到家里盖了三床被子还是冷,还是筛糠似的抖。让老伴煮姜汤。吃药。床都抖动。打牙磕。几颗仅剩的牙齿叮叮当当地响,就像发地震。在烧得迷糊中老是梦见儿子跟一个肥胖的女人抱着投江。

"你个婊子养的究竟要不要老婆儿子的?"

他在发烧中迷迷糊糊对着无人接听的电话大喊。儿子电话是通的,就是不说话。他在水牛市的哪个角落待着,与那个大他二十岁的校长娘子天天共度良宵?那一堆泡佬肉,有个什么嗍头?日你鬼娘的!

他把藏在枕头下的那一千块钱拿出一半,要老伴赶紧送到打丧鼓的小安家,交给他爹。老伴说:"你哪来的钱?上这么多情?浮涛结婚时他们才上了一百呢。"

"拿去莫啰唆!"烧得满脸通红的他大吼。

两天的风息了。太阳一出,人也好了。晨雾濛濛的沼泽上,一群野鹜好似乌云卷来,落到随风起伏的新苇丛中,留下凄清的叫声。菖蒲绿得发亮,好像涂了一层蜡。天气突然热了,天空也更开朗,云彩慢悠悠地招摇。

村里走了一下,碰上了小安两个成孤儿的孩子,各塞了二十元,要他们不要给爷爷说。到了傍晚,成骑麻说是去看船和水的,买了些纸钱香火去了芦苇洲子。水是大了,水腥味更加浓重,江上的水拥挤成一片。暮色苍苍,沙洲上空旷无物。他在那个现场烧了纸点了香。又上船在船舷四周洒了酒,在船头点了盏菜油灯。他抽着烟坐在船头,望着漫漫江水。天黑后,他离开。船头的灯,燃了一夜。

送鱼的来了,让他不出船都不行了。

送鱼的送的是十来斤的鲶鱼,有大有小,充江鲶的,卖就说是野生江鲶。鲶鱼不会立马死去,加点水放前舱里,去水牛市卖。这事也已经惯了，多加不了多少钱，一斤加个一两块钱的价，如果鱼死了还赔本。一般来说，不会全卖家养的鱼，杂着卖，总可以从江里打些鱼上来，一半对一半。

"老倌子，昨天你又哼了一夜。"老伴说。老伴先将鱼要下来了。

"没有吧？"成骑麻穿着衣服说。

"不行就算了。"老伴说。

"你把鱼要了，不是赶我出门？"他不耐烦。

打开鸡笼的事都是成骑麻做的。等他起来，刺耳的摩托声把送鱼人带走了。阳光把整个村庄照得通红，好像过去的悲痛是不存在的，一扫而空。蜿蜒的江堤和田野都铺展在早晨的白雾中，黑色的叨鱼郎鸟，在沼泽上空无声地逡巡。他用长钩子系上装了鲶鱼的塑料桶，斜背到后背上出了门。

水涨得很快，前几日小安躺着的地方都快淹没了。淹了最好。沙洲子上，凡是低洼处，全是浑浊的泡沫。一道道殷红的流霞在天空漫溢，江水像胀大了肚腹的巨蟒，鼓鼓囊囊地争挤着两岸江堤向远方爬去，发出低低的吼声。

洲子上早就等候着过江去的本村和邻村的妇女，她们是来搭乘免费船的。这些叽叽喳喳的农妇，从三十岁到五十岁不等，大都打扮得花枝招展，有的还穿着吊带内衣，衣上的亮片满身闪光，宽大的乳房在内衣里摇晃，手和脸都很粗糙。这些去城里卖菜的农妇，奇怪的是没有连提带挑，大担小包。每个竹篮里也没多少果蔬，也就几把白菜，几串要死不活的辣椒，一些歪歪扭扭、奇形怪状的黄瓜……她们不像是从菜地里择菜出来的，身上散发着廉价的化妆品的香味，没有劳动的肮脏和倦容，眼角里没有风霜凛冽和担忧生活的痕迹。

其实大家心照不宣。这些女人都不是正儿八经去卖菜的，卖菜不过是个幌子，都是早出晚归到对岸的杨柳公园里做皮肉生意去的。那里有很深的树林和冈坡，一些垂死挣扎的老倌子花个二十三十，可摸可操，只要你操得动，价格低廉，便捷迅速，临死解解馋虫。这些年村里就一带二、二带三，姑姐带弟媳，嫂子带小姨，钻进了树林子。一张报纸，一个套子，一天少说可以赚个一两百元。再说，男人们也不在家，由她们去了，有的是默认了。挣钱总比闲着好，广开财路嘛。

"上我的床哟！上我的床！"

勾老倌喝了早酒，声音像擦了锈的钢精锅，亮堂堂金灿灿的。他故意把"船"说成"床"。勾老倌七十多了，满面红光，精神抖擞，像从五四青年节出来的。他的船穿着百衲装，补过无数次了，丢在江边连拾柴人也不会要。他蹲在舱里用葫芦瓢舀着船舱的渗水，叩打着船帮向那些妇女吆喝。

可是那些妇女不上他的船，这老倌子太呆气，喜欢摸妇女的奶，一路划过去要打情骂俏，吓你，让你抱着他。这老倌子死了来世变鱼，没得鸡巴。

"好啊，你们都到麻老倌村长的床上去了，不把他搞瘫的?!"

可是，无论勾老倌怎样喊，妇女们还是要上成骑麻的船。船好，人正，你看他收拾得清清爽爽，多少年了，还是个干部做派。头发不乱，牙齿不黄，胡子干净，皮鞋闪光。上了船的妇女们就开始把带来的米往船舷四周撒，口里还念念有词。这些渔船，捞鱼捞尸，船头船尾堆的绳子都捆过死人的；船舷边上都系过死人的，这船阴气太重。捞上了死尸，又不能沾船板，只能拖在船舷边，否则船不吉利。这也是祖上传下的规矩。

初夏的头河水早就过去了，那是桃花汛。现在是第二河第三河水了，水越来越大。船往江中心划去，就看到上游漂下来大量的漂木浮渣、死猪死狗。

"呀，泡佬啊！……"脑袋伸出舱外的妇女有人惊叫起来，同时手指着江中远远的地方。

"……该死的，该死的，猪啊！"

但见那江中心簸箕大一个个的漩涡里，旋转着一只只死猪，乱流像疯狂的水底巨兽拽着那些死猪浮上沉下，仿佛江里有无数电扇的大叶片在飞速转动。

"上游遭了猪瘟……可也不能这样往江里扔呀，真是的！"

"也许是发洪水把养猪场淹了……"

成骑麻也惊骇，一辈子在江上，从没看到过这么多死猪。他避开这些死猪，哪知死猪专往船边靠，就好像船舷有磁石一样。这种情况很奇怪，现在那些死猪向他直奔靠拢过来，以船为中心。勾老倌也在那儿咋咋呼呼，他也陷入了死猪的包围圈。碰到泡佬也是这样，有一次一个泡佬紧靠着成骑麻的船舷，用桨怎么也推不走。推开了又会流过来，甚至转几个旋还是到了他船边。这事不好解释，最好是捞起来埋到沙洲才完事，泡佬心里也是这么想的。

船从死猪阵里劈开一条缝往前划，一股恶臭弥漫在江面，苍蝇像蝗虫歇在死猪身上。桨杀过去，苍蝇轰地飞散，又向渔船和船上的人身上落下来。两片桨上都歇满了苍蝇，浪也越来越大，船一忽儿上了浪巅，一忽儿又跌进深渊。深渊是地狱的入口，是坟墓。那些妇女此时不吭声了，脸色惨白，张着嘴闭着眼，好像被男人强奸一样。船体被浪和死猪撕扯得吱呀乱响，要散架一般，嘎嘎的声音不知从哪里发出的。妇女们不时一阵尖叫，像船翻了一样。妇女的叫声，苍蝇的叫声，勾老倌喝多了几近绝望的叫声，他还听见了自己手机的叫声，他来不及看。他的两支桨就是一船人的性命，弄不好就变成一船泡佬……

他本想叫妇女们帮忙扒死猪开路，但又没工具，还怕她们出舱一晃掉进江里，这种水呛一口就没命了。与这么多死猪争路，莫非是谁暗中害我？有一股沉郁悲凉之气从脑门透出。手机响莫非是史壳子的电话？又有死人？算了算了，不再有死人最好，不再有淹死的人，特别是今天。如果要淹死，就在这几条破旧的小渔船上……他不由得往勾老倌的船那边看去，勾老倌在用桨猛劈着死猪，几个农妇伸出手来死死拽着勾老倌的腿，怕他晃进江里去。

成骑麻自己也感觉到力量渐渐没了，划了一辈子船的手臂，此刻蔫酸得像是断了，像是人说的中风，两只手麻杵杵的，抓不住这两支桨。真若是手臂一麻，脑溢血，半边瘫，一切不都没有了吗？这些搭便船为省钱的妇女，不晓得我们是些风烛残年的老人？她们一点儿也不怜惜，哪儿知道，咱也有渐渐划不动的一天……

冲出了死猪阵，一身的汗水还是江水？绕过离岸不远的、还没被上涨的江水淹没的几个龟背沙渚，终于，船靠岸了。观音河入江的河口观音湾，芳草萋萋，沙滩洁白，许多游玩的、锻炼的人，根本没注意到一只小渔船从风浪里垂死挣扎一个多小时才到这儿。但买鱼的爹爹婆婆们早候在那里了，他们相信这江上的鱼。

吓掉三魂六魄的农妇们也终于缓过神来，争先恐后地往岸上跳，挽着篮子作鸟兽散。买鱼的人爬上船，揭开前舱板抢鱼，然后让成骑麻称。就扒堆了，此刻他到哪儿找秤去，不想找。先看手机，是儿媳打的，三个未接电话。好嘛，他要喘口气儿，他要歇歇。他瘫坐在船上，像从噩梦中刚醒过来一样，大汗淋漓，张着嘴怔怔地发呆。

他先把船划到河口上面去，那儿有些汊湾，水势平稳一些。他还想下一次钩，因为挂过小安的滚钩，有一些晦气，要靠鱼和江水来冲一下。

　　接儿媳的电话是要有忍耐心的，他有时接，有时不接。这个女人是成骑麻见过的最恶躁的女人，整天没完没了地骂人，当地叫撅人。儿媳是这一带的撅人王。当然喽，如果你老公跟另一个女人私奔了，你就算是千古淑女也坐不住，也会粗言秽语捅妈捣娘大闹一场。

　　长江在沉沉的汛水中奔腾翻滚，天气阴了，江水的轰隆声愈发响亮，加上这里寂静，整个长江都在耳朵里轰轰喧嚣。江水像是山里蹿出来的野种，用浊重的土语骂闹着，向岸边的苇丛和荒蓼卷去，就像是动荡的怪兽要踏平这些在浅水里挣扎的柔弱生命。那里有挂滚钩先就打好的桩子。他稳好船，看准流向，慢慢让船向东北方向荡去，将六十米的滚钩放入激流。当然可以不全放，留一些。这里因是河口，洄游的鱼群会向上游逆行，越急的水越有鱼前冲，鱼都是些拗脾气，大部分的鱼都是这种德性。

　　老伴本来是他的搭档，过去集体时不说，船是大船，人多。自己打鱼了，老伴划船，他下钩，有时也换个手。但老伴严重的类风湿关节炎，双手变形，抓不住桨了。在长江上与水搏斗是要身体的，成骑麻也强烈感到自己快结束这江里的营生了。但是，他不能放弃，为了生计。他想他得在风浪里生活，直到倒在船上，或者失足掉进江里，被江水吞噬，成为泡佬。常言说得对，会玩水的水上死，会玩刀的刀上亡嘛。这没有什么稀奇，这都是应该的。你一辈子在长江上耙耙捞捞的，都捞空了，你总得把自己填进去吧。

　　手上的滚钩顺着船舷一串串往水里溜下去。这不算什么，过去的滚钩那可是大征候的。几千米的干线都不算什么呀，村里的大渔船可以放到四五十米深的水域，一次放钩逮二三十头江猪子。想想那时夏秋捕捞江猪子的阵势，往往在风急浪高之时，江猪们会群体斗浪，排成一排，边斗浪边向空中喷出高高的水花，这就叫江猪子拜风。多么壮观的景象啊！这些黑漆漆的水下尤物，总是出现在大客轮和货轮的前面，它们斗浪拜风，玩水嬉戏，其实懂这个的才知道，这是江猪子在围猎鱼阵，它们什么鱼都吃。到了秋季，腊子开始向上游洄游时，江猪子一群几十头可以与上千斤的腊子对阵，并逮住它们。但是，这时候，真如老话说的，螳螂捕蝉，黄雀在后，鹬蚌相争，渔翁得利。捕捞队早就候在这儿了。只要江猪子开始围猎鱼阵，几条大马力的船顷刻出动，利剑出鞘，旌旗猎猎，立即分三层排开，下钩，下钩，下钩，三层的滚钩啊，一声令下，长城般的滚钩往江里滑去，铅坠、铁钩，沉闷地、激动人心地敲打着甲板……

"报告村长，前锋下钩完毕！"

"报告村长，中锋下钩完毕！"

"报告村长，尾锋下钩完毕！"

话音一落，整个江上就沸腾骚动起来，水里有大征候！几十头江猪子被围在了层层滚钩的歼灭中。悲惨的叫声从水里传来，江底下翻出鲜红的血水。滚钩被挣扎的水底怪兽扭成一团……鲜血泼红了江面……鱼群也被撞上了滚钩阵，鱼啊，猪啊……可怜的江猪子，肉特别嫩，就像豆腐一样的，挂上了容易挣脱，但挣扎时其他的钩就会像蚂蟥一样轰来，又挂上更多的钩；再挣脱，再挂上更密的钩……直至昏厥、疼死。一条江猪子拉上来，会有一百颗钩挂在它身上，千疮百孔，体无完肤。整个江面一片赤红，犹如点燃了满江夕阳大火。而水底下的肉屑会引来更多的鱼。再有几条船来下钩，在红水里捕捞，又会是大鱼满舱……这样的好日子啊，没有啦，结束啦……

说起来，腊子是长江里味最鲜的，但也是最腥的，兼有海鱼和江鱼的双腥，必须放很多辣椒，还要煮火锅趁热吃，否则冷后的腥味惨不忍闻让人反胃。但是，当捕到的腊子在船上立马宰杀，立马煮上一锅，那个鲜呀！打开酒瓶痛饮，船上清风袅袅，水上波平浪静。享受这搏斗后的大唉与宁静，难道不是渔民最幸福的时刻？……

就着保温杯里面的茶，吃了带上船来的两块米粑粑和一块腊鱼，加上一个咸蛋。没见儿媳再打电话来，而远处观音湾那儿，在正午又钻出的阳光下，已经出现了许多玩水的人。那儿总是很热闹，不管死多少人。而他和船这里，是一眼望不到边的滩洲，没有房舍，只有无边无际的芦苇和蒲草。整个长江被荒野包围着，仿佛你生活在很远的世界里，随波逐流。风扫过来的时候，呜呜的叫声是十分野蛮和放肆的。现在，虽然下了锚，船上因空无一物而颠簸得厉害。其他的几条船也都在这周围，没有走远。其实在这里，这一带游弋，这些老渔民不是为鱼，而是等待史壳子的召唤。说白了，打鱼是副业，捞尸才是主业。但今天，他感到肝一阵阵地疼，也许是与死猪搏斗后虚脱了，太阳也大，晒得人蔫蔫的。他治过三次血吸虫病，长江里有血吸虫，是一般人想不到的，以为只有湖区会有。殊不知，江滩的芦苇丛里，一样有血吸虫的宿主钉螺，有钉螺就有血吸虫的尾蚴。因为三峡建坝，下游水流相对平缓，长江多个故道成为了大放牧区，血吸虫正在蔓延为一种常见病。年轻时，吃副作用太大的吡喹酮，对肝脏伤害很大，后来呋喃丙胺与敌百虫双吃。几次诊治，加上抽烟喝酒，他有了肝硬化的病。使得看上去脸色灰暗，脖子精瘦，眼珠发黄。好在，他收拾得整整齐齐，不像个病入膏肓的老人。

但是收这几十米的滚钩是个力气活，纲绳被水中的枯枝败叶缠成一团乱麻。他坐在船舱里，身子伏在船沿上，一边拉纲绳一边调整好船的平衡。好在这观音河口的回湾中，这天放下去，取了几条鱼。一条草鱼、一条很少见到的白鳝（江鳗）、两条黄鲴；取下的黄鲴发出锯木头般的咯咕声。

手机的短信通知声响了。他赶快看,是儿媳发来的:

"你还要不要你孙子的?他读不成书了。"

这是什么意思?读不成书?他突然想去看看孙子小虎。小虎读一年级。究竟出了什么事?儿子有没有消息?是不是儿媳不想管孙子了?

他将船泊在观音滩边上,在那里扎好锚,就往不远的郊区义忠村赶去。通往郊区的公汽是这个城市的淘汰车,仿佛农民只配坐这种车。整个车体都是破旧的,无数次刮过涂料,车里的座位更是糟糕,门快掉下来了,司机都是些上了年纪的瘦子。路当然不是行公汽的路,乡村的路窄,还破损严重。给颠得五昏六醒后,车到了,还得把麻木的双脚提起神来,去儿子承包的鱼塘那儿。

说起儿子成涛,算得是个倒霉货、灾麦子。他也曾是捕捞江猪子的好手,也曾经跟人贩过渔船,也曾去洪湖承包过养殖场,但不是被政府抓进去(如逃税)就是鱼塘翻塘,后来在义忠村教人养青鱼并在此找到现在的老婆。把别人的鱼塘转包过来,过上了几天安定的日子。他了解青鱼的习性,青鱼适合在沼泽地带生活,杂食性鱼类,以水底的螺蛳蚌壳为食。儿子与老婆盘下的塘是别人不愿承包且会亏本的水面。水草太多,塘底不平。但自从儿子包下水面后,就投放青鱼苗。别人是生长快速的喜头、鳙、鲶鱼、鳝鱼,他的青鱼三年才长一斤,三年基本饿肚子无收入,全靠成骑麻补贴。过了三年,成涛的青鱼一年长三斤,而且鱼脊青罡罡的,煞是好看。已经卖出几千斤了。八斤、十斤的青鱼卖到二十多元一斤,全是超市去腌制腊鱼的。眼看儿子的好日子来了,可是儿子拿着两万块应该买鱼苗的钱,与一个中老年妇女私奔了……

成骑麻在一个小卖部给孙子买了些果冻提着，走过一些修整较好的鱼塘与鱼棚，过一个荒凉的冈坡，就可以看到儿子承包的鱼塘。

儿媳不在，只有七岁的孙子小虎在鱼塘埂上奔跑，用一根响棍扑打那些吃鱼的白鹭，大喊大叫，白鹭们拍打着翅膀飞进青蒿和苇丛。小家伙忙得热汗涔涔，书包放在门前地上，果真没去学校。

小家伙没有喊他，这个可爱的孙子与他不亲近，是他故意这样的。自从孙子出现，他就没抱过他。一定不让孙子靠近自己。因为他捞了太多的死尸，双手不干净，不能把脏东西带给下辈。他无数次阻止过孙子的亲近，这样祖孙俩慢慢也就习惯了。但是，他的心里，会有孙子，而且只有他。

孙子接过果冻，他问，你妈干什么去了？孙子说拿着菜刀和砧板去学校了。

成骑麻二话没说，拔腿就往学校跑。

学校就在观音河边。这里离观音河口并不远，几里地。这里曾经是"义善堂"购买的义冢之地，大大小小的义冢有五百多个。几乎全是成骑麻父亲他们在江河里捞上来在此埋的。这块义冢地在"文革"时改为义忠大队，后来叫义忠村。学大寨那会儿所有坟冢推平了，建了学校和良田。

不让上学这肯定是校长的报复？一定的，报复儿子拐去了他的老婆。可儿子是个好孩子，只是娇惯了一些，可能是老伴的责任。儿子当然是他所爱，当儿媳在电话里骂这人与一个半老徐娘私奔时，他也会附和骂儿子混蛋、嫖客、脏货、败家子。儿媳骂儿子是"牛鸡巴日的"时，他也会附和说是的是的是牛鸡巴日的。

在儿子上头还有两个姐姐一个哥哥，一个姐姐在船上玩耍时掉进长江淹死了，一个哥哥长得白白净净，一天半夜突然喊头疼，早上背到医院就断了气；前一天夜里听到有鬼魂喊这儿子的名字，不应还好，但这儿子应了，魂就被鬼撸走了。仅剩的儿子成涛，原是想，浮涛嘛，现在看来也真沉涛了。这么没出息让人指戳脊梁骨，跟沉在涛里有什么两样？

观音河边的学校虽然小，但红旗飘飘，写着"再穷不能穷教育再苦不能苦孩子"什么的。操场里晒着菜籽，围一群人，老远就听见撅人王的儿媳在骂人。挤进去，看到坐在地上的儿媳，赤着光脚，挥舞菜刀，猛剁砧板，琅琅骂着校长：

"……你个牛鸡巴日的砍脑壳的囚儿苞子化生子半大坟茔满头长疮流脓滴水的老子不是好欺负的老子公安局有人党校有亲戚你个小学校长算个鸡巴卵子球杂毛算个什么官尿罐还是个矮趴尿罐狗日的婊子养的母猪下的捅你先人的捅你老娘捅你祖宗八代的……"

儿媳快气绝，那一长溜的话不换气不打哽飞流直下三千尺。看着她脸色煞白，校长却一脸被羞辱的潮红，搓着手说："你捅，你捅，看你用、用什么东西捅？"

"老子拿棒槌捅拿船桨捅拿牛鸡巴捅拿拖拉机的摇把捅拿你校门口的旗杆子捅拿夜壶捅拿我老公的大鸡巴捅！你老婆就是看我老公的鸡巴大你鸡巴小不能满足不止瘾不清汪鬼喊才去勾引他哟！你的老婆咋就这么贱咧？让我老公捅死她的肥屄捅出大出血捅出尖锐湿疣淋病梅毒子宫脱垂宫颈糜烂子宫癌宫颈癌艾滋病成为臭屄骚屄烂屄豆腐屄泡佬屄大粪屄蛆虫屄……"

一边骂一边剁刀，剁刀的速度飞快，那刀上的寒光简直成了一条白线，根本看不到刀，就是江湖上说的一种神器。这矮校长哪还有还口之力，知识分子，只能相信君子动口不动手好男不跟女斗的古训，在那儿抓耳挠腮，不知如何是好。

"……老娘要撅到你这个鸡巴校长投河喝剧毒农药敌敌畏对硫磷倍硫磷敌百威虫杀净内吸磷乐果白砒敌百虫杀虫脒杀螟松百草枯甲拌磷,要撅到老娘我的儿子上小学中学中专大学专科本科博士留学美国英国法国意大利俄罗斯澳大利亚新西兰罗马尼亚菲律宾……"

"我、我还是那、那句话,你老公不把我老婆还来我就不让你小孩上学。我、我就是、是处分枪毙开除党籍也就、就是这个态度。"

"大家看哪,大家小心些哪!牛鸡巴日的校长好坏哪,校长都不是好东西哪!跟小学生开房哪!"刀在砧板上急雨一样的响,木屑横飞。

"我干过什么坏、坏事你、你说说看,自己的老婆都跟别人跑了,人善被人欺,马、马善被人骑呀……"

"校长没一个鸡巴好的都是流氓坏蛋汉奸嫖客杂种打枪佬强奸犯!"

"你放心,你儿、儿子就是神童也放心好了,鄙人我不是同、同性恋,也没、没有娈童癖……"

"卵筒屁?你校长有几筒屁你的屁臊臭像糊狗屁公猪屁瘟糟屁红苔屁豌豆屁冷嗝饿屁稀屎屁黄豆屁苞谷屁大蒜屁……"

"什么?屁?嘿!我说的是、是娈童癖,是鸡奸!日、日屁眼的!"矮校长头上青筋暴暴地喊起来,"呃嘿嘿呀——"

校长突然捂着脸大哭起来,肩膀一抽一搐的好可怜。在场看热闹的村民先是在笑嘻嘻地看热闹,后被校长的哭声镇住了。听见他跺着脚仰天狂呼:"斯文扫地!斯文扫地呀!"

校长往他河边的教室跑去,嘭地一声,关上了那个摇摇欲坠的门。

唉,大家抱怨地看着这个还在剁砧板骂人的女人,低声嘀咕指责,又跑去想看看校长是不是想不开一绳子在梁上挂了。

还好，大家接着听到老婆被拐还被人破口大骂的校长，又化悲痛为力量，擦干眼泪领着学生朗读课本去了。

"……山青青，水青青，鸟儿鸣叫一声声。树青青，草青青，山茶朵朵笑盈盈。苗青青，田青青，春风春雨绿蒙蒙……"

"狗日的，你回不回来？把校长老婆送回来！"

他在往城里回去的路上，碣磋大怒地对着接通了电话却不说话的儿子大吼道。

"你让不让你儿子读书的？让他跟你一样游手好闲当二流子？"

到哪儿去找他呢？就在这个城市。这儿子好傻呀，怎么被一个大他二十岁的老妇给迷上了咧？这世界出了啥鬼，人会傻到这步田地？我成骑麻不会是这样的苕货让他遗传的吧？

他在水牛市的大街小巷瞎窜。他随便往那些破旧得不可再旧的巷子里走，在各个小店铺走。听说他拿卖青鱼的钱在这个城市里开了个小副食店。

"你有脸老子拿滚钩在江里等你！投水去吵！丢老子浮家祖宗八代的脸！"虽然巷子里人来车往嘈杂无比，他还是在电话里大骂。

"给你送钱来。"

是儿子短信。

"老子在杨柳公园。"

不管，先回了再说。

因为他已不知不觉走到了这个公园里。

这是一个没有管理的公园。有垃圾和杂草，有一些杨柳，还有野狗和蛙声。是老人们聚集玩耍的地方，特别是些心术不正的老头聚集的地方。因为有了包括成家村的妇女，这里也会有中年男人来寻腥，当然啰，都是些引车卖浆者流，要不就是民工。看她们的年龄、穿着，也就在草丛里、荒墙下干上一梭子的水平。都那个年纪了还来一条半露屁股的皮短裤，洒些酒精味太浓的香水，嘴里是臭的。谁知道是什么让她们某一天就拉下了脸皮，开了心窍，种上了那"一勺子地"呢？——村里还赖在土地上不走的老倌们就是这么说的：老子们每天汗湿水流一年上头种几亩地，没有她们种一勺子地赚钱。嗯哪，裆里的那一勺子地，到这个年纪了还能赚钱，这是谁发现的呢？

那些女的游荡在各个老头们下象棋、吹南风、扯闲白的地方。当然，她们中有认识成骑麻的会赶快藏避，不过也不要紧，都是公开的秘密，大家笑笑不说穿就是了。

他在门口等这个儿子，等得口干舌焦时，一个长得像个乞丐的半大小子在他面前晃动，来来去去。这孩子宽大的裤子上全是焊洞，手臂烫得鲜红，头发夯开像鸡毛掸子。

"你看我做什么？"他很奇怪，不是那些妇女派来揽生意的吧？又不像，是个劳动的小伙子，五金门窗店的学徒。

"您郎嘎是不是姓浮的麻爹？"那孩子就问了。

"啊？是啊，你是干什么的？"他很警觉，看着这个脏兮兮的小伙。

那孩子从兜里摸出几张一百元的钞票，就递了过来。"有个人要我将这钱给您郎嘎。"

"谁？"

"我不认识。"

"不认识会给钱你让你给我？"

"是呀。"

"这就蹊跷了，不认识你你不会拿钱跑了？"

"我哪敢哪，我的焊枪和手机还在他手里。"这孩子急得快哭起来。

"要他来！给钱的那个！"他听见自己的声音在自己的胸腔内嗡嗡直响。

"他欠您郎嘎的钱呀？"

"他欠我一百万！"

"那……"

"这个我收了……"成骑麻夺过那几张钞票就从中一撕两半，钞票还真难撕，加上激动，手有些发抖，但还是撕了。他没撕成碎片，他还是怜惜这钱，但他撕了。撕了就撕了，再塞回那孩子手里，"给他去，就说我与他两清了！"

他头也没回，走了，这时正好手机在腰里惊天动地地响起来，一定是狗日的儿子的电话，他才不会接。他准备永远不接这杂种的电话，他有一种决裂的畅快。他要同过去这些瘢瘢疖疖的东西一刀两断，要把生活中的一切像一团乱麻似的滚钩一样，扔进他娘的江里。心里谁不是一团麻瓢呀，谁不是缠得死死的？理不清的时候，你就切了丢了！他很轻松，大不了老子是个孤老，江里打鱼波上行，独往独来，风浪里了却一生，奔不动了，往江里一滚，成个泡佬，流哪埋哪，狗啃了也是自己的命。

可是，手机还是拼命地响起。二次。三次。四次。气呼呼地涨红了眼看一眼，不是儿子的，是史壳子的。接。

"麻老倌您郎嘎蛮大的味咧，来不来的？捞货。"

不说捞尸，说捞货。而且是——三个。

成骑麻条件反射地就往那边跑。

一切都别想了，气也没什么生的了，现在赶紧去捞尸。

观音湾江滩上一片恸哭之声。这种情况是经常遇到的，但从来没见过这么大片的哭声和那么多雨前蚂蚁般的人。怎么啦,当然是三个人。电话里史壳子简短地说了,三个大学生。也没想那多,正在气头上。大学生小学生都是死了,都要捞,而且中小学生居多,不会水。他也是在路上立马反应到脑中的,三个人,捞起来至少有近两千元进账,这事情很简单了。

爬上江堤,江滩上涌过来的痛哭声是那么年轻阔大,全是学生样的男男女女的哭,一层赶一层地从江里拍上来,那么大片的混乱和悲叫,就是绝望。许多人走到水边,许多人跺几脚水又会转来。恨不得扎进江底把人捞上来,可长江是不说话的,它太阴毒,把人吞了就吞了,可以吐出来,但那得等一会儿,等渔民来,等一万两千元到了史壳子手上。现在——至少现在的程序就是这样。人死了,就是这样见尸的。见了尸再哭上一会儿,拖走,成为火葬场的客户,再哭上一场,就是一撮灰了。不过成骑麻他们看不见了,他们还是在江上,干他们的活儿,冷冷清清的,没有哭声。但江上的风浪就像是永世的哭声,一波撵一波地囤积着人类的眼泪和悲伤。你如果长久待在船上,长久注视江面,你也会眼里含满悲伤。特别是当你老了,像成骑麻这样老了,像勾老倌虫老倌这样老了,酒精中毒,眼泡松弛,骨头锈蚀,生命的火挣扎着快完了。

唉,就像搓板路上颠来的哭,肝都要让你颠掉似的惨,不是亲人,是一群来这儿游玩野炊的大学生,是同学,三个活蹦乱跳的生命说没就没啦。你不能去迎着听那些哭,要屏住气,把自己的心先弄麻木,让哭声把心捶麻。就当这儿是整天哭哭啼啼的火葬场,也差不离了,死的人太多,这儿。可火葬场大多是顺路的老人、绝症的病人,拖久了,有心理准备。这儿,刚才分分钟生龙活虎谈笑风生的一个人,马上就不见了,拖上来,一具死尸,这无论怎样都让人接受不了。玩水

241

嘛，就是找个乐子，身强力壮的，天不怕地不怕，身上的腱子肉像石头，不像老年人，黯淡无光，那些玩水的肉全是光芒，比太阳还亮。女伢子细皮嫩肉，引得小伙子们口水直流，可要是死了，就是一堆臭肉。男的也是。

这儿，等死的人无法制止，趋之若鹜，就像梦游。这究竟是什么原因呢？成骑麻没想清楚，三天两头就是在这儿捞呀，捞呀，仿佛这儿是个传说中的聚尸盆。

只有成骑麻他们知道，这个河口，太凶险了，那河里冲来的暗流把沙滩前的水域淘空了，看似平静，白晃晃的细沙滩，芦苇摇曳，水鸟飞翔，阳光耀眼，风花雪月似的，流行歌曲似的。往浅水里几步，就是陡坎，水中悬崖，而且是大漩涡，一下子就把你拖住了，磁铁石一样的，你挣不脱，来不及喊叫就遭了灭顶之灾。水性好点的，加上运气，可以留条命，以后不去这儿了。水性不好或没水性的，就认命吧。有关部门在这儿好歹竖了块"观音湾，鬼门关。在此玩水，等于玩命"的牌子，可惜早已生锈且不明显，牌子还在坡上，远离水边，有谁顾及这些，见水就亲，人之常情，你又没救生员在此巡查，管得住谁呢？加上这儿风景绝佳。这个江滩有假象！

全是些大学生，全是。成骑麻往里面走，他要到他的渔船上去，那些狂呼乱喊的人把他都转晕了。他好歹看到了自己的船，在一个角落，但船上被人踏得脏乱了，翻得一塌糊涂，晾晒在篙子上的滚钩弄成一团乱麻。舱板竟被撬开，但里面他没放东西。他的长钩，这可是重要的工具，不见了，他要找到，他还要找到史壳子。史壳子正向他跑来，还有旁边的船，两条。勾老倌向他打招呼。还有一些村里的人，虫老倌他们，都是老渔民。

人沉水了，他们咋没动静呢？船是没动，在等我？有几个每天玩水的冬泳队老倌子在水下捞着，好像时间不长，他们还有激情扎进水里。但成骑麻知道，这是徒劳的，没有人能捞上来且救活的。这江底下深坑漩涡，他们几个冬泳泡澡的老家伙能捞上来年轻人？不把自己小命搭进去了。有的已经失去了信心，光着上身坐在水边，一脸无奈的表情。史壳子的身边，围着一群学生，在说话，求情。甚至可以看到是学校老师、领导。那可是大学的老师，都捧着史壳子。他们神色凝重，束手无策，被拦住了，扯住了，交钱。钱不够，就是这么。史壳子这样一个瘦骨伶仃的人现在却这么重要，他代表生命救星。已经找了渔船，已经求了冬泳队的老倌子，最后到史壳子这里来了。

曾有几次冲动，成骑麻听到呼救就会驾船到达落水地点，赶快搭上一竿子，赶快下钩，捞上来兴许能来一口人工呼吸。过去有的救溺水者，一两个小时的也可以救活。这只是听说。

面对那么多急切的求情，史壳子脸上的骨头毫无表情，两只眼睛空洞深陷，仿佛是个从水中爬出的饿死鬼。

老师模样的人正在把钱往史壳子手上递，史壳子收了却没动，因为钱没全部到位，他不发指令，成骑麻就不能发船。教授模样的人腰弯得很低，在说着，申诉着。要赶快捞人，已经有十多分钟了——从杨柳公园出来的时间也就这么多，也许更长一点。看来是生还无望了，再急也急不出个什么来。一个人在水里顶多就是五分钟，脑子进了水，再怎么高级的医疗设备也没用。

"不会少一分钱，我们是国家的大学，我以一个大学教授的名义向你保证，我把身份证压你这儿行不行？"果然是教授，快哭起来。

凑的钱不到四千块，肯定是这个数，捞一个的押金四千块没凑齐史壳子都不开工，何况是三个。三个三万六，至少先交一万二，一个的钱。这学校里的事史壳子好像要求先交全款，不少一分。这大的学校，收学生的学费那么狠，万人恨的，出这大的事，他们一定不会吝惜钱。这里他史壳子独家经营，他是有执照的，他不怕什么，说话硬气。他毒瘾发了揍他爹的人，他还讲感情？他就是个畜生你把他咋样？那么多鬼在他家的屋顶上坐着，他还要个什么人味咧？

唉，哭号的人呀。江滩还有野火。这样欢天喜地的野炊是怎么变成悲剧的？一大堆女孩，女大学生，你搀我，我扶你，都哭晕了。原来是一个女同学在江边涉水玩耍掉下去了，那些学生手牵手去拉，拉起来女的，互牵着的手一松，全掉下去了，大伙帮救，三个男伢没救上来……江水荒芜无边，怎样喊也没人应了。

"……我们的会计在取钱的路上，史老板你要知道，是单位，取钱要审批要有很多程序，我们不会少你一分钱的。请赶快出船，多一分钟多一分希望……"

"活总有多少？"成骑麻过去低声问史壳子。

"……反正不够，那我不敢开工，捞起来你们跑了找哪个？大学的门我都不能进。"

史壳子已经被人拉扯昏了，说话时没看成骑麻，也许他根本不是在跟成骑麻说话。他在那儿虽然昏了头，袖子都快扯破，但就是不让步。那些人，学生老师们、市民们，其实忍着，恨不得铲这瘦猴几巴掌，把他扔进江里去。但是，还是得让着他。

"我们公司没有多叫。全国都是这个价……"史壳子叼着烟摊着手说。很多人给他上烟，他手上的烟快拿不下了，不拿了。他被人挤得歪歪倒倒，站稳后还是被人暗中下了手脚，不是推他，也是推他。这么多活着的学生伢，生龙活虎的，不能捏死你吗？

"老板坚持说钱不到位不捞，大家再凑凑钱啊！各位在场的朋友，各位大哥大姐叔叔伯伯阿姨！谢谢你们的大恩大德！……"一个学生模样的小伙子在那里哭喊。

又一轮凑钱在人堆里展开。人们把身上的钱递到几个学生手里，十块五块的，也有百块的。钢镚子也拿出来了。

那些捐来的钱堆在沙滩上，几个学生清点，然后迅速交到了史壳子手上。那有几个钱呀，估计不到一千块钱。都没有啦，学生手上有几个钱，想拿出来的也都拿出来了，不想拿出来的就走开了，离史壳子的要求差得很远。大家都在看着史壳子这个人，可史壳子依然摇着头，很难办的样子。

"求求大哥啦，赶快呀！先救人行不行呀！""都有二十分钟啦！……"各种求情的话此起彼伏，嘈嘈切切。

"不是我不捞，我是不赊账的，公司的规矩。"史壳子依然这样讲。

这时那个收钱的大学生突然大声吼叫道："喂，你这老板铁石心肠啊！究竟有没有一点同情心？钱全给你了，不能见死不救呀！"

这学生伢头上青筋暴暴，就像一头发了疯的斗牛，满脸愤恨，牙齿外露，眼睛里喷着血海深仇的大火，要跟史壳子拼命似的。气啊，不是他一个人，是在场的所有人。

这下，火点燃了，一个人领头，大伙就不怕了，刚才的求情一下子变成了谴责和痛斥。人群开始骚动并起哄，詈骂，情况急转直下，史壳子招架不住，即将被在场人们的唾沫淹没掉。

"你们没一点良心？你们是农民吗？"

"你们咋这么无情，你们的良心被狗啃了？"

"……你们成家村出婊子，这下要敲诈死人，你们咋这么坏呀！"

史壳子反正是临危不乱，死猪不怕开水烫，成骑麻、勾老倌他们都来了，静候消息和指令。在场的人也知道了他们大约就是这些船上准备捞尸的渔民，用眼睛向他们求救。但成骑麻能说什么？勾老倌能说什么？几个老倌你看我、我望你，还是要等史壳子发话。

史壳子嘶声哑气地争辩，解释，一副天大委屈模样，不退让。剑拔弩张，乱云飞渡。那个小伙子几乎是抡着拳头想要揍人，眼前有石头他也会擂上一拳。

这时候，就见几个女大学生挤上前来，显然是商量好了的，推开那个小伙子，一起向史壳子跪下了。

领头的是一个浑身湿漉漉的女孩，是掉进江里的那个，为救她丢了三条性命的那个。这女孩已经浑身瘫软，被人扶着，身上发抖如筛糠，脸色像扑了漂白粉一样，嘴唇青紫，一个从冰棺里拖出来的女鬼，她的魂才从江里回来了一半。扶她的人都扶不住了，应该送医院去呀。

可这一跪，太突然，把现场的人全弄愣了。看到这群大学生的遭孽相，看热闹的市民也出于同情，跟着跪下了。一忽儿，几十个人就像被风割倒似的，齐刷刷地全跪下了。

好吓人的场面。哪会一下子沉到江里这么多学生伢呢？也有，很多年前，一辆去武汉的大客车，在轮渡码头因为刹车失灵，滑进江里，死了五十多个。但那时候，一声令下，都去救人，也没有想过什么报酬。

现在这阵势真的太突然，让成骑麻的心一下子揪起来，心扯得疼了。这是些什么人哪，给他史壳子下跪的，全是光鲜亮堂的大学生伢子。你史壳子就接受人家的求情，让我们去下钩捞吧。再者，捞人的又不是你，你又不会捞。

他不点头，那么多的头就在地上叩着，一片咚咚声。

史壳子先是被这阵势吓傻了，没有反应，后来回过神还是没反应。大家不起来，看他如何结局。他在等钱来。问题是大家都心存一线希望，死马当活马医，说不定水下的三个伢能躲过一劫有活过来的。这三个水下的学生伢,跟眼前这些可怜兮兮的学生伢一样吧,年轻,红润,牛仔裤,打得死老虎的身体。想想一个大学生多不容易啊,虽然这水牛市的大学不是名牌大学,但一个农村家庭能出一个大学生该多难,总是荣耀的事。儿子成涛当年死不读书,高考时才打了二百分不到,什么学校也没有读的,一些邪乎的野鸡学校倒发来了入学通知书,那全是骗钱的。再者现在家里大多一个伢儿,独生子女,这一下,三个伢儿家里还不知道伢早已人不在了,沉到江里没起来,如果知道,天不会塌掉呀。唉,再怎么,就凭这也要去捞上一把,都是有儿有女的人,都是做父母的。过去听父亲常说起"义善堂",只要听到江边有人落水——有呼喊或者铜锣为号,他和乡亲是要立马划船过来下钩捞人的,分秒必争的事,虽说父亲一生钩上来活着的只会有一两个,但如是游泳的、投江的、或者冬季不慎落水的,会救起活人。渔民跳下水去救人天经地义,没什么大不了的。都是江边生长的"水鸭子",水性好,不过是搭一手的事,伸一根竹篙,或一个猛子扎下去,摸上来。早些年,救起过的人还提了礼盒去看他成骑麻。有一个当年是小学生,现在成水牛市大学的教授了,也不知道这些伢是不是他的学生。当时是"文革",学生乡下支农,回来在江边洗澡,沉水了。不用滚钩,跳进江里直接从江底拎上来,先抽几个嘴巴,倒提起,打屁股,肚子里的水就哗哗吐出来了,然后再打脸,几巴掌下去,就会哇哇醒来。这事既不评劳模,也不奖现金,跟没有发生一样。

他的父亲在"义善堂",捞过的泡佬少说有几百,也全是他亲手埋的。义忠村的义冢,水牛市的商人买了捐给堂里,抗战时,一个商人就捐了五百口棺材,江上泡佬太多,全是鬼子炸三峡洋船死的人,还全是缺胳膊断腿的,都流到这里就不走了。想是这儿有个大回水湾吧,也可能知道这儿有个"义善堂",这里的人会让他们入土为安的……

　　成骑麻突然想到这些，很是难过。就在这时，那个被救起的女大学生忽然爬起来，大声哭着喊："我不想活了！不想活了！"只见她扒开人群就向水边飞跑而去，鞋子都没啦。她是想投江自尽！反应过来的学生们慌忙跟着跑去，死死拉拽住了她。这一下，现场大乱了。人肯定是拉得住的，人倒在了沙滩，人休克了。

　　"这样吧活总，发船了我们捞，捞上来不付完可以不交人嘛。"成骑麻只能这样说，想了这样一个点子给史壳子。他是想为自己也为史壳子解套。这个办法肯定行，你得先脱身呀。再是，应该捞了，说不过去了，钱大家凑了，钱多钱少救人要紧，人家已经表态不会差你一分钱。成骑麻心里急得疼，他看史壳子还在犹豫，勾老倌也说这行、这行的，他跟勾老倌使了个眼色，马上拉着史壳子就走，并且向大家说："去救！去救！"捞就是救。赶紧开船！

　　史壳子是被成骑麻扯上船的，成骑麻还有这把力气。甚至在扯他时手上暗使了一把劲，拧他一手，让他痛痛，恨这人哩！哑巴三水也上了他的船，哑巴三水是个老单身汉。上船就成了。成骑麻在船上待惯了，一上船心就放下了，岸上他最忐忑。

　　船上到处是沙子，是人践踏的。但缆绳是解不开的，他上了锁。

　　与哑巴三水一起解开缆绳。哑巴三水上了船就哇喇哇喇地示意，指着江里，又指着成骑麻好不容易找回的长钩。指着岸上那些黑压压的大喊大哭的大学生，又竖起大拇指。又双手往外摊，好像是催督。按老规矩哑巴三水划船，去了船尾。史壳子在舱里点钱打电话。船一离岸，真的就安静了。现在，岸上的那些人，眼巴巴地望着他们，恨不得一钩子下去钩出个人来。这时，勾老倌和虫老倌他们的船划过来并在了一起,勾老倌过来代表史壳子提着黑塑料袋给大家分烟,先是一人两包,黄鹤楼的,不便宜。只在有尸捞的时候才能抽上好烟。然后每人一条毛巾,还有一双布鞋,不是很好,这也是必须有的仪式。成家村死了人,你当八大锤——抬尸的八大金刚,一人一条毛巾一双布鞋掖在腰里,是提阳气驱邪的,习俗如此。当然,也有家境好的,发旅游鞋。

勾老倌发这些的时候还提着酒瓶咪着酒,一有死尸捞他就兴奋。他的船上也两个人,与虫老倌。另外一条船是从邻村调的。那老倌唠叨着说,一个的钱都没凑齐,活总你该不会扣我们的工钱吧?史壳子对他说:"放心。钱都在这里,他们给我多少,我给你们的不会少。"得到承诺的老倌子高兴得龇出没牙的牙床笑了,同时用桨梆梆地敲了几下船舷。

现在,成骑麻要指挥船划向哪里,捞尸他是指挥。一个老村长指挥过百条船,经验在这里。他闻了闻江上的气味,也大致知道那三个学生伢沉在哪个位置。这是一种本能,也是两代人的经验练就的。成骑麻叫哑巴三水往东南方划,也就八九不离十。那里一个大龟背似的沙渚,在不远的江中,朝北约五米,朝西约十多米,江底就是一个越淘越深的深坑大漩涡,观音河口的暗流就是在这一块汇聚的,但江面上风平浪静。遇上退水,许多人还可以涉水爬上那个沙渚小岛,很多人死在这儿。没有人死的时候,这里鱼也很多,成骑麻谙熟这里的一切。

他坐在船头先整理滚钩,舱里史壳子在捋平一张白纸。那分明是一张欠条。

"他们打了欠条的?"成骑麻这么问。

"嗯。"

反正到手了是一大沓钱，拿渔民的话说，这次史壳子"起了篓子"。你看嘛，船与网和滚钩和人都不是他的，他就是几句话的谈判，揽活儿。死人是急事，急事最能赚钱，说多少人家也给。可是也有的死了，出不起这个钱。有个来水牛市打工的夫妻，儿子玩水淹死了，找史壳子，只愿出一千元，史壳子没干。人家夫妻两个硬是在江边坐了三天，等他们的儿子浮起来。这种事有几次了。还有一次，最神奇的，也是没钱捞的一家，晚上在江边烧纸点蜡烛，死者的几个朋友边烧边喊死者的名字，就听江面"噌"的一下，死者从江中钻出来了，出现在他们脚下。这事儿传出后，有些没钱的溺水者家属就这么烧纸喊尸回。

成骑麻先把一根长长的竹篙插进江中，有个铁尖，可以承受一定的拉力，滚钩的主纲系在上面，本来若打大鱼还应在旁边插一根消息棍，捞人就不要了——这相当于钓鱼线上的浮子，一根竹篙只要装上响铃就可以了，然后下滚钩。他是第一层。勾老倌他们在另外的水域下。

叮叮唪唪的滚钩随铅坠子和石头坠子溜入江里，这一排帘子似的大钩，一旦有东西挂上，所有的钩就往一堆跑，最后是，死尸上来，跟鱼一样，满身是钩。如果这人没有死，只是昏迷的话，这一身钩子只会让他越缠越紧，疼死为止。好在，这种情况不可能，人死了就死了，不可能把他钩活。但，江底下的事情，谁能说得清楚呢？人啊，认命吧。

天气有些不对劲，但凡死人的时候江上总是阴沉沉的，风也惨呜呜地刮。老天有感应。不知道哪儿发出断裂的吱吱声。整个江面在咔咔作响，仿佛江水是一块要破裂的大玻璃。哪儿还在呜咽不停。不是在岸上。灰黄的江面上汛水急遽往东注泻而去。他让哑巴三水稳住，哑巴三水的手脚太笨,使得船两边摇晃,被浪打横,好像船快翻一样。只要下滚钩,船边就会出现大群的江鸥,凄厉地喊叫飞舞。今天有点特别,江鸥们发疯一样地翻卷,贴着波浪,好像被烫伤一样。尖叫着俯冲,又尖叫着离开,扁身飞上铅灰色的天空。

成骑麻是匍匐在船头下钩的,他不能长久地坐着,再者他年纪大了,也不能蹲,更不能站,渔船太小,也就四五米长,不到一米五宽。边放钩边退。这很容易,哑巴三水基本把桨别在水里,划几下,坐在后头,毫无表情地张着哑嘴看成骑麻下钩、指挥。成骑麻做事时要含支烟,不抽,湿了,但要含着。舱里的史壳子依然自个数钱、掏荷包,反反复复,并没管成骑麻干什么,有时候他会伸出脑袋来掸下烟灰。

随着滚钩下去,岸离船就远了。趴在船头往岸边看,所有的人影和建筑,都在波涛上起伏,世界都像在一张颠簸的木筏子上面。他也不能趴太久,终于快速地把滚钩下完了,感到胸口堵得慌。肘子撑起来慢慢坐下,史壳子给他丢来了一支烟,没接住,滚进了江里。

他这里是第一道钩帘,勾老倌的是第二道,邻村的船是第三道。其实,甭看江水湍急,在哪儿沉的,基本不会流很远,都在这几个"窝子"里,只有渔民知道。只要在这一带淹死的人,是跑不了的。也偶有无缘无故捞不上的,一下子就流走了,这就要退还至少一半的钱。

他手上的纲绳缠在臂上,过去在手掌攥着就行了,现在,臂上缠两圈还是沉。他在自己兜里掏出一支烟点燃,抽了一口,喘口气。

"有没有啊,麻老倌?"史壳子这样问。

手上的纲绳一抖一抖的。船尾的哑巴三水也哇哇地叫,手指着他和水。哑巴三水瞎咋呼,每次都这样,每次捞尸都见了很多鬼一样的,东指西戳让人心生寒意,下次干脆找虫老倌。

他懒得回答。江底钩到了什么只有他清楚。看起来很沉,铃铛还

251

响一两下,那是水的流速拖曳的。那么多的绳子、坠砣,都是挡水的阻力。拉滚钩要一把力气,因为靠着水的抖动要能感知水下的动静,还有就是要靠这股力在水下找目标,手臂要时常运动,就像钓鱼,要不时拖一下钩线。这也是凭感觉。

坐在船上,天地昏暗无边,如丧考妣。水天的交界处有一道浅蓝的罅缝,好像老天开了一道门,闪着些断断续续的光。乌云低垂凝滞,是什么时候没有太阳的?如果早上没了太阳,这群大学生伢就不会跑出来找死了。真是找死啊!多少地方可以玩,为何偏爱这个鬼门关呢?……那个女大学生是不是鬼来引生的?把这三个同学引走了……他死死拽着纲绳。这绳子过去是用麻自己搓的,也有买的,白棕绳,船民叫马尼拉绳,要每年用猪血浸泡再晒六月的红火大太阳。后来就是这尼龙绳了,结实,但粗暴,勒得人手臂生疼,水急时会勒出血痕来。如果你是拉凶狠暴怒的大鱼、腊子和江猪子,或者赶上鱼汛,几个人合力也拉得你气喘吁吁,手膀上如刀划一样。

这么抽了一支烟,歇息了片刻,江中的竹篙响了。是水面上传来的响铃,声音很沉闷,细小,有一下没一下的,且有规律。这就是挂上死人了!若是大鱼或者江猪子或者腊子,响铃是天翻地覆地闹,嘈杂急促,混乱狂躁。一个人死了,他就静下来了。在水底呛水的挣扎是往死里走的,定是最痛苦最狂乱的。那是与人的世界诀别,是外力让你必须死去,不管你多年轻多漂亮多有才,你不会水你就得死,你水性差你也是死,水是欺负人的。但他问过那个被救的教授,沉到水里是什么感受。教授说,乱抓乱挠冲出来两次,想喊救命,但水马上呛住了,再没冲出来,喝了多少水失去知觉不记得了,就这么,醒来发现又活了,没什么痛苦呀,死很糊涂的。也许他说的有道理,死不是一件难事，几分钟，稀里糊涂，魂就走了。

"来了。"他说。只有自己听见。他马上迅速地收绳。雨点开始砸船。江面上也有雨雾笼罩。这是哭，老天在哭。是有了。人上钩了。水下的人只能如此。雨打在脸上，他以为是浪的飞沫，抬头一看，是雨。他在船头跪着，挥手要哑巴三水稳住船，向上游划。他要收钩了。史壳子也看到成骑麻人跪下，这稳当些，不是向泡佬磕头。但成骑麻总是这样，拉死尸时总是跪下的。脚桩子稳当是一回事，也许有对死者尊重的成分吧。反正，他这样才顺手地收好滚钩按顺序放在一边，人不至于晃下水去，匍匐是使不上劲的。史壳子来拉，他不让，示意他回舱里去，碍手碍脚的让他还拉不好了。再者你史壳子好逸恶劳，什么时候在船上干过，你晓得滚钩是怎么收的？

滚钩不能乱放，收一点圈一点。手上的重量越来越沉，就像挂住了水底的石头。这有戏了。但可以拉动。死者喝了一肚子的水，会比平时沉。但因为是在水中，你一拉动，就会顺水往上漂。你得顺势拉，不比鱼。鱼你得对着干，鱼也有时跟渔民比智慧。在水里怎么拉活物死物，是有很多技巧的，全凭手感。稳住船。拉出来的滚钩大多缠在一起，回去得慢慢理，到对岸芦苇滩安静地理。但今天缠得格外乱，是不是这孩子被挂住时清醒了，拼命挣扎了？唉，不可能不可能。只是有点怪。也许是水大了吧。还收上了两条鱼。他娘的，为什么这鱼也来凑热闹呢？不是挂你们的。烦，还是把鱼扔舱里了。是一条鲴鱼、一条小青鱼。看见青鱼想到不争气的儿子和不让上学的孙子。不该想的，此时。

拉到了一具尸体。是个小伙子。拉出水面时尸体会像鱼一样往前蹿，像要游走一样。拉过来，他先用那个竹长钩钩住他的衣裳，再慢慢拉。是条壮汉，成人了，手脚粗大，头发漆黑。但此时的脸，不叫脸了，已经比他自己的白T恤更白，简直像硫黄熏过、甲醛水泡过的笋子和藕带，也比往常大了一圈。他身上挂着一大堆滚钩，可怜的死鬼都是这样，你看身上全是，滚钩把他包裹住了，全是钩，后脑勺子上也是，手上腿上。先用手指朝死者的手上敲一下。手哪是手，就是水里发泡了的馒头，难怪叫泡佬的。好漂亮的一个儿子伢，五官端正，他有没有女朋友？他大学是不是快毕业了？家在哪里？父母看见了不要哭昏死吗？……

　　死尸是不能弄到船上来的，只能在水里摘钩。岸上看到了人。岸上有骚动，有喊。但成骑麻得慢慢来，一只只摘钩。这摘钩的活计是很难的，要小心翼翼。因为，再怎么不是鱼，是人。是人，就有一种天然的敬畏。好歹是条生命，而且还是热的，仿佛吧。冷了，也感觉还是热的。是介于死和生之间的一种东西。如果拖到医院，拖到火葬场，那就是真正的死了。在成骑麻这里，还得有个过渡，让家人、亲人、朋友去哭，去抚，最后认定是死了。

　　成骑麻摘钩时听到史壳子在接电话说"是个穿白T恤的"。一万二到手了，史壳子的声音晴朗正确了，声音里有稳当当的底气。

　　要用绳子先绑住死者的臂膀，先拴在船舷边的立柱上，再绑死者的腿，一只膀一只腿，这样绑好了系在船桩上，以免钩没了被江水冲走。这是先后顺序。水很急，拽住死者捆绑，他一个人做，不要谁掺和。今天格外吃力，四肢酸软，走了太多的路，还对不见面的儿子发了一通虚火，耗去了全部体力。人老了，也就这么点气力，用一点少一点。

　　唉，缠成这样，莫非真的在水底还活过来了？年轻人生命力旺盛也说不定呢。他细心地摘，不要让肉拉出来，这伢子身体上的肉劲鼓鼓的。可咋就是不会水呢？未必是山里人？

　　史壳子在看他。也在看岸上。电话里又在吵架。还给勾老倌打电话:"勾老倌,你那边有没有?"

钩取完了,哑巴三水把船往岸边划,是史壳子要他划的。但又要他停了下来。史壳子对成骑麻说:"钱不交完我们不交人。"

他回答了"嗯"。这是他们的事,我成骑麻是将人打捞上来了,我要告诉岸上的人,他就站起来想呼口气,手上拽着绳子,当然牵着的是三个大学生中的一个。腰好半天直不起来,汗水滚滚地从额头上冒出,人太虚了。

大概船划到离岸不过十多米远的地方就停住了。岸上的人群往水边挤,还可以看到有救护车,有穿白大褂的人,有担架,还似乎有武警,有摄像机。有人狂喊乱叫"快!快!",有人涉进水里,招着手,是准备抬人的,不是尸。现在这个溺水者,岸上的他们希望是可以复活的人。

成骑麻就这样了,船停了,也就跟岸上的造成了对峙。其实来那么些救护车和医生啥用啊,谁能在水里半个多小时还活着,除非他是神仙。摘钩时他总是要试试溺水者的皮肤,嘴,摸摸胸口,是不是还能在身上感受一丝热气,有没有人工呼吸的必要,这个他都懂。有的是可以的,有的就不行了,譬如这个绑在船边的学生。有到火葬时突然醒的,乡下有停尸两天后醒的;还有听到过棺材里传来的呼救声,刨开坟打开棺有死人乱抓乱挠的痕迹。但对于这些岸上的人,笃信争分夺秒是能抢救生命的。岸上还有学校的教授领导,出了这大的安全事故他们不好向死者父母交差,坐牢也有可能。所以也在拼命跳脚,声嘶力竭地喊快给人他们去医院。救护车的笛声都拉起来了,车发动了,捞尸的船却不交人。这是哪门子事啊!

成骑麻不能淡定了,因为岸上在沸腾,看见人了,却不靠岸,等钱哩。他忙问史壳子,怎么样?史壳子摇头摇手还是示意不行。

雨很小，就像无一样。等得焦急的人变成了愤怒的潮水。他们挥舞拳头，已经有人跳进水里了，要来抢尸的样子。史壳子让哑巴三水把船稳住甚至后退，这一下，更加激怒了岸边的人们。有学生抠出沙坨掷向渔船，有一坨差点砸到成骑麻了。是他拉着死人绑手的绳子，史壳子拉着绑脚的绳子站在他身后。他当然首先中"枪"。这让他有点恼火。我不过是个捞尸的，又不干我什么事，砸我啊？你要砸砸我后头的那个瘦猴子。他伸出手挡着砸向他的沙子，示意不要这样，他的意思也有"一手钱，一手货"的硬理由吧。我不维护他我的工钱就没有。

"把人给我们！给我们送医院！……"

"要钱去死的呀！你们这些农民！……"

"你们没有伢子的呀！心好狠呀！……"

无法阻挡岸上的人向这条船、这条可恶的大江挥拳，向这些渔民叫骂。斥责、呼喊，乱成一锅粥。而没捞上人的两条船在成骑麻他们船后远远地躲着，让成骑麻成为了人们发泄的对象，众矢之的。似乎不能靠岸了，否则会被愤怒的人群撕碎。他拉着绳子蹲下来，他不知道究竟应该怎么办？那只拖拽尸体的手在颤动，是水的流动扯着尸体往后头挣，好像这死伢要活过来了要挣脱他的绳子，他听见了岸上的同学们的喊唤声。

他有些害怕，突然。老啦，手上全是弯曲的关节。老年斑。肝疼。寿眉太长，眼前总像有草渣阻挡。这事儿本来嘛，捞尸就是"义行"，三百六十五行之外的一行。人淹死了，他捞上来，面对的却是恨他的人。难道不是他捞上来的吗？捞尸容易吗？茫茫大江里你在水底捞个东西看？七十岁的老人，在这急流凶险的大江里，驾着一条摇摇晃晃的小船，到处下钩，图个什么呢？钱，我又能得多少钱？得个零头。不是我们你永远也捞不到的。你打110，你报警，警察来了有啥办法？

不一样通知我们来捞?

　　风吹得人一阵冷似一阵,他不能回舱里。史壳子把绳子交给他一个人拽着,回舱中用电话与人谈判。那个被波浪颠簸在水里的大学生露出个后脑勺,手臂绑着,手垂着,小腿绑着,脚翘着,在水里漂荡。身子也是,衣服、脚、裤子、鞋子,就像浮渣了。就这样即使是活的也憋死了,他的脸伏在水里,男人在水里死时就是这样的,翻过来他还会覆过去。周围不知怎么有这么多水葫芦,是上游流来的。绑着的伢子藏在水葫芦里。

　　成骑麻像棵芦苇又站起来,他好想抽一支烟。但他的船,他们一起的几条船,就这样信马由缰地飘荡在江里,像没人管似的,失了方向,被人唾弃。史壳子呀史壳子,你太那个了。哑巴三水也着急,隔着船篷给成骑麻手舞足蹈地无声"说话",意思是把死人交了算了。他的蓬乱的白发也在手舞足蹈。

　　就这几个白发渔人,白发在江里讨生活的老倌子,就像他们的船一样老朽破旧了。手腕都拽不住一具水里的死尸——死尸的力气比这些活人还大。就是这么,他们还要捞着。这究竟是为啥呢?

　　总算看到史壳子枯瘦的手有了手势,是往岸边去的。哑巴三水一下子来了劲,两下就冲向岸边,下了狠劲。一个浪涌反向打过来,船就冲上了沙滩。一眨眼工夫,手上的绳子被抢走,水里的人也被七手八脚弄上了岸。一呼啦过去,人抬上了救护车,不见了,沙滩上留下一条湿漉漉的印迹。而史壳子下了船,有个女的把带来的所有的钱给了他。成骑麻看见史壳子没有做声,是一大扎新钱,刚从银行取出来的。那个女的(大约是会计)脸上的汗直往下滚。但好像钱数不对,史壳子还是在与他们说什么,双方争得很激烈。

　　有学生爬上他的船,钻进舱里去船尾看,说是不是有另外捞起来偷偷吊在船尾要价的?

"没有的,没有的。"他说。

"还有两个,快去救呀!……"学生说。

钱被史壳子装进了包里回来,却闷闷不乐,挥手让成骑麻他们去捞。

天色晚了。云彩在震动。江水浑黄得令人头皮发炸。他们饥肠辘辘。还没有吃中饭呢。谁都把吃饭这事给忘了。史壳子不知到哪儿去了,或者在勾老倌他们船上?成骑麻懒得想。第二次下钩,要远一些,他知道第二次应该在哪儿下钩。

江上起了小小的雾。他在想在杨柳公园那被他撕去的几百元钱。他是为了钱吗?是,也不是。他是个有脾性的人,可现在一切变了。他这样辛苦的老人倒成为了那么多人的对立面,这事让人恨是因为他成骑麻吗?我一天水米不沾。

硬撑着,下了钩,守着,晚来风浪急。江鸥也因为饥饿一群群在天空发出愤怒的唳叫,并且俯冲向渔船,啄食他们的船篷。总不能把我吃了吧?我已是前胸贴到后背脊了。岸边上点起了星星点点的烛光。人依然黑压压的一片。声音从水面上传来,异常古怪妖娆,好像有一群水鬼在水里讲话。再怎么捞起来也没用了,你们等什么呢?都没有吃饭,今天这观音湾可聚集着几百上千的饿肚人。

木棍没一点响动。他想睡一觉,眼皮沉重,支持不住了。果然,他躺在船板上就睡着了。好像是入了雪窟。有人和兽走动。儿子变成了被铁链锁着的老虎。死去的三个大学生从水里爬起来,向空中投篮。孙子是一只嗷嗷待哺的小狼。都一律地有獠牙。大学生也有。江面上出现了巨大的腊子鱼群和江猪子群……他站在村里的一条大渔船上,指挥大伙展开血腥的捕杀……突然他因为摇晃掉入了冰凉的江中……

听见很嘈杂的声音,把他从寒冷的梦中吵醒了。哑巴三水在嚷嚷。

原来，勾老倌他们的船靠岸了。史壳子还在谈尾款付清的事——又有一个学生捞上来了。另外一个，没付清钱又不捞了。

这样成骑麻在江中等待。等滚钩上的消息，等勾老倌他们再下钩。

成骑麻身心全疲，他坐在船头。岸上是史壳子与学校的人交锋的声音，但听不清楚说的是啥，声音很大，通过水面会传得很远。不知过了多大一会儿，勾老倌他们的船又划出来了，往下第三钩的地方去。

成骑麻抽完了半包烟，得到史壳子的电话：另一条船，捞到了第三具。岸上又是一阵骚动。可以收工了！

交了尸，收了钱，一切都结束了。那就赶快收了滚钩回家。史壳子不是最重要的，回家吃饭，睡觉最重要。当然回去还得给老伴说说孙子儿子的事。

江水哗哗地拍打着船舷，发出空荡荡的噼啪声。他说干就干，收纲收钩。钩上挂了些浪渣和水葫芦，什么也没有。钩还很顺。钩是自己的，要好好收回，放好，在舱里锁好。特别是，要买纸来烧，又挂了死人的。

可是他感觉哪里不对，他收了史壳子的钱后。史壳子坐别人的船溜了。观音湾沙滩上的人不仅没散去，却越来越多。他揣着工钱，还有一瓶酒，还有两包烟。听说是史壳子找校方索要的两条黄鹤楼，他分到了两包。为什么江滩上的人越聚越多呢？气氛不大对。看水面上，又流来了一批死猪和杂物，这夜晚的江面好诡异。江滩上，点起的蜡烛好多，像是野地里的鬼火。怪呀。敢情全市都知道这事儿了？

他把船泊在江中那个龟背样的沙渚旁让人看不见。苍白的月亮很低地划过江面，鬼鬼祟祟。这些年的月亮都是这个样子。风在江上疾走，听得见嗖嗖的摩擦声。岸一直在晃动，没有停息。一些萤火虫贴着水面飞行，明明灭灭，就像江上众多的游魂。在江边一处旷寂地，听见了那里传来的低沉的乐器声。他年轻时玩过笛子和箫，搞过宣传队，知道这是萨克斯。一个人影黑魆魆的，像个大烟斗蹲在水边，吹的是《化蝶》，那萨克斯管声像雾一样在江面上流淌。听着听着想起了成小安夫妇。又吹《回家》。成骑麻听着，不知不觉流出了眼泪。他忘了饥寒，忘了时间，陶醉在这美妙伤心的乐曲中。他又一次打起盹来，直到晾在竹篙上的滚钩被风叮叮当当吹出噪响。他也要回家。有几个年轻学生伢却永远不能回家了。

划船回到家老伴热着的饭菜在锅里，进门就问："老倌子，你今天好难看，魂掉了一样的。"

他告诉她捞了三个人，全是大学生。老伴愣了，说都捞上来了？听村里的人说了，怪不得。

手机的短信提示音一直在响。一看，儿子的，烦了，看内容却是："你看电视。你可出名了。"

我出名了？

打开电视，全是江边救人的事情。还看到了自己和史壳子两个拖着水里的死尸，站在船上的画面，这可出了丑啊！

……结成生命之链，谱写长江壮歌。水牛市大学生结成人梯救同学，三人英勇献身。今日下午3时许，在本市观音河与长江汇流处的观音湾，有一在此游玩的女大学生落水，发现险情后，其余的十多名大学生迅速冲了过去，因大多不会游泳，大家决定手拉手组成人链，伸向江水中救人。终于抓住了落水的女生，正在慢慢向岸边靠近时，其中人链中的一位女生因过于紧张和体力不支而松手，其他人加上脚下的流沙塌陷，人链瞬间断开，处在人链前端的六七个同学纷纷落入水中。闻讯赶来的冬泳队和会水的同学下水救人，但最后赵一钱二孙三三名同学沉入湍急的江底而英勇牺牲。

事发后，水牛大学领导迅速赶到现场，当地消防、海事和医疗等部门也相继赶到组织搜救。由于该事发地处江水回流区域，水深流急，坡陡沙陷。浅处有四五米，最深处二十多米。经过成家村渔民和壳子打捞公司的打捞，截止到晚上六点四十分，三名英雄学生的遗体终于打捞出水，虽经医护人员现场进行全力抢救，终因沉水时间过长，未能生还。水牛市委书记李四和市长王五获悉此事后，对大学生舍己救人的事迹表示敬意，并指示有关部门妥善做好后续工作。记者获知，校方已成立专班处理善后事宜。

据现场有人反应，壳子打捞公司和捞尸渔民有挟尸要价和定价过高等问题。虽遗体打捞价格不在物价部门定价范围之列，但打捞公司明知溺水学生系见义勇为遇难而不及时打捞，特别是因打捞资金未筹集到位时，数次中断打捞，明显有违社会公德，遭到现场民众谴责。此问题正在调查之中……

那是自己吗？那个站在船头叉腰挥手的人，那个用绳子牵着水下死者的人，那个在自己船上替史壳子挡沙子的老倌子，多丑啊。吃不下饭，他要睡了。他彻底地病了。他浑身哆嗦，奇寒奇冷。老伴也看得傻了，对着电视发呆。他赶紧上床。

可不一会儿堂屋里有声音，勾老倌、虫老倌和哑巴三水都来了。勾老倌对着成骑麻的房里喊他，要他出来。

事情不好。他穿好衣服出来。勾老倌手上拿着一些钱，对他说："麻老倌，钱要交回来。市里要收的。活总抓进去了，我们在收钱。"

"收我们的钱？"

"是呀。你劝劝三水,他又不识字,你让他看电视看不明白。"

"全部交出来?为什么?我们今天不白辛苦了?"

"还不是活总害我们啊!电视上播了,这下我们的鱼都没人买了,船不消开了。"

哑巴三水不明就里,嚷嚷得厉害。勾老倌就抓住他,把双手闭拢,意思是不交钱要戴手铐,又蹲下,意思是要坐牢。这就难怪了,史壳子撞在马蜂窝上了。想也不对呀,明明是重大溺水死亡事故吗?咋就变成了英雄事迹,学校的领导可高兴了,由事故责任人变成了英雄的领导,还得感谢他们教育出了这么好的大学生。他们这几个打捞的渔民却成了见死不救、侮辱英雄的坏人。又听说死者中一个的亲人晚上来抢尸,有百号人,但警察也出动了上百人,把那些抢尸的队伍堵在了高速公路出口,进不来城里。死去学生的母亲要投江与儿子一起去,火葬场也全守起来了……

水鸟划过成家村的上空,声音像是一种从未见过的乐器,像是男人临空的尖叫,飞向史壳子家的屋顶。那些刚死的泡佬都来了。

儿子短信说,明天把那女人送回去。

这还不错。是不是老子怄气出丑,你同情呢?好吧。他一夜难眠。早晨他就动身去对岸义忠村。管它的,钱不要就行了。我一个老倌子,我第一个捞起了英雄,我还犯了法吗?

他把船停在观音河里,再上岸步行。

这是初夏时节,鹧鸪在草丛闷叫,鹧鸪的叫声如呼喊:"行不得也哥哥,行不得也哥哥!"

麦子熟了,油菜割了。田野上到处是烧油菜秆的烟雾,砍过后粗壮的油菜苑触目惊心,像大地狰狞的牙齿。顺着河堤走。堤坡上到处是疯长的魁蓟,针刺张牙舞爪,花序直立恐怖,像蛛丝网一样披在紫红色的花筒上。一些荒蒿,一些狼把草,一些泥糊菜,一些荆芥子,一些苎麻头,一些鬼针草。牛们吃的草太少了,被挤在一些牛屎成堆的地方哞叫。河下,有一条双体小渔船,有渔民在船上下罾子,这种船叫鹭鸶船,但船上没有鹭鸶。他们打鱼好悠闲啊,在这条清悠悠的小河里。如果儿子争气,我搬他这里来,不就可以在这里打鱼了吗?不与风浪搏斗,不再捞人捞尸,江湖偏远,清风明月,有鱼打鱼,有虾撮虾,没有鱼虾就船上睡觉,船上醉酒……

下了堤坡,径直往学校去。他在离学校不远的一个路边小卖部买了包烟,抽着,看着电视。还是这些画面,有许多人的采访,有赞美,有回忆,有谴责,有表功。被谴责的是他们,挟尸要价的渔民——但小卖部的人不认识成骑麻,也不知道眼前在门口坐的人正是那个牵着尸的渔民。他只好低着头抽烟,生怕别人认出他来;表功的是学校领导。这本来是一场大事故,却在侃侃而谈是怎么把学校办成培养英雄的学校的。你就不能惭愧地向这些学生的家长诚挚地鞠躬道歉?你们罪责难逃!这真是太怪了,也不怕了。你们没脸还要我们要脸吗?不让学生学点起码的求生技能如扑泅,你们都教育些啥哩?书有啥用哩?掉进水里了书能救你吗?这样的英雄越少越好!你把他们整成了英雄,你就撇脱了干系,而英雄的母亲后半辈子可就孤苦伶仃了咧。她们不想要震惊世界的英雄,她们只想要一个默默无闻无灾无病的儿子,活着的儿子。而你们的宣传只要英雄,这不,播音员还在说"这是一个英雄辈出的时代"。难怪,观音湾永远是一个英雄辈出的地方!唉……

这么七想八想的时候,一阵哄闹声。他往来路一看,一群人过来了。啊,阳光像金色的羽毛扑棱棱地飞翔,天气晴朗,层云尽开,雾气消散。在灰尘扑扑的村路上，儿子用板车拖着校长的娘子像拖一头肥猪回来了。这真是浪子归来啊！校长的胖老婆五花大绑丢在板车上，哼哧着，显然有过拼命的挣扎，衣裳都散乱了，披头散发，嘴边白沫干结，狂叫过，呼救过，但现在的声音近乎临死前的微弱呻吟。她已经不能动弹，蜷在拖过垃圾和大粪的板车里，脸因为挣扎叫喊而肿得发白，肌肉松弛，喘气，就像是拳击台上抬下来的残兵败将。

这是一个多么清新的早晨，乡村水灵灵的。狗因为空气碧绿而昂头大叫，并且紧跟在板车后面。葳蕤的庄稼和旁边水渠里亮如油漆的芦苇与蒲草，起风过后飘荡在空中的小蜘蛛。池鹭像被风吹起的纸片，遍野都是，有的吹到了牛背上，站着，神情飘逸。鱼塘里，增氧机在鼓动着大批的氧气，搅起绿色的水花。篱旁的牵牛花蓝莹莹的，塘埂上喂鱼的黑麦草，像铺着一层厚厚的毡子。他的儿子成涛，弓着腰，双臂小巧的肌肉紧结着，腮帮子咬成三瓣，敞着印有黄龙的Ｔ恤，板寸头上挂着一颗颗亮晶晶的汗珠。

一群村民和学生伢子跟着板车奔跑着，前呼后拥，整个村子像过节似的。成骑麻看到校长满含热泪，开始点燃手中的一挂鞭炮，噼里啪啦的鞭炮声炸得多喜庆啊。

有人给板车上的校长老婆松绑。她因为反抗，让成涛给多上了几圈绳子。这也是捆死尸的绳子，是自己船上的，成涛拿来的。校长老婆的脖子上、背上、腰上全是绳子，肥硕的屁股紧勒了好几圈。儿媳牵着背书包的孙子也赶来了。一家三口人团聚，紧紧抱在一起。热泪滚滚的校长扶起他的老婆，用瘦削的双手揽住了老婆越来越强悍的双肩，两个人抱头痛哭，喊着对方的名字。

"成涛走对了一步，女人嘛，哪有自己的儿子重要……"

"这下好了，救了两家……"

"和气生财……"

校长破涕为笑,对着他的学生命令道:"欢迎成小虎同学归队,现在,升国旗——"

孙子小虎走进了向国旗致敬的学生队伍里。

多少人眼里泪光闪闪。

傍晚,成骑麻回到观音湾江边,刚一停泊,就有几个人冲上他的渔船,劈头盖脸给了他几巴掌。成骑麻被打得金星直冒,人站立不稳,差一点晃进江里。

"就是你,我们等你一天了!你这个老狗日的混蛋,看你还坏不?我们代表广大市民教训教训你,你他妈挟尸要价,还没抓进去呀,史克治不是抓进去了吗?个老狗日的,叫你侮辱英雄的!……"

几个中年妇女也认出了他,爬上船来要抓成骑麻的头发、抓他的裤裆,抓他的脸。

"你没有孩子的?你这大年纪了要钱去买棺材的?"

"你是棺材里伸手——死要钱哪!"

他只好往岸上逃。他跑,他捂着被抓得血淋淋的脸,捂着鼻子,鼻子里也鲜血喷涌。他两眼昏花,双脚瘫软,跌跌撞撞,爬上沙滩。他顾不了他的那条破渔船。那些人把他的渔网往岸上扔,把他的滚钩——一百米的、六十米的全搜出抱上了岸。竹篙丢进江里,船板撬了,桨桩抽了,扔到岸上堆成一堆。桨和锚也丢进江里。他看见几个人在拆他的船篷。所有物品被扔下船,有人找来了浪渣,点燃了。这些他船上的物品,被付之一炬。火烧起来了,很干枯的东西,加上风,火一点燃,风一呼啸,火就大了。他无力阻挡。那些人在那儿吼着骂着笑着起哄着。

"老不死的,看你还要钱不……"

"断子绝孙的老狗!……"

有人举着燃起的木棒,扔向他的船舱。

他要跑过去,他不顾一切求饶似的喊:"不要烧我的船!不要烧呀!这是我老两口过生活的船呀!"

他冲上船去,用手抓那些燃烧的木柴浪渣,不管手烫没烫。手不要了,船要。这比老命还重要,几十年的船,养活了一家人的船……

手上没有了疼痛的感觉,他没有水桶,就用双手去戽水,拼命戽。岸上的那些人,却在哈哈大笑。

他总算把火弄熄了。那些人看他在水里跳来跳去,没有一个人帮他,全是看冷的、耍笑的、袖手旁观的。

一个烧黑了的空船,渔具、捞尸的工具,全没啦,化为灰烬啦。他坐在水边,湿淋淋的,双手焦痛,从灰烬里扒出烧得发黑的滚钩,锋利的滚钩,挂过许多死人也挂过无数腊子、江猪子、大鱼的滚钩,捧着它们——这些已经渐渐冷却的滚钩骨头,坐在夕阳里。

人陆续走了。夕阳慢慢沉落。那个吹萨克斯管的人又出现了。他依然吹着《回家》。他是在唤魂,唤那些落水者的魂。忧伤安静的旋律在江面上雾一样蔓延。

一个女孩子,双手抱膝,坐在水边,无声地流着泪,朝江上久久望着。最后一线夕阳里,那女孩子眼边的泪晶莹闪亮如宝石。涨水了,水流低吼急遽。一片旋转的漩涡,一江向东流去的鼓荡浑水。

捧着那些钩,望着对岸,他想,我该怎样回家呀?